황제의 검

3부

임무성 신무협 장편 소설

ORIENTAL FANTASY STORY & ADVENTURE

7

dream
books
드림북스

황제의 검 3부 **7**_ 격동(激動)과 파란(波瀾)의 무림

초판 1쇄 인쇄 / 2009년 11월 18일
초판 1쇄 발행 / 2009년 11월 28일

지은이 / 임무성

발행인 / 오영배
편집장 / 김경인
펴낸 곳 / (주)삼양출판사 · 드림북스

주소 / 서울특별시 강북구 미아8동 322-10호
대표 전화 / 02-980-2112~4 팩스 / 02-983-0660
편집부 전화 / 02-980-2116 팩스 / 02-983-8201
블로그 / blog.naver.com/dream_books

등록번호 / 제9-00046호
등록일자 / 1999년 3월 11일

ⓒ 임무성, 2009

값 9,000원

ISBN 978-89-542-3239-5   04810
ISBN 978-89-542-2890-9   (세트)

* 지은이와 협의하에 인지는 생략합니다.
* 잘못된 책은 구입한 곳에서 바꾸어 드립니다.

THE SWORD OF EMPEROR

황제의 검

皇帝

帝

의

劍

3부

임무성 신무협 장편 소설

ORIENTAL FANTASY STORY & ADVENTURE

격동(激動)과 파란(波瀾)의 무림

목 차

제 1 장

사사혈맹의 도발

그날 새벽 유난히 붉은 동녘의 하늘을 길게 가르며 장차 닥칠 대란을 예고하기라도 하는 듯 수십 줄기의 혜성이 떨어져 내렸다. 까마귀가 떼 지어 날고 잠자던 산짐승들이 일제히 짖기 시작했다. 잠시 동안 온 세상이 숨을 죽였지만 사람들 중에 누구 하나 그 순간을 특별하게 여기는 이는 없었다.

　　파천은 꿈을 꾸고 있었다. 격렬한 사투를 벌이기라도 하는 사람처럼 그의 전신은 땀으로 범벅돼 있었고 연신 얼굴을 찡그리며 발버둥치고 있었다.
　　제 몸이 타올랐다. 단순히 뜨겁다든지 고통스럽다는 따위의 느낌이 아니었다. 머리끝에서 발끝까지, 손끝에서 가슴으로 치닫는 기운은 천 년간 잠들어 있던 분노를 한 번에 폭발시키는 용암처럼 힘차고 거칠 것이 없었다. 전신의 혈맥과 경맥이 소진되며 그 자리를 새롭고 낯선 기운들이 채워가기 시작했다.

파천은 고함을 질렀다. 사지를 활짝 벌리고 목이 터져라 소리를 질렀다.

기진맥진해 바닥에 웅크리고 있는 파천의 귓속으로 예의 그 익숙한 음성이 날카로운 얼음 조각처럼 박혀들었다.

"일어나라, 나의 충실한 벗이여. 우리가 함께 싸워 이겨야 할 적이 드디어 긴 잠에서 깨어났도다. 저자를 무찔러라. 태초부터 존재해 왔으나 누구도 감히 항거하지 못했던 어둠의 힘이 깨어났도다. 우리의 적이 더 강해졌다."

힘겹게 고개를 쳐드는데 물먹은 솜처럼 무겁기 한량없다. 파천의 전신에는 이전에 없던 화염의 문신이 올올히 새겨져 있었다. 파천은 자오신검을 올려다보며 입을 열었다.

"이번엔 또 뭔가? 내 몸에 무슨 짓을 한 거지?"

"사르곤은 무너졌다. 무릎을 꿇고 말았다. 그가 끝내 강해지고자 하는 욕망을 이기지 못하고 굴복하고 말았다. 깨우지 말아야 할 힘을 깨웠다. 내 오랜 숙명의 적을 불러들였으니 그를 이기자면 네 그릇을 깨트리고 단련시켜야 했다. 한계를 넘어서야 한다. 이제 금기는 사라졌다. 인간과 정령과 혼과 육의 경계는 사라질 것이다. 대비해야 한다. 네가 이기지 못하면 세계의 조화와 질서는 깨질 것이고 남아 있는 것들은 어둠의 종이 되어 영원토록 짓

밟힐 것이다.”

파천은 모호한 자오신검의 외침에 의문을 드러냈다.

“사르곤이 무너지다니, 무슨 소리지?”

“그가 경계를 넘었다. 어둠의 창조자이자 모든 악한 형상들의 근원인 그가 사르곤과 합일되었다. 타나토스의 네 지배자인 에돔과 케모쉬, 몰록과 아스다롯조차 거스를 수 없는 어둠의 왕이 현세에 나타나려 하고 있다.”

파천은 이런 와중에도 왕성한 호기심을 억누를 수 없었다.

“그가 누구지? 그런 존재가 있었단 말인가?”

“한때 그는 아흐리만이라고 불렸고 모든 정령들을 대적하는 어둠의 왕이었지. 빛이 있으면 반드시 어둠도 있는 법. 정령이 생겨나기 시작하던 때에도 그는 이미 존재하고 있었다. 인간이 생겨나기 전부터 그는 존재했다. 만물의 생성과 소멸에 관계하지 않고 조정자로만 머물러 있다가 정령의 세계가 성립되기 시작하면서 급격히 변질됐다. 아이온의 정령들이 그가 태어난 어둠의 끝자락으로 몰아내 유폐시킨 건 두 번 다시 일어날 수 없는 기적에 가까운 일이었다. 그 스스로 원했기 때문에 가능한 일이기도 했지. 그는 이 세계가 존재하는 한 영원히 소멸시킬 수 없는 절대자다.”

파천은 그저 얼떨떨할 뿐이었다.

“그런 그를…… 요왕이 불러냈다고? 그리고 넌 어찌 그런 사실을 알고 있지?”

놀라움과 더불어 의심이 파천의 마음속에 깃들었다.

‘요사는 요왕과의 대결보다도 자오신검 자체에 대한 불안감을 더 크게 갖고 있다. 요사조차도 짐작만 할뿐 이 녀석의 실체에 대해서는 납득이 가지 않는다고 했다. 따지고 보면 이 녀석이야말로 황제를 파멸로 이끌었던 장본인이지 않던가.'

자오신검은 파천의 그런 마음의 변화를 눈치챘다.

"나의 충실한 벗이여. 네가 무엇을 염려하는지, 네 근심이 무엇 때문인지도 잘 알고 있다. 너는 날 믿어야 한다. 우리들 사이의 신뢰가 무너지면 우리가 이루고자 하는 일은 결단코 완성될 수 없을 것이다. 타나토스의 악령들은 자신들을 죽음의 땅으로 유배 보낸 아이온의 정령들을 상대하기 위해 나를 불러냈다. 그들은 자신들의 힘만으로는 무욕계 전체를 지배하고 있는 아이온의 권능을 감당할 수 없음을 누구보다 잘 알고 있었지. 대안은 하나뿐이었다. 아이온의 대적자! 최초의 악령으로 낙인찍힌 태초의 절대자 아흐리만의 권능만이 자신들을 천형의 땅에서 건져줄 것이라 믿었다. 나는…… 아흐리만에게서 분리된 그의 일부이자 그를 온전히 이해하고 있는 유일한 존재이기도 하지."

그랬던가? 파천은 그제야 지금의 상황이 납득이 갔지만 다른 한편으로는 자오신검의 뿌리가 어디서 기인했는지를 알게 되자 께름칙하고 소름끼쳤다.

자오신검은 전에 없이 불안해하고 있었다. 그 점만은 확실해 보였다.

"아흐리만은 나를 간절히 원하고 있다. 제 일부를 분리함으로써 어둠과 완전한 일치를 이뤘지만 그는 날 내보냈기 때문에 그 스스로 현세에 개입할 수 있는 권능을 잃어버렸다. 놀랍게도 제 스스로 만든 어둠이 이제는 늪이 되고 족쇄가 된 것이지. 그가 현세에 개입할 수 있는 길은 나와 합일하거나 대체물을 얻는 것뿐이다. 그는 끊임없이 내게 애원해왔다."

"그럼 그는 너를 간절히 원하는 건가?"

"내가 동의하지 않는 한 그런 일은 일어날 수 없다."

"넌 왜 그를 거부했지?"

"그건 매우 간단한 이유 때문이지. 내가 그에게 합일되는 순간 '나'라는 자의식은 사라지고 만다. 너라면 그리하겠는가? 너 자신을 버리고 무엇인가의 일부가 되어 존재한다는, 아니 그런 의식조차 사라진 상태가 되길 바라는가? 나 역시 '나'로서 존재하고 싶다."

파천은 어딘지 모를 미지의 미로 속을 헤매는 것 같은 기분이 들었다. 안개가 자욱해서 한치 앞도 분간가지 않는 미로 속을 손끝으로 더듬고 있는 자신의 모습이 보이는 것 같았다. 자오신검이 생존에 대한 욕구를 감추지 못하는 것과 마찬가지로 파천 역시 어느 길이 살 길인지는 확인해 두어야 했다.

"네가 생각하기에 승산은 어느 정도지?"

"이전보다 낮아진 건 사실이지만…… 그렇다고 절망할 정도는 아니지."

"왜 그렇지? 네 입으로 그는 소멸시킬 수 없는 절대자라고 하지 않았나?"

"아흐리만이 숙주로 삼을만한 존재가 요왕 말고 또 있을 것이라고는 보기 힘들다. 요왕이 아흐리만을 경계에서 끌어낼 만큼 위대한 능력자였기에 가능한 일이었고 그것 역시 난 우연적인 기적이라고 믿는다. 일례로 에돔이 아흐리만을 소환하려고 시도했던 적이 있다. 만약 그 시도가 성공했다면 자오신검이 태어나지도 않았을 것이다. 타나토스의 네 지배자 중 최강이라는 에돔조차 하지 못한 일을 요왕이 해냈다는 사실이 조금 놀랍기는 하지만…… 그것 역시 불완전한 상태라고 믿어 의심치 않는다. 승산은 거기에 있다. 너와 내가 완전한 합일을 이룰 수만 있다면 아흐리만 본체가 아닌 이상에는 두려울 것이 없다. 그것이 내가 내린 결론이요 우리에게 던져진 유일한 희망의 빛줄기다. 우리는 이길 것이고 아흐리만은 다시 어둠 속으로 쫓겨날 것이다."

"어쨌든…… 네가 조급함을 느낄 만큼 상황이 급박해졌다는 건 사실이로군."

"맞아. 네가 나에 대한 의심을 지닌 채 나를 온전히 믿지 못한다면, 그래서 끝내 네가 완전한 힘을 이루지 못한다면, 우리의 패배는 결정된 것이나 다름없다."

파천은 지금 자오신검으로부터 새로운 결의를 종용받고 있었다. 파천을 현재 압박하고 있는 진실들이 거짓이라면? 영원히 풀길 없는 수수께끼처럼 파천은 그 문 앞에서 결국은 걸음을 멈출 수밖에 없었다.

서로를 온전히 신뢰할 수 없다는, 불편한 진실들을 감춘 채 둘은 마주보고 있었다. 얼마간의 일치는 가능하겠지만, 또한 그로 인해 파천의 힘이 강성해지고 있는 건 사실이었지만 더 이상의 접근은 사실상 힘든 일이었다. 어느 한쪽이 스스로를 포기하지 않는 한은.

자오신검은 이참에 아예 확답을 얻어낼 심산인 것 같았다.

"네 두려움이 어디서 기인하는지 알고 있다. 황제 또한 그 경계

앞에서 걸음을 멈추었지. 결국 그는 그렇게 절실하게 원하던 일을 마지막 망설임 때문에 이루지 못했다. 너는 나와의 일치를 두려워해서는 안 된다. 물론 그로 인한 약간의 부작용은 감수해야 한다. 허나 나와의 완전한 합일은 결과적으로 네가 얻고자 하는 바를 앞당겨 주며 확실하게 해줄 것이다. 나는 네 선택에 따를 수밖에 없지만 아흐리만의 재물이 되는 일만은 어떻게든 피하고 싶다. 부탁하거니와 현명한 선택을 하길 바라마."

잠에서 깬 파천은 제 몸을 먼저 살펴보았다. 꿈속에서 보았던 것과 마찬가지로 이전에는 없었던 활활 타오르고 있는 불꽃으로 수놓아진 문신들이 전신에 가득했다.

활짝 열어둔 창문 사이로 새벽의 차가운 공기가 들이쳤다. 파천은 전신을 상쾌하게 하는 맑은 공기를 폐부 깊숙이 들이마셨다. 곧 새날이 밝을 것이다. 머릿속을 어지럽히는 고민들을 뒤로하고 파천은 문밖으로 나섰다.

파천은 자각하지 못하고 있었지만 그를 대면하는 사람들은 하룻밤 새 그가 달라졌다고 생각했다. 가장 크게 달라진 점은 눈빛이었다.

담사황이 언급했던 요사스럽기까지 했던 파천의 마안이 그동안 깊숙이 갈무리 되어 있었다면 지금은 마치 의도적으로 드러내고 있는 것처럼, 아니 예전과 비할 바 없이 강력해졌다. 남녀를 불문하고 그의 눈길을 대한 사람들은 먼저 몸을 움찔 떨었다.

그것은 누구도 예외일수 없는 자연스런 반응이었다. 이전에는 파천을 대할 때 사람들이 신비감에 젖어 그 눈에 흠뻑 빠져들었다면 지금은 마치 호랑이 앞에 선 토끼처럼 옴짝달싹하지 못하는 두려움에 빠져든다는 점이 달랐다. 이런 걸 알 리 없는 파천은 자신을 대하는 사람들의 태도가 이전과 달라 곤혹스러워했다.

감히 눈길도 마주치지 못하는 무사들에게 친근한 미소를 지어 보여도 그런 반응은 좀체 달라지지 않는다. 고개를 갸웃거리긴 했지만 그다지 중요하게 마음에 담아 두지는 않았다. 파천은 잠시 서서 생각에 잠겼다가 이내 한곳으로 발길을 돌렸다.

몇 사람이 두런거리며 얘기를 나누고 있었다. 긴 복도에 세 사람이 있었는데 하나는 앉고 둘은 주변에 서서 대화를 나누는 중이었다. 그들은 뇌옥을 지키는 간수들이었다.

"참 사람 팔자 모르는 거라더니 그 말이 이처럼 마음에 와 닿을 수가 있을까. 천하를 호령하던 남궁세가가 하루아침에 작살이 나서 뇌옥에 갇히는 신세가 될지 누군들 알았겠느냐 말일세."

"그게 어디 남궁세가만의 일이던가. 지금은 다들 환혼자의 시대라고 떠들지 않던가. 저마다 한 시대를 질타하고 주름잡던 절대자들이 각축전을 벌이고 세를 형성하는 마당에 남궁세가인들 대수겠는가. 천년소림이라도 한 번의 실수로 팽 당할 수도 있는 무서운 세상인 게지."

"그러니 우리 같은 하급무사들이야 하루살이만도 못한 신세가 아닌가 말일세."

"그래도 좀 심하지 않나? 소문에 의하면 남궁세가 전체가 개입된 사건도 아니고 소가주 단독으로 뭔가 흉계를 꾸몄는가 보던데 그런 일로 세가 전체를 죄인 취급하는 건 좀 너무한다 싶으이."

"어허 이 사람 큰일 날 소리를 하는군. 입 조심하게. 괜히 입 한 번 잘못 놀렸다가 무슨 사단이 나려고 그러나. 곁에 있다가 엉뚱한 사람까지 날벼락 맞게 하지 말고 말이지."

"내가 뭐 틀린 말 했는가?"

"억울해도 어쩌겠어. 지금 같은 전시에는 군기를 세우기 위해서라도 본보기가 필요한 법일세. 남궁세가가 밉보인 탓도 있겠지만 기강을 엄히 다스리는 시기에 하필이면 덜미를 잡혔으니 빼도 박도 못하게 된 게지. 높은 사람들 중에 남궁세가의 처지를 불쌍히 여기는 사람이 왜 없겠는가 싶지만 그러고 싶어도 함부로 그런 말을 꺼낼 처지들이 아닌 게지."

한 간수가 머리를 벅벅 긁으며 잘난 척을 했다.

"내가 볼 때는 이들을 구제해 줄 수 있는 사람은 딱 한 분밖에 없어 보이네."

"그게 누군가?"

"천황 파천대공이시지. 그분이 나서지 않는 한 남궁세가는 볼 장 다 본 게지."

"그분이 뭐가 답답해서 일개 세가의 일에 손수 나서겠는가. 듣기로는 집법청의 고수들이 맹주직을 권해도 고사했다는데 괜히 나서서 이러쿵저러쿵 하다 보면 오히려 세간의 입방아에 오르내릴 수도 있는 일이거늘. 아마 모르긴 해도 잠자코 모른 척할 공산이 크다고 봐야지. 차라리 집법청에서 사면령이 내려진다면 모를까, 그럴 일은 없을 걸세."

"자네도 남궁세가가 사면되길 바라는가 보군."

"그야 정의맹 사람들 중에 남궁세가가 이참에 사라지길 바라는 곳이야 딱 정해져 있지 않나. 그 외에는 한 명의 고수가 아쉬운 판에 남궁세가 같은 거대문파를 버리고 싶겠는가."

파천은 멈칫하다가 발걸음을 돌려 세우고 말았다.

'왜 여기까지 왔을까. 저들을 만나본다고 해서 달라질게 무어 있다고. 내 손을 떠난 일이다.'

모질게 마음을 먹었어도 끝내 머릿속을 맴도는 얼굴이 있었다. 남궁미미의 때 묻지 않은 천진한 얼굴이 스쳐지나갔다. 파천은 남궁미미의 얼굴을 떨쳐내려는 듯이 머리를 세차게 흔들었다.

$*$ $*$ $*$

맹주전의 회의청에서 긴급회의가 소집되었다. 의외로 긴 칩거에 들어가리라 여겨졌던 맹주가 직접 소집한 회의여서 사람들을 어리둥절하게 만들었다. 무슨 심경의 변화가 있음이 틀림없다고 여긴 탓인지 다들 얼굴에 호기심이 가득했다.

정의맹의 주요 요직 인사들이 당도할 때까지도 맹주는 감은 눈을 뜨지 않았다. 그를 바라보는 사람들의 표정에는 숨길 수 없는 우려의 빛이 가득했다.

한 번도 꺾인 바 없는 거인의 첫 패배가, 그것도 정상에 올라선 순간에 당한 일인지라 그 심정이 어떠할지는 능히 짐작이 가는 바였다. 허나 이 자리에 있는 사람치고 그런 패배감을 한 번쯤 느껴보지 못한 사람이 누가 있겠는가.

누구라도 패배의 순간은 치욕스럽고 그 결과를 받아들이기까지 겪어야 하는 심적 고통 역시 비할 바 없이 크다. 그것을 인정할 때에 더 큰 도약을 할 수 있는 것이다.

패배의 순간이 곧 생의 종말과 직결되는 경우가 비일비재한 강호의 비정함을 놓고 보자면 검성은 오히려 행운아일 수도 있는 것이다. 적어도 그 한 번의 패배가 모든 것을 뺏어가진 않았으니 말이다.

회의장에 모인 사람의 수가 이처럼 많은데도 불구하고 장내는 쥐죽은 듯 고요하기만 했다. 더 이상 오가는 사람이 없음을 알았음인지 그제야 검성이 눈을 떴다.

그의 표정은 사람들이 생각했던 것보다는 한결 가벼워 보였다. 검성의 담담한 음성이 회의청의 분위기를 차분하게 가라앉혔다.

"간단하게 제 소견을 밝히겠소. 현재 정의맹에 산적한 공무가 많고 맹주의 재가를 받아야만 처리되는 일 또한 적지 않소. 이런 중차대한 시기에 맹주의 직위를 한없이 비워둘 수만은 없는 일인 고로 본인의 거취를 속히 밝히는 것이 우리 모두에게 유익하다는 판단에 여러분들을 청했소. 본인은…… 맹주의 직임에 어울리는 자격을 아직 갖추지 못했음을 알게 됐소. 본인은 이 시간부로 맹주직에서 물러날 것임을 엄숙히 선언하는 바이오. 그렇다고 정의맹을 떠나겠다는 것은 아니니 오해 없으시길 바랍니다. 이후로 집법청 소속으로 정의맹이 가는 길에 견마지로를 다할 생각이오. 충분히 심사숙고하여 내린 결론이니 다른 말씀 없으셨으면 좋겠소."

사람들이 웅성거리기 시작했다.

장내가 갑자기 소란스러워지는 것도 무리는 아니었다. 검성이 맹주직에서 내려오겠다는 각오를 밝힌 것은 어쩌면 다들 예상했던 일인지도 모른다. 문제는 시기가 적절하지 않다는 점이었다. 게다가 절차상의 문제도 있었다.

후임자가 결정되지 않은 상태인데다 어쩌면 맹주의 부재가 예상보다 더 길어질지도 모른다는 우려감을 다들 떨치지 못하는 데서 오는 불안감이었다.

검성은 다른 사람들의 반응이야 어떻든 그 말을 끝으로 회의장 밖으로 나가 버렸다. 이후 후임자 선정을 위한 논의가 있을 것을 알기에 남은 사람들의 부담을 덜어주기 위한 배려였다.

"허어 이것 참…… 그 만한 일로 중임을 내던져 버리다니…… 너무 무책임한 처사가 아닌가 싶소이다."

검성의 결정은 생각하기에 따라 비난의 여지가 충분한 것은 사실이지만 당사자가 나가자마자 비난부터 하는 사람에 대해서 좌중의 시선이 고울 까닭은 없었다.

섣부른 비난의 소리를 입 밖에 냈다가 꼴사납게 얼굴을 붉히고 있는 이는 다름 아닌 사천당문의 문주인 당사훈이었다. 그에 대한 세간의 평가는 원래부터 뼛속까지 남궁세가에 대한 충정에 불타는 인물로 곧잘 회자되곤 했지만 검성이 대권을 장악하면서 정파 내에서 남궁세가의 영향력이 미미해져가자 가장 먼저 입장을 바꾼 인물이기도 했다.

그는 제갈세가주를 옹립해 과거 남궁세가의 그늘 아래 있을 때와 별반 다름없는 지위를 구축하고 있는 셈이었다.

좌중의 시선이 자신에게로 몰리자, 게다가 그 시선들 속에 경멸의 뜻이 담겨 있다 느낀 탓인지 당사훈은 다급하게 말을 이었다.

"탁 까놓고 얘기해서 그렇지 않습니까? 으흠흠. 검성의 처신이 이해는 가지만 맹주 자리가 어디 쉽게 내놓고 말고 할 자리요? 적어도 후임자가 결정되기 전까지는 자리를 지켜주는 것이 마땅한 도리다 이거지요, 제 얘기는."

아무도 호응해 주는 이가 없자 그는 더 이상 입을 놀릴 엄두를 못 냈다. 집법청의 무시무시한 고수들의 시선이 따갑게 느껴졌기 때문이다.

'젠장 잘하면 입 한 번 잘못 놀린 죄로 맞아죽을 판이로군. 탁 까놓고 얘기해서 이처럼 살벌해서야 어디 회의인들 제대로 하겠어.'

이번에는 제갈세가주가 나섰다.

"자자, 일단 검성께서 뜻을 번복하실 것 같지 않으니 일단은 후임자를 결정하는 것이 시급합니다. 그 부분을 속히 논의하고 결정하는 것이 어떻겠습니까? 지금 남궁세가의 일도 그렇거니와…… 속히 결정해야 할 사안만 하더라도 산적해 있습니다."

집법청의 고수들을 선도하는 사람 중에 하나인 지휘사령 옥기린이 자리에서 몸을 일으키는 걸 본 사람들은 기대감을 숨기지 못한 채 그를 바라봤다.

그의 의견은 매우 중요했다. 검성이 맹주일 때도 옥기린의 일거수일투족은 사람들의 관심을 끌기에 충분했다. 그만큼 그는 정의맹에서 영향력이 지대한 사람이었다.

옥기린은 몸을 일으켜 좌중에게 한차례 읍을 한 뒤에 천천히 입을 열었다.

"현재 검성께서 물러나신 마당에 정의맹의 맹주를 맡아도 잡음이 없을만한 사람은 오직 천황 파천대공뿐입니다. 이는 나 혼자만의 결정이 아닌 집법청의 공론입니다. 이 의견에 반대가 없다면 한사코 맹주직을 고사하고 있는 파천대공을 어찌 설득할 것인가를 논의해야 할 것으로 봅니다. 이상입니다."

간단했다. 허나 그 내용이 어찌 간단하기만 하겠는가. 집법청의 고수들 사이에 이미 한 차례 회의가 있었고 그 자리에서 천황파천을 후임자로 내정했다는 사실이 먼저 충격적이었다. 맹주인 검성이 거취를 공표하기 전에 결정된 사안이라는 점이 좌중을 술렁이게 할만 했다.

또 하나는 파천을 제외한 다른 어떤 인사도 후보로 인정하지 않겠다는 집법청의 의지를 확인했다는 점이었다. 평의회 의장인 제갈공효는 그 부분이 매우 탐탁지 않았다.

집법청이 정의맹에서 차지하는 비중이 절대적이라는 점을 누군들 부인할 수 있으랴. 허나 그렇다고는 해도 그들이 정의맹의 전부여서는 안 된다. 저들의 저런 안하무인격의 태도는 명색으로나마 정의맹의 한 축을 감당하고 있는 자신을 무시하는 처사처럼 보였던 것이다.

'저들이 문제다. 저들의 무력은 내가 감당할 수 있는 것이 아니다. 그나마 검성이 있을 때는 그를 업고서 대등한 목소리를 낼 수 있었지만 그가 물러난 마당에 예전과 같을 수 없을 것이다. 속히 대책을 세워야 한다.'

제갈공효의 머릿속은 빠르게 회전을 하기 시작했다. 이미 대세는 무림의 새로운 구성인 천황 파천에게로 넘어가 있었다. 집법청이 그 사실을 확인시켜 주고 있음에야 무엇을 망설이랴 싶었다.

"본인 역시 그와 같은 결론을 내렸습니다. 평의회 의원 일동은 천황 파천대공을 지지하며 맹주로 강력하게 추천하는 바입니다. 또한 제가 책임지고 내락을 받아내겠습니다."

*　　*　　*

검성과 파천이 마주 앉아 있었다. 파천은 검성이 맹주직을 물러났다는 소식을 듣자마자 한달음에 달려왔다. 검성은 한결 밝은 표정으로 손님을 맞이했다.

마지막으로 침실과 집무실을 들러 몇 권의 서책과 소지품을 정리해 나오던 길에 마주친 자리였던지라 서먹할 법도 한데 전혀 그런 기색이 없었다.

"그런 표정 지을 것 없습니다. 제가 정의맹을 영영 떠나는 것도 아니고…… 백의종군하는 마음으로 힘을 보탤 것이니 크게 달라지는 것도 없습니다."

"결국은…… 그리 결정하셨군요."

"허허. 집착을 끊어내고 결정하고 나니 속 시원합니다. 버리고서야 보이는 것도 있더군요. 움켜쥐고 있을 때는 그것이 다 내 것인 줄 알았는데 막상 한 걸음 물러서서 보니 애초에 내 것이 하나도 없더군요. 잠시 맡겨진 것이었는데 너무 함부로 휘두른 것 같아서 지금까지도 마음이 무겁습니다. 허나…… 제 소신에는 변함이 없습니다. 지도자는, 더군다나 난세를 헤쳐가야 하는 지도자는 피를 무서워해서도 안 되고 협잡이나 음모나 암계를 두려워해서도 안 된다고 믿습니다. 천하 만민이 모두 옳다 하는 길이 혹 있을지는 몰라도 절대 그 길로만 가서는 최후의 승리를 쟁취할 수 없다고 봅니다. 더럽고 추악한 것을 피하고 감추고 숨기기보다 그 모든 것을 억누르고 덮어버릴 수 있을만한 패도라면……장차는 만인에게 이득이 될 것이란 믿음에는 변함이 없습니다. 제 선택이 잘못이 아니라 그만한 역량이 되지 못했기 때문에 이런 결과가 났다고 봅니다."

역시 고집스런 인물이었다. 파천은 그가 가진 입장에도 일견 취해야 할 부분이 있을 것이란 생각에는 동의하는 바였다. 그렇다고는 해도 여전히 그와는 좁힐 수 없는 견해차가 존재했다.

검성이 현재 어떤 처지에 처해졌는가와 별개로 다시 대하는 검성이 여전히 초라하지 않고 거인으로 보인다는 점은 솔직히 인정할 수밖에 없었다. 그는 큰 사람이었다.

무엇보다 진퇴에 미련이 없고 자신이 옳다고 믿는 바를 저처럼 과단성 있게 결정할 수 있는 그 대범함에 파천은 박수를 보내고 싶었다.

검성은 파천의 의향을 물었다.

"맹주직을 끝까지 고사하실 생각이십니까?"

"그래야 한다고 믿습니다."

"천황의 직임보다 정의맹의 맹주직이 가볍다 여기시는 까닭인가요?"

"그건 아닙니다."

"그렇다면 뜻을 꺾어야 할 겁니다. 지금 누가 있어 맹주를 하겠노라 나설 수 있겠습니까? 천황께서 사양하시면 정의맹은 이후로 오랫동안 표류하게 됩니다. 사사혈맹에게 어부지리를 줄 요량이 아니시라면 적당한 때에 거둬들이십시오."

파천은 대답할 말이 떠오르지 않아 즉답을 피했다.

검성을 만나고 온 뒤로 파천은 연무관에 틀어박혀 사람들의 접견을 일체 허용하지 않았다. 그들이 품고 온 속뜻은 제각각 다르겠지만 그들이 할 말은 하나로 정해져 있기 때문이었다. 적어도 그에 대한 긍정적인 대답을 가지고 있지 않은 파천으로서는 그들과의 만남이 불편할 수밖에 없었다.

단지 파천은 옥기린을 만났을 따름이었다. 그에게 흉금을 털어놓았고 자신이 정의맹에 몸담을 수 없는 가장 중요한 이유를 털어놨다. 처음에는 완강히 부정하는 몸짓을 하던 옥기린도 종내에는 납득하고 돌아갔다.

사람들의 눈을 피해 몰래 연무관을 빠져나온 파천은 천향루로 갔다. 밖에서는 천둥이 치고 한바탕 격정적인 태풍이 휩쓸고 지나가는데도 이곳 천향루는 마치 딴 세상이라도 되는 듯이 고요히 잠들어 있었다.

그것은 달리 생각하면 칼끝에 선 듯 비장한 기운이 감도는 정의맹과는 사뭇 다른 평안과도 같았다. 세상의 소식에 무감각한 사람들이라면 오늘 떠오른 해가 어제와 다를 이유를 찾을 수 없을 것이다.

파천이 여길 온 건 어제와는 다른 이유였다. 어제는 괴로움을 잊기 위해 술이 필요해서였고 오늘은 그가 보살펴야 하는 사람들의 안위가 걱정돼서다.

와룡장주는 제 몸이 성치도 않으면서 자운경의 처소에서 밤을 지새웠다 하니 그 정성이 갸륵하기 그지없지 않은가. 그녀는 어젯밤 결국 핏덩이를 쏟아내고 말았다. 사산(死産)한 것이다. 철우명과의 마지막 연결고리가 끊어진 셈이었다.

마땅히 기뻐해야 할 일임에도 누구 하나 그런 내색을 할 수가 없었다. 고통과 괴로움에 지쳐 잠들어 있는 자운경의 얼굴을 내려다보며 와룡장주는 깊은 한숨을 토했다. 파천의 손이 와룡장주의 어깨를 가볍게 두드렸다. 두 사람은 자운경의 처소를 나와 청기와를 덮은 정자로 자리를 옮겼다.

연못의 물은 살짝 살얼음이 얼어 있었고 군데군데 깨진 얼음 사이로 어른 허벅지만한 물고기가 수초들 사이를 누비고 있었다. 그 모습을 넋 놓고 쳐다보고 있던 상백린이 맥 빠진 음성으로 입을 열었다.

"천황께도 괴로움이란 것이 있습니까?"

"사람이라면…… 누구나 남모를 고통 한두어 가지쯤은 있지 않겠습니까."

"괴롭습니다. 그녀의 고통을 덜어줄 수 있는 길이라면 못할 일이 없을 것 같습니다."

"장주의 그 마음을 자 소저께서 모르지 않을 테니 곧 평안을 찾을 것입니다. 너무 심려 마십시오. 지나친 근심으로 장주의 몸과 마음까지 상하고 나면 자 소저는 의지할 데조차 없어지지 않겠습니까?"

상백린은 또다시 깊은 한숨을 내쉬고는 혼자 있고 싶다는 말을 했다. 서너 걸음 뒤에 태산처럼 버티고 선 유백송이 있으니 그를 혼자 두고 가도 되리란 생각을 한 파천은 곧장 모용상인의 거처로 발길을 옮겼다.

파천이 천향루에서 시간을 보내고 있는 사이에 정의맹에서는 또다시 긴급수뇌 회의가 열렸다. 이번에는 외부에서 전해진 급박한 소식 때문이었다.

장내는 떠들썩했다.

"지금이라도 당장 지원군을 보내야 합니다."

"저들이 먼저 도발을 했으니 반드시 응징해야 하오. 사파와는 애초에 대화가 통하지 않소. 저들은 싸울 뜻을 분명히 하고 있음이 밝혀졌으니 이참에 전면전을 통해서라도 저들을 굴복시켜야 하오."

"맞습니다. 우리를 업신여기는 것이 아니고서야 어찌 이와 같은 도발을 할 수 있겠소."

"근본 태생부터가 우리와는 다른 사람들입니다. 대의 따위는 아랑곳없이 남 잘 되는 꼴은 죽어도 못 보는 사람들이고 제가 못 가지면 남도 못 가지게 깽판이나 놓는 자들과 무슨 타협인들 할수 있겠소."

맹주가 없으니 회의 분위기는 중구난방이었다. 남의 얘기가 끝나지 않았는데도 떠들어대는 사람들로 인해 회의는 제대로 진행될 수가 없어 보였다. 보다 못한 옥기린이 소란스러운 장내를 가라앉히고자 나섰다.

"자, 여러분들 진정들 하시고 제 말을 들어보십시오."

"진작 쳐들어가서 끝장을 봐야 했습니다."

"그러게 말입니다."

옥기린은 탁자를 소리 내 두드렸다.

탕탕.

"다들 좀 조용히 해보시오!"

그제야 장내는 안정을 찾았다. 사람들의 시선이 일제히 옥기린에게로 향했다.

"현재 본맹의 맹주님이 안 계신 관계로 맹주가 정해질 때까지 집단지도체제를 유지할 수밖에 없소. 그런데 이런 식으로 제 목소리만 내기에 분주하다면 우리는 작은 일 하나조차 쉽사리 결정내릴 수 없을 것이오. 다시 한 번 정리하겠습니다. 현재 사사혈맹의 선발대로 짐작되는 일단의 고수들에 의해 호북성의 형문(荊門), 의성(宜城), 양번(襄樊), 방현(房縣) 일대의 12개 정도문파가 멸문을 당했소. 또한 두 갈래로 나뉘어 진격하던 그들이 결국 무당파까지…… 폐허로 만들었소. 이는 정의맹에 대한 명백한 도발로 간주할 수밖에 없소. 이에 대해 우리가 어찌 대처해야 할지 기탄없이 말씀해 주셨으면 하오."

확실히 이 소식은 정의맹에 소속돼 있는 정파의 명숙들을 분노케 할만 했다. 각 문파의 주력들이 비록 정의맹에 모여 있어 큰 화는 피했다지만 어찌 그로 인해 그나마 다행이라고 안심할 수 있겠는가.

무림 역사에서 무림맹이나 사파연합이니 하는 따위의 연맹체가 생겨나고 없어지길 수차례 거듭했지만 서로 대치하고 있는 상황에서 빈집털이 하듯 본산을 초토화시킨 예는 흔치 않았다. 이는 정사를 가리지 않고 공분을 사기에 마땅한 일이었기에 될 수 있으면 피하는 일이었다.

"그들이 왜 그런 공분 살 일을 감행했는지 헤아릴 길이 없습니다. 또한 저들이 이번 일로 획책하는 목적이 무엇인지도 지금으로서는 생각나는 바가 없습니다. 하지만 분명히 명심해 둬야 할 부분이 있습니다. 지금 당장 우리가 전면전을 일으킨다면 장차 그 혼란과 피해는 걷잡을 수 없이 커져만 갈 것이고 우리가 진정으로 원했던 목표는 이룰 수 없다는 점입니다. 현재 전력상으로 우리가 약간의 우위를 점하고 있는 건 사실이지만 태존이라는 변수가 등장한데다 그의 전력이 어느 정도인지 모르는 상태에서 섣부른 승리를 점칠 수도 없습니다. 최악의 경우 무림의 전력 중 채일 할도 남기지 못한다면 미구에 닥칠 대란은 무슨 여력이 있어 감당할 수 있겠습니까? 이럴 때일수록 우리는 냉정해져야 합니다."

천향군주의 눈빛은 오늘따라 유난히 총기가 가득해 보였다. 그녀의 말은 틀린 구석이 없었다. 그걸 알면서도 쉽사리 수긍이 안 가는 것이 또 인지상정이 아니겠는가!

반대의 소리들도 나왔다. 격앙된 어조로 사사혈맹과 한 하늘을 이고 살 수 없노라 역설하는 자가 있는가 하면, 저런 자들과 어찌 연합이나 동맹이 가능하겠느냐며 회의적인 태도를 보이는 자들도 다수였다.

바로 그때였다. 누구도 짚어내지 못했던 부분을 언급하는 사람이 있었다. 그는 다름 아닌 소림사의 성승인 굉지대사였다.

"아미타불…… 본맹의 정보망이 이리 허술했는지 다시 한 번

점검해볼 필요가 있습니다. 노납이 듣기로 첫 격전지였던 형문에서 무당파의 급습까지 걸린 시간은 사흘이었습니다. 그런데 본맹에 이 소식이 전해진 것은 한 시진이 채 안됐다는 사실은 무언가 큰 문제가 있다고 보여 집니다. 본맹의 정보망에 이렇게 큰 허점이 있음을 노납은 믿기가 힘이 드는구려."

그랬다. 그건 심각한 일이었다. 옥기린이 그에 대한 자신의 견해를 밝혔다.

"저도 그 점이 수상하여 좀 알아봤는데 주목할 만한 점이 발견됐습니다. 형문이나 의성, 양번, 방현 등에서는 첩지가 보내진 적이 없었습니다. 백번 양보해서 그들이 전서구를 날릴 여유도 없이 전멸했다 쳐도 그 배후 지역인 응성(應城)이나 안륙(安陸) 등지에서는 소식을 전해 왔어야 합니다. 본맹에 전달된 전서구는 강서성의 경덕진(景德鎭)에서 보내왔으며 그 또한 호북성에서 출입하는 상인들의 입을 통해서 정보를 입수했다는 점입니다. 현재 그 사실만으로 추측컨대 본맹의 호북성 정보망은 완전히 괴멸됐다고 보는 것이 옳을 것 같습니다."

"으음 그 정도였다는 말인가!"

"그런 일이……."

모두가 놀라는 눈치였다. 그의 말이 사실이라면 적어도 호북성에서 일어나는 일에 대해서만은 정의맹이 눈뜬 봉사나 다름없다는 뜻이 아니고 무엇이랴. 적들이 호북성을 지나 강서성에 진입하고서야 알 수 있다면 그만큼 기동력에서 정의맹은 손해를 보는 셈이었다.

옥기린의 우려는 거기서 중단되지 않았다.

"만약 호북성뿐만 아니라 절강성을 둘러싸고 있는 안휘와 강서, 복건과 강소성까지 저들의 마수가 뻗치고 있는 것이 아닌가 싶어 심히 우려가 되는 바입니다."

바로 그때 또다시 급보가 날아들었다. 집법청 소속의 사령 하나가 얼굴이 상기된 채 회의청 문을 벌컥 밀어젖히며 뛰어 들어왔다.

"큰일 났습니다. 사사혈맹의 주력부대로 짐작되는 삼천 기가 넘는 병력이 포양호(我陽湖) 도창(都昌)으로 진격하고 있다고 합니다."

집법청을 사실상 주도하고 있는 세 사람 중 하나인 천무태공(天武太公)이 버럭 소리를 질렀다.

"무엇이!"

이번엔 묵령(墨靈)이 다그쳤다.

"소상히 아뢰지 못할까!"

"첩지가 전달되었사온데 그 내용인즉 삼천 기가 넘는 병력이 포양호 도창으로 진입했다고 합니다."

옥기린은 머리를 짚었다. 천향군주가 빠르게 물었다.

"포양호 도창에 무잇이 있죠?"

옥기린이 이를 악문 채 대답했다.

"녹림맹이오. 저들의 목표는 아마도 녹림맹인 것 같소."

회의장 안의 수뇌들은 누구라 할 것 없이 모두가 동시에 불길한 예감에 몸서리쳤다.

방금 옥기린이 했던 우려가 어쩌면 사실일지도 모른다는 예감은 거의 확실해 보이지 않는가. 호북성의 참사를 전해주었던 경덕진과는 그리 멀지 않은 곳에 포양호가 있다. 삼천 기가 무창을 떠나 그곳까지 이르도록 단 한 통의 전서도 없었다는 것이 이를 증명해 주는 일이 아니고 무엇이랴.

설사 적들이 개별적으로 이동했다고 하더라도 그 정도 인원이, 그것도 무림의 고수들이 움직였다면 어떤 식으로든지 소식은 전달되었을 것이다. 옥기린은 가장 먼저 해야 할 일이 무언지를 깨달았다.

"지금 즉시 중원 전역으로 전서를 날려 점검부터 해야 할 것 같소. 현재 가동되고 있는 조직망이 어느 정도인지를 검토해 봐야 할 것 같소. 사령, 이름이 뭔가?"

"네, 소인의 이름은…… 한수겸입니다."

"한 사령, 자네는 즉시 중원 전역으로 전서구를 날려 보내라 이르라. 답신이 오는 곳과 그렇지 않은 곳을 분류하는 작업을 해야 할 것 같다."

"명한대로 즉시 시행하겠습니다."

사령이 밖으로 뛰어나가는 모습을 물끄러미 바라보던 옥기린이 장내를 살펴본다. 수뇌들의 얼굴에는 저마다 불안해하는 모습이 역력했다. 옥기린은 겉으로 드러내진 않았지만 침음할 수밖에 없었다.

'구심점이 없다는 것이 이처럼 큰 것이다. 집법청의 무력이 아무리 우세를 점한다 할지라도 맹주가 없다면…… 정의맹은 사상누각에 불과하다. 이건 생각했던 것보다 더 치명적일 수도 있겠어.'

회의는 옥기린의 주재로 열띤 논쟁으로 이어졌고 결론은 모두가 염려하는 방향으로 내려졌다.

출군!

녹림맹이 사사혈맹의 주구로 화한다는 것은 그들이 지닌 비중 이상의 전략적 가치를 사사혈맹이 선점한다는 뜻이 된다. 녹림맹을 거두면 흑도의 무리를 규합할 수 있다. 또한 그들이 점하고 있는 지역과 항주와의 거리를 따져볼 때 언제든 하루 안에 공격받을 수 있다는 심적인 부담감을 안고 있어야 한다.

그것뿐만이 아니다. 무창과 포양호는 항주에서 일직선상의 위치에 있지 않기에 늘 두 곳을 동시에 신경 써야 하는 것이다. 무창으로 진격할 때도 포양호에 자리 잡고 있는 녹림맹을 먼저 쳐야 한다.

그렇지 않고 곧바로 무창으로 진격할 경우 배후를 공격당할 수 있는 위험성이 상존해 있었다. 이런 중대한 곳을 사사혈맹이 별대가도 없이 털어먹게 할 순 없는 일이지 않겠는가.

집법청의 고수들 중 반수가 동원됐고 3군 중 중정군과 좌의군의 출군이 확정됐다. 회의청에서 출군결정이 내려지고 고작 두 시진도 지나지 않아 항주를 떠났으니 이들이 얼마나 다급해하고 있는지를 일께 해준다.

＊　　　＊　　　＊

팔천 명이 넘는 정의맹의 핵심전력이 항주를 벗어나 목적지인 파양호를 향해 박차를 가하고 있던 그 시간, 하늘을 떠받치고도 남을 듯한 막대한 기세를 뿜어내는 일단의 무리들이 절강성으로 진입하고 있었다.

그 보고를 접한 정의맹의 수뇌들은 바싹 긴장했다. 지금 막 절 강성으로 진입한 무리들이 만에 하나라도 사사혈맹의 주력이라 면 정의맹은 정예 중 삼분의 이가 없는 상태에서 감당할 여력이 없지 않겠는가.

그러나 다행스럽게도 우려했던 정체불명의 무리는 사사혈맹의 주력이 아니었다. 백두산을 출발한 천부의 선인들과 파천의 지인 들인 담사황과 천마, 혈마 등이었다. 그들이 개봉을 거쳐서 왔음 이 분명한 것이, 천마교와 혈마교의 추리고 추린 정예들도 동행 하고 있었다.

천마교와 혈마교의 주력들로 추측된다는 보고가 뒤이어 전해졌 음에도 불구하고 집법청의 수뇌들은 긴장을 늦출 수가 없었다. 이곳이 어디인가? 얼마 전까지 혈마교의 총단이었던 곳이 아닌 가? 그런 곳을 힘으로 차지하고서 터 잡은 정의맹의 입장으로서 는 그들의 공격을 받는다 해도 전혀 이상할 게 없는 처지였다. 일 촉즉발의 긴장감을 단번에 해소시킨 사람은 다름 아닌 천황 파천 이었다.

틀림없이 제집임이 분명함에도 손님인 양 들어서야 하는 혈마 교 사람들을 제외하고는 그다지 불만들이 없는 얼굴들이었다. 자 식 같은 우직한 수하들이 총단을 버리고 개봉으로 눈물의 도주를 감행해야 했다는 소식을 접한 혈마는 불처럼 노했고 정의맹을 박 살내 버리겠노라고 이를 북북 갈아붙였었다.

개봉을 떠날 때만 해도 혈마는 누구도 말릴 수 없을 만큼 분기

탱천해 있었다. 그 기억을 끄집어낸 천마가 혈마의 약을 살살 올렸다.

"거 봐라. 혈마교가 천마교보다 한수 아래라는 건 이런 순간에도 밝혀지지 않느냐? 우리 애들 같았으면 그 자리에서 폭사하는 한이 있어도 한 발도 물러서지 않는다. 아암, 죽는 것이 낫지 그런 수치를 당하고서 어찌 살기를 바랄꼬. 어때, 기분이? 쫓겨난 집으로 다시 기어들어가는 심정을 나와 우리 천마교 아이들은 겪어본 적이 없어서 말이지."

혈마는 바들바들 떨었다.

"너, 너, 너!"

"괜찮아. 그럴 수도 있지. 살다 보면 별의별 수모를 다 겪는 것이 인생살이 아니더냐. 원래 다 그런 거야. 노인이 되면 젊었던 시절의 추억으로 하루하루를 견뎌간다지 않던가. 그 마음 충분히 이해하지. 너도 이제는……."

"닥쳐!"

너무도 작은 소리여서 주변에 있는 사람들한테는 들리지도 않았다. 그렇지만 천마에게는 천둥소리처럼 크게 들렸다. 더 이상 건들면 위험하다는 신호가 깐빠깐빠 오고 있음에도 오는 따라 천마는 그 위험수위를 넘어보자는 호기가 치솟아 올랐다.

"이제 그만 성질 죽여라. 나 봐라. 천하에 내 위에 사람 없고 내 밑으로만 그득하다는 마음가짐으로 한 시대를 벌벌 떨게 했었지만 지금은 꼬리 만 강아지처럼 온순……."

천마는 안타깝게도 그 다음 말을 입 밖으로 내지 못하고 꿀꺽 삼키고야 말았다.

퍽.

정문을 지나서 내성으로 막 접어들던 천마가 별안간 배를 움켜쥐고 꼬리에 불붙인 폭죽처럼 지붕 위로 날아가고 있었으니. 사람들은 어안이 벙벙해져서 씩씩거리고 있는 혈마를 곁눈질했다. 무슨 영문인가 싶어서였을 것이다.

파천은 담사황과 어깨를 나란히 한 채로 걷다가 그 모습을 보며 활짝 웃었다.

어느 구석에 처박혀 있다가 용케도 하나뿐인 벗의 귀환소식을 접했는지 득달같이 달려온 질풍노조 태행수가 담사황 옆에 바싹 붙어서 뒤뚱거리며 걷고 있었는데, 몸집에 비해 큰 머리통을 설레설레 흔드는 모습이 그리 귀여울 수가 없었다.

담사황이 뒷짐을 진 채로 혀를 끌끌 차며 말했다.

"쯧쯧…… 철딱서니 없는 것들 같으니라고."

질풍노조는 담사황의 엉덩이를 한 손으로 툭툭 치더니 히죽 웃으며 말했다.

"그 사부에 그 제자들이지. 철딱서니 없기로 따지면 자네만 할까."

담사황은 무언가 켕기는 구석이 있었는지 연신 헛기침만 해댔을 뿐 말대꾸는 못했다.

옥기린을 비롯한 집법청의 고수들이 직접 나와 일행을 인도해가는 장면도 희귀하거니와 정도의 명숙들이 의관도 정제하지 못한 채 부리나케 뛰어나와 담사황에게 절하는 모습은 하던 일을 멈추고 이 광경을 물끄러미 지켜보던 정의맹 고수들을 놀라게 만들었다.

대전에는 여섯 사람만이 들었다. 파천과 담사황, 해명선인, 일묘선인, 천마, 혈마였다.

자리에 앉으며 파천이 천마에게 넌지시 전음으로 물었다.

『할아버지는 지금 어떤 상태지?』

그냥 보기엔 그가 정말로 내공을 회복했는지조차 확신이 안 섰다. 천마는 고개를 절레절레 흔든다.

『말도 마라. 노인네가 집념이 강한 건 알았지만 이번에 보니 과연 내가 열 중 하나나마 제대로 알고 있었던가 싶게 지독하더라. 과거의 무위를 회복한 건 맞는데 도대체 어느 정도의 성취를 이뤘는지는 나조차 짐작이 안 간다. 한 마디로 괴물이 된 게지.』

진담 반 농담 반으로 하는 소리였지만 거짓은 한 톨도 섞지 않았다. 천마의 너스레가 그리 반가울 수가 없었다. 다시는 못 볼지도 모른다고 생각했던 할아버지의 건강한 모습을 다시 보는 것만으로도 파천은 그간의 고민이 싹 씻겨 날아갈 정도로 기운이 넘쳤다.

이들 여섯 사람을 영접하는 정의맹의 대표자격으로 네 사람, 즉 옥기린과 묵령, 굉지대사와 제갈세가주가 대전으로 먼저 들어 있고 약간의 시간차를 두고 핵심 수뇌들이 우르르 몰려들있다.

굉지대사는 다시 대하는 담사황에게 반가움을 표했고 담사황 역시 넉넉하고 후덕한 웃음으로 굉지대사의 인사에 화답했다. 그런 와중에도 질풍노조 태행수는 짧은 다리를 대롱거리며 연신 밥타령을 해댔다.

"밥은 언제 주냐? 밥 먹으면서 얘기하면 안 될까? 이놈의 집구석은 손님 왔는데 뭐라도 내놓고 나서 인사치레를 하든 말든 해야 할 거 아냐. 밥, 밥, 밥……."

마치 그 혼자 동떨어진 세계에 고립되어 있는 사람처럼 이곳이 어디든, 어떤 상황이든 전혀 개의치 않는다는 표정이었다.

옥기린을 비롯한 대개의 정의맹 수뇌들은 지금 신경이 온통 다른 곳에 쏠려 있는지라 표정이 썩 밝지는 못했다. 그걸 알아본 파천이 조심스럽게 물었다.

"무슨 일이 있었습니까?"

옥기린은 짧게 현재의 상황을 전했다. 한동안 대전에 무거운 침묵이 감돌았다.

사사혈맹의 전격적인 행보가 의외인데다 두 세력 간의 전면적인 충돌만은 막아야 한다고 생각해 왔던 파천은 놀람을 감추지 못했다. 파천의 얼굴에도 심중의 생각이 고스란히 묻어나 딱딱하게 굳어졌다.

"꼭 그런 결정밖에 내릴 수 없었습니까?"

출정을 결정한 수뇌들에 대한 질책이 다분하다는 것을 알아채지 못한 사람들이 누가 있으랴. 옥기린은 고개를 살짝 숙여 보이며 최선이었음을 힘주어 밝혔다.

"녹림맹의 전력이 문제가 아니라 그들을 소유함으로써 향후 갖게 될 사사혈맹의 전략적 우위가 걱정됐습니다."

"우리가 가지지 못하면 남도 가지지 못한다, 뭐 그런 식으로 결론이 난 것 같군요. 저들이 끝까지 파양호를 포기하지 않고 맞선다면 그땐 어쩌시렵니까?"

"현재 출군한 전력이 저들의 예상전력을 상회합니다. 맞선다면 저희보다는 저쪽의 손실이 클 것입니다."

"그것도 두고 봐야 알 일이지요. 사사혈맹의 주력이 파양호에 진입하기 전까지 몰랐다면 사사혈맹의 전 병력이 증원된다 해도 여기서는 모르는 일 아니겠습니까? 설사 안다고 해도 그때는 이미 늦을 테고 말입니다."

옥기린의 얼굴뿐만 아니었다. 정의맹 수뇌들의 얼굴이 순식간에 흙빛이 되었다. 그 생각은 못했던 것이다.

파천의 옆에서 지그시 눈을 감고 있던 담사황이 고개를 저으며 입을 열었다.

"어허, 조금만 일찍 왔어도 어찌 막아볼 수 있었을 것을. 지금이라도 회군시키는 것이 어떠하겠소?"

"그럴 수 없습니다."

제갈세가주였다. 그는 마치 이번 일에 정의맹의 사활이 걸려 있다는 듯 힘주어 말했다.

"저희도 충분히 심사숙고하여 내린 결론입니다. 지금 사사혈맹의 준동을 막지 못하면 계속 끌려가게 됩니다. 이만한 전력을 보유하고서 왜 저들의 눈치를 봐야 합니까? 저들은 스스로가 사파인임을 다시 한 번 만천하에 드러냈습니다. 사파는 정공법을 모릅니다. 친하 대의 또한 염두에 두지 않습니다. 저들은 이기기 위해서라면 어떤 수단이라도 부릴 것입니다. 이참에 아예 기세를 꺾고 치명적인 타격을 줘야 합니다. 더군다나 이제 회군시키려 해도 너무 늦었습니다. 지금쯤이면 거의 지척에 도달했을 시간입니다."

제갈세가주의 강경한 발언에 대다수의 정의맹 인사들이 고개를 끄덕이는걸 보고서 파천은 갈 길이 멀다는 걸 다시 한 번 실감했다. 이래서 자신이 맹주직을 한사코 고사하는 것이다. 정의맹의 일원으로서는 통합은 요원할 수밖에 없다. 아니 불가능할 것이다. 뿌리 깊은 서로간의 불신을 해소하는 힘은 그들 스스로에게서 나오기 힘든 지경까지 와 있었다.

이번엔 정의맹 인사들이 궁금증을 풀 차례였다. 역시나 제갈세 가주가 가장 먼저 의중을 드러냈다.

"천마교와 혈마교의 두 종주분과 전대와 당대의 천황께서 함께 오셨으니…… 이 걸음이 본맹에 힘을 보태고자 하는 뜻으로 해석해도 될는지요. 그게 아니라면 왕림하신 뜻을 밝혀 주셨으면 합니다."

이곳에 왜 왔느냐는 물음에 혈마가 발끈했다.

"적반하장도 분수가 있지. 이곳이 내 집인걸 설마 잊어버렸다는 뜻인가?"

그 뜻밖의 태도에 제갈세가주도 한 치의 물러섬도 없이 지지 않고 맞섰다.

"설마 여길 다시 되찾겠다고 오셨소?"

"왜? 못할 것 같나?"

"한번 해보겠다는 뜻이오?"

"쥐새끼가 호랑이 흉내를 내는군. 여길 되찾겠다고 한다면?"

"뭐, 뭐라? 쥐새끼? 혈마, 당신이 감히 정의맹의 안방에서도 큰소리 칠만큼 대단한가?"

그냥 두면 둘 사이에 더 험한 말이 튀어나올 것 같았다.

"밥들 먹고 싸우지. 역시 젊으니 힘들이 넘치는군."

태행수의 그 한 마디에 여기저기서 웃음보가 터졌다.

담사황이 지그시 눈을 감은 채 혈마를 나무랐다.

"다투고자 온 게 아니지 않느냐?"

혈마는 담사황의 서늘한 눈빛을 대하자 저도 모르게 몸을 움찔 떨었다. 그것만 보아도 그녀가 담사황을 싫어했던 것만큼 두려움도 크다는 걸 알 수 있었다. 혈마는 입술을 잘근잘근 씹었을 뿐 더 이상의 노화는 보이지 않았다.

담사황이 다시 입을 열었다.

"맹주가 어느 분이시오?"

옥기린이 난처한 신색으로 입을 떠듬떠듬 열었다.

"본맹에…… 현재…… 맹주는 없습니다."

사정을 알 리 없는 담사황은 이게 무슨 소린가 싶었다. 파천이 전음으로 간략하게 설명을 하는 동안 대전의 긴장감은 더욱 고조되고 있었다.

혈마가 일행 중에 있다는 점 때문이었다. 만약 혈마가 없었다면 이들 간에 이런 긴장감이 생길 까닭이 없었다. 정의맹 소속은 아니지만 정의맹의 우군이 틀림없는 파천의 일행을 경계할 이유가 어디 있겠는가.

그때였다. 담사황 등과 동행해 항주까지 왔으나 정의맹으로는 오지 않고 곧장 천향루로 향했던 환희궁주가 대전 안으로 황급히 들어오는 것이었다. 그녀는 들어서자마자 주변은 돌아보지도 않고 파천 일행의 면전에서 곧장 입을 열었다.

"긴급히 보고할 일이 있습니다. 시간을 다투는 일입니다."

그녀가 이처럼 다급한 표정을 짓는 경우는 흔치 않았다. 혈마는 그녀가 머뭇거리고 있는 것을 보고서 여기서 발설하기 곤란한 내용이라고 지레짐작하고는 몸을 일으켰다. 허나 그런 건 아니었다.

"정의맹에 관한 일인지라……."

혈마는 얼굴을 찡그리며 환희궁주를 다그쳤다.

"무슨 소식이기에 그리 뜸 들이는 것이냐?"

"사사혈맹의 전 고수가 무창을 떠나 강변을 따라 동진하고 있다는 정보가 입수됐습니다. 오늘 새벽 인시쯤에 사람들의 눈을 피해 은밀히 출발한 것으로 보여 집니다."

사람들의 얼굴이 급변할 수밖에 없는 내용이었다.

"마지막으로 포착된 위치는?"

"경덕진 서쪽 이백 리 지점입니다."

옥기린뿐만이 아니었다. 수뇌들의 상당수가 놀람을 감추지 못한 채 자리를 박차고 일어섰다.

"맙소사! 회군, 회군해야 하오. 안 그럼 전멸이오."

"어서 연락을 취해서 회군시켜야 합니다."

옥기린과 천향군주는 서로의 얼굴을 마주보다가 누가 먼저랄 것도 없이 얼굴을 감싸 쥐었다. 옥기린의 입에서는 절로 뼈아픈 신음성이 흘러나온다.

"제대로 당했어."

정보력의 부재가 가져온 재앙이었다. 사사혈맹은 오늘 일을 위해 사전에 상당한 준비를 했음이 드러나는 순간이기도 했다. 정의맹의 정보망을 은밀히 차단시키고 전격적으로 일을 벌인 것만 보아도 현재 정의맹의 상태를 제 손바닥의 손금처럼 훤히 들여다보고 있음이 분명했다.

맹주의 부재, 정보력의 부재, 그 틈을 탄 거절할 수 없는 도발에 정의맹은 께름칙한 마음을 안고서도 끌려나올 수밖에 없었고 이는 결과적으로 정의맹의 전력을 분산시켰을 뿐만 아니라 잘하면 이참에 대세를 결정지어 버릴 수도 있을 만큼 치명적인 타격이 될 공산이 컸다.

정의맹 수뇌부는 공황상태에 빠져버렸다. 환희궁주의 말처럼 시간을 다투는 긴급한 상황임에도 누구 하나 나서서 현 상황을 일목요연하게 정리해 내지 못했다. 단지 몇 사람이 지금이라도 회군하자고 소리쳤다.

"회군하는 것이 최선이오. 당장 회군명령을 내리시오."

누구에게 하는 말일까?

"그렇소. 지금 녹림맹으로 가봤자 앞선 적을 일망타진하기는커녕 함정에 빠질 것이 자명한 상황이 아니오? 앞뒤로 적에게 둘러싸인 채 고전을 면치 못하다 자멸하고 말 것이오."

"당장 회군해야 하오. 무엇을 망설이시오."

허나 그 외침은 허망한 대답을 끌어냈을 따름이었다.

"지금, 지금은 회군하기에도 늦었소."

옥기린의 맥 빠진 대답에 파천도 공감을 표했다.

"맞소. 이미 사사혈맹의 주력은 경덕진과 포양호에 진을 치고 있는 상황. 현재 정의맹의 전력은 경덕진을 지나쳤을 가능성이 높소. 결국 전력을 그나마 보전할 길은 피해를 감수하고서라도 포위망을 뚫는 길뿐이오."

옥기린이 진심을 담아 물었다.

"우리는 어떤 선택을 내려야 합니까?"

파천은 저도 모르게 절로 천장으로 시선을 두고 말았다. 그때 담사황의 전음이 파천의 심중을 흔들었다.

『네가 무엇을 원하든 그리 해라. 전심전력을 다해 돕겠다. 일단은 이 사태를 수습하는 것이 우선이다.』

파천은 담사황이 왜 자기에게 그런 전음을 보냈는지 알 것 같았다. 지금 할 수 있는 최선의 길에는 반드시 담사황뿐만 아니라 천부의 선인들과 천마와 같은 절대고수의 도움이 절실했기 때문이다.

파천은 마음을 굳혔는지 자리에서 일어나더니 천천히 좌중을 둘러보았다. 그가 입을 여는데 그 목소리는 마치 천장에서 웅웅 울렸다가 다시 아래로 떨어져 내리는 것 같았다. 파천의 눈빛이 비할 바 없이 강력해졌다.

"두 가지를 해야 하오. 그 하나는 우리 중 가장 경공이 빠른, 고수들로만 구성된 선발대를 뽑아 최대한 빠른 시간 내에 격전이 벌어지고 있는 장소로 보내야 하오. 비록 소수지만 그 인원이 더해짐으로써 한층 견고한 방어진을 형성할 수 있을 것이오. 시간을 벌 수 있소. 두 번째는 그와 동시에 현재 항주에서 동원할 수 있는 전 병력을 출발시키고 그 전에 미리 소문을 내시오. 이왕이면 경덕진쯤에서부터 미리 소문을 낸다면 생각지 못했던 효과를 기대할 수도 있소. 저들 역시 본진의 전력을 분산했기에 언제 적의 병력이 충원될지 모른다는 불안감, 그것이 필요하오. 심리적으로 쫓기다 보면 실수도 잦아지고 무리수도 두는 법. 그 한 번의 위기만 막아낼 수 있다면 최악의 상황만은 면할 수 있을 것이오. 그나마 한 가지 위로가 되는 점이 있다면 현재 출정한 전력이 맥도 못 추고 순식간에 당할 정도로 약세가 아니라는 점일 것이오."

사람들은 침을 꿀꺽 삼켰다. 더 이상의 전략이 없다고 할 정도로 지금으로서는 최선이라고 할만 했다.

"그 전략에는 맹점이 하나 있소."

이번의 목소리는 대전 안이 아니라 밖에서부터 들려오고 있었다. 검성이었다. 검성이 대전으로 들어오면서 목청껏 지른 소리에 사람들이 돌아다봤다. 그는 태연자약하게 걸어오며 파천을 빤히 쳐다봤다.

"맹점이라 하셨습니까?"

"그렇습니다. 아무리 작은 전쟁이라도 지휘관조차 없이 어찌 승리를 기대할 수 있겠습니까? 본맹은 현재 선장 없이 항해하는 배와 같습니다. 작은 파도에도 이리저리 휘둘리고 있는 것만 보아도 명백하오. 파천대공께서 지휘관이 되시오. 그럼…… 우리는 설사 이 싸움에서 목숨을 잃는다 해도 기꺼이 웃으면서 죽을 수 있을 것이오. 아무리 전략이 좋으면 뭐하겠소. 그것을 실행하는 단계에서 우왕좌왕하면 별 소용없는 일. 어찌 하겠소? 더 이상 방관하면 무림의 한 축은 무너지고 마오. 살아남은 자들만 거두겠다는 심산이라면 그리 하셔도 좋소만 그게 아니라면…… 이쯤에서 뜻을 꺾으시오. 이는 우리 모두가 바라는 일이고 천하를 살리는 길입니다."

파천은 더 이상 발을 뺄 수 없는 막다른 지경에까지 내몰리고 말았다. 이마저도 받아들이지 않는다면 정의맹의 인사들은 오히려 파천을 원망할 것이다.

결국 그는 나머지 하나를 얻고자 얻을 수 있는 하나마저 팽개친 천하에 다시없는 천치 소리를 듣게 될 것이다. 파천은 백기를 들 수밖에 없었다.

"본인이 졌소이다. 좋소. 한시적으로…… 맹주직을 받아들이겠소."

검성은 히죽 웃었다. 그도 그렇게 바보처럼 웃을 수 있는 사람이었던 것이다.

"맹주님의 명을 기다립니다. 이제 저희는 어찌하면 됩니까?"

"지금부터 내가 호명하는 사람은 속히 병기를 갖추고 연무장 앞으로 한 사람도 빠짐없이 집결하시오."

파천의 입에서 호명된 사람은 고작 스무 명에 불과했다. 그렇지만 그 한 사람, 한 사람이 능히 절정고수 백 명을 상대할 수 있는 절세고수들임에야. 파천의 입에서 마지막으로 담사황의 이름이 호명되자 사람들은 설마 하는 얼굴이 됐다. 그러나 담사황의 태도는 전혀 뜻밖이었다.

"천황의 명에 따르겠습니다."

그는 정의맹 맹주가 아닌 당대의 천황의 명령에 따른다는 점을 유독 강조했다. 천마와 혈마와 일묘선인, 해명선인도 마찬가지였다. 한 사람의 등장에도 천하의 판세를 좌지우지 할 수 있을 정도의 절세고수들이 자그마치 스무 명이 호명되었고 그들은 파천의 명령에 따라 연무장에 집결했다. 단 한 사람, 질풍노조 태행수만이 투덜대기 바빴다.

"세상에 밥도 안 주고 부려먹는 법이 어디 있느냐? 네 할아비가 그리 가르쳤느냐? 늙어서 가만 서 있어도 뼈다귀가 삐꺼덕 대거늘, 그런 나더러 그 먼 곳까지 뛰어가란 소리냐? 밥만 줘 봐라

내 파양호 아니라 백두산까지라도 갔다 오마. 두 번 왕복하라고 해도 아무 소리 안 한다."

어지간히 배가 고팠나 보다. 그렇게 보아서 그런지 눈에 눈물이 그렁그렁 맺혀 있는 것처럼 보여 하는 수 없이 질풍노조에게 식사를 대령할 수밖에 없었다. 하긴 그라면 식사를 다하고 출발해도 선발대를 추월하는 건 일도 아니었으니.

나머지 인원들은 한시도 지체할 수 없는지라 결의에 차서 즉시 전장을 향해 바람처럼 사라져갔다. 그중에는 얼마 전까지만 해도 정의맹의 맹주였던 검성도 끼어 있었다.

파천은 그들이 사라져간 서쪽 하늘을 바라보며 심호흡을 했다. 이후 그의 입에서 정의맹 전체를 호령하는 우렁찬 외침소리가 터져 나왔다.

"정의맹의 남은 전 병력을 집결시킨다. 총단에 남아 있는, 싸울 수 있는 전원을 집결시켜라. 이곳에 병력을 남길 필요가 없으니 설사 뇌옥에 갇힌 자라고 해도 칼을 들고 싸울 수 있는 자라면 모조리 동원한다. 시간은 이 각을 주겠다. 이 각 내로 전원 집결 완료한다, 실시."

굉장했다. 마치 정의맹 전체가 한꺼번에 꿈틀거리는 듯했다. 무사들이 이리저리 뛰어다녔다. 아니 날아다녔다. 원로들이고 평무사고 할 것 없이 병기를 들고 싸울 수 있는 사람이면 모조리 대연무장으로 모여들었다. 그리고 현재 정의맹에서 부릴 수 있는 말들이 모조리 끌려나왔다. 그 수는 무려 삼천 마리가 넘었다.

삼군 중 유일하게 남아 있는 우평군을 필두로 평의회와 집법청의 고수까지 모조리 동원됐다. 예외는 없었다. 심지어 뇌옥에 간혀 있던 자들 중 중죄인이 아닌 이상에는 병기를 지참한 채 연무장으로 달려 나와야만 했다.

그들 중에 남궁세가의 고수들이 허름한 마의를 입은 채 복명하고 있는 모습이 유독 두드러져 보였는데, 그들을 이끌고 나온 이는 놀랍게도 옥기린이었다. 그 앞에서 옥기린은 재차 다짐을 받고 있었다.

"당신들은 아직까지는 사면 받지 못한 죄인의 신분이오. 하늘이 내리신 기회라고 생각하고 최선을 다해 싸우시오. 이번 싸움에서 공을 세운다면 맹주님께서도 그 점을 참작해 사면해 주실 것이오. 본인은 그리 될 거라 믿소. 만약 도주하는 자가 있다면…… 단칼에 베어 버릴 것이오."

제갈세가주는 옥기린이 쓸데없는 짓을 한다고 생각했던지 눈살을 찌푸렸다. 애써 무시하려고 해도 자꾸만 그쪽으로 시선이 갔다.

파천 역시 일부러 그쪽으로 시선을 주지는 않았지만 그동안 막혀 있던 가슴 한쪽이 후련하게 뚫리는 것 같은 심정만은 부정할 수 없었다.

이 각이 지났다. 어느새 대연무장은 고요하게 가라앉아 있었다. 움직이는 사람은 단 한 명도 없었다. 몇 마리 말들이 길게 울음을 토하며 움직였을 뿐 이곳에 과연 살아 있는 사람이 한 명이라도 있는가 싶을 정도로 모두는 숨죽이고 눈을 빛내고 있었다. 파천의 명령대로 이 각 내에 집결을 완료한 것이다.

파천은 환희궁주에게 시선을 주었다.

"시간이 없으니 더 지체할 수 없소. 나머진 궁주에게 맡기겠소. 군량미를 포함한 여타 필요한 것들은 와룡장주와 상의해 준비해

주시오. 그리고 혹 전장에서 참고해야 할 정도로 중대한 정보가 있다면 신속히 전달해 주시오. 믿고 먼저 떠나겠소."

환희궁주는 희미하게 웃으며 고개를 숙여 보였다.

"염려 마십시오. 한 치의 소홀함도 없이 완벽하게 처리하겠습니다."

파천은 곁에 선 광마존에게 눈짓을 했다. 출발시키란 뜻이었다. 광마존의 입에서 하늘이 무너져 내릴 것 같은 큰 외침이 터져 나왔다.

"전원 진군! 진군하라!"

항주를 벗어나면서 진군 속도는 빨라졌다. 고수들은 경공술로, 하수들은 말을 타고 이동했다. 말이 전력을 다해 달리는 속도에 뒤처지지 않는 사람들만 경공을 펼치게 했다.

무림의 고수들이기에 일반의 군대와는 다르게 경공을 펼쳐서 이동하기 시작했다. 내력소진을 대비해 한 시진 이상은 경공을 펼치지 못하게 했고 말에 탄 사람들과 수시로 교대하며 진군 속도를 조율했다.

그런데도 뒤처지는 사람들이 생겼기에 두 시진을 달리고 나면 반드시 속보로 전환해 말도 사람도 휴식을 취할 수 있게 했다. 그 시간 동안 후미가 합류하면 다시 전속력으로 진군하게 했다. 이런 식의 진군은 목적지에 도달할 때까지 계속 될 것이었다.

조금 무리한 감이 없지 않았지만 상황이 워낙 급박하기에 어쩔 수 없는 일이었다. 한 사람의 목숨이라도 더 건져내는 길은 일 각이라도 빨리 도착하는 길뿐이었다.

제
2
장

전장에 날아드는 대천신응(大天神鷹)

뒤에서부터 무언지 모를, 형체도 분명치 않은 것이 섬전처럼 휙 하고 일행을 빠르게 지나쳐 갔다.

사람들은 그것이 설마 사람일 거라고는 생각도 못했지만 파천은 그가 다름 아닌 질풍노조임을 알아봤다. 그때 문득 드는 생각이 있었다.

'과연 빠르구나. 가만 있자. 나도 이렇게 본진과 보조를 맞춰갈 것이 아니라 금응을 타고 먼저 가는 것이 낫지 않을까?'

그 생각은 금방 실행에 옮겨졌다. 게다가 금응의 크기를 감안하면 그 너른 등에 열 명은 족히 태울 수 있었다.

파천은 과연 이런 순간에 대천신응의 모습을 만천하에 드러내는 것이 적절할까를 두고 생각해 보았지만 사람의 목숨이 걸린 일에 이런저런 상황을 따진다는 것이 우습게 여겨졌다.

파천은 우평군의 군장에게 본진의 진군을 일임하고 옥기린과 광마존을 따로 불렀다. 무슨 영문인지 몰라 어안이 벙벙해져 있는 두 사람이 어찌 생각하든 말든 파천은 길게 휘파람을 불었다.

내력이 담긴 뾰족하고 날카로운 휘파람 소리는 마치 하늘 끝까지 닿을 듯 멀리 울려 퍼졌고, 그 소리에 감응한 대천신응이 저 먼 하늘 어딘가에서 큰 울음소리로 화답했다.

카오오옥—!

진군하던 정의맹 무사들은 귓속을 날카롭게 파고드는 괴성에 흠칫했다.

"괴, 괴물이다."

"괴조가 나타났다."

"요정들이 나타난 것인가?"

평생 한 번도 본 적이 없는 광경에 사람들은 진군도 멈춘 채 넋이 빠져 하늘을 올려다봤다.

그도 그럴만한 게 황금색 깃털을 나부끼며 붕조라고 해도 믿을 정도의 거대한 독수리 한 마리가 천천히 공중을 선회하고 있었던 것이다.

누군가의 한소리 외침이 이어졌다.

"저건 전설이 전하는 대천신응이다. 황제가 타고 다녔던 바로 그 신조가 나타난 것이다."

"오! 그럼 황제가 현신했다는 말인가?"

사람들은 으레 자기가 보고 겪은 일의 한계를 은연중에 그어놓고 산다. 그 한계 너머의 일들은 그래서 전설이나 신화로 치부하고 그럴법한 이야기로 둔갑시키고자 하는 속성이 있다.

진실이란 아무리 개인에게는 확실한 것이어도 다른 누군가에게는 경험을 토대로 하지 않고서는 전혀 설득력이 없는 이유도 그 때문이다.

지금 사람들은 어린 시절 할아버지의 무릎을 베고서 들었을 법한 전설과 신화들 중에서도 가장 신비롭고 또한 믿기 힘든 사실을 진실로 받아들이는 경험을 하고 있었다.

대천신응이 나타났다는 사실이 곧 '황제의 신화는 그 모두가 사실이다'로 이어지는 경험을 하고 있었던 것이다. 그리고 그 신화의 주인공이 하필이면 자신들 눈앞에 나타났기에 제 자신이 더욱 특별해지는 경험이었다.

그런 광경을 연출해낸 파천이 다시 한 번 휘파람을 불자 대천신응이 정의맹 무사들의 앞으로 급강하했다.

얼마나 바람이 세게 불었는지 말에서 굴러 떨어지는 자들이 속출할 정도였고 하늘로 솟구치는 먼지 때문에 눈을 감고 콜록거리는 사람이 부지기수였다. 익히 알고 있던 광마존은 놀라지 않았지만 처음 보는 옥기린은 입을 헤 벌린 채 다물 줄 몰랐다.

"이, 이게 대천신응입니까? 그런데 어찌 이곳에……."

그는 파천의 휘파람과 대천신응의 등장을 연결시킬 엄두는 못 내고 이게 무슨 일인가 싶어 어리둥절해져 있을 따름이었다.

"시간이 없소. 어서 타시오."

파천의 그 말이 있고 나서도 옥기린은 얼떨떨해서 되물었다.

"저더러 저 괴조의 등에 타란 말씀은 아니시겠죠?"

광마존이 신법을 발휘해 멋들어지게 대천신응의 등에 올라타는 광경을 보고나서야 그제야 옥기린은 정신을 수습할 수 있었다.

"그럼 대천신응을 맹주님께서 불러왔다는……."

"궁금한 건 가면서 얘기합시다."

파천이 금응의 등에 올라타서 토닥거리면서 하는 말에 옥기린은 연신 믿을 수 없다는 눈빛을 하더니 고개를 절레절레 흔들었다.

대천신응의 등으로 올라타긴 했지만 뭔지 모를 의심이 무럭무럭 자라나는 것 역시 그 또한 생전 처음 해보는 경험에 대한 두려움 때문이다.

"몸을 낮추고 아무 깃털이나 꽉 움켜잡으시오. 안 그러면 굴러 떨어질 수도 있으니."

그 말을 끝으로 대천신응은 땅을 박차고 하늘로 솟구쳐 올라갔다. 이내 점이 되더니 급기야 구름 속으로 사라져 버리는 것이었다.

우평군의 군장은 이미 파천에게 들은 명령이 있었기에 혼란 중에 있는 무사들을 독려해서 진군을 재촉했지만 그 역시 벌렁거리는 가슴을 진정시키느라 애쓰고 있었다. 다시 진군이 시작됐지만 맨 정신인 사람은 아무도 없었다.

*　　*　　*

치열했다. 아비규환의 지옥도를 펼친다면 바로 이런 장면일 것이다. 살이 갈라지고 뼈가 드러난 중에도 한 명의 적이라도 동반해 가려는 필사적인 몸놀림만 전장에 가득했다.

아군과 적군의 구분은 본능에 맡길 뿐이었다. 이런 최악의 혼전 상황에서 제 기량을 다 펼칠 수 있는 사람은 흔치 않은 법이다.

눈먼 화살에, 또는 검과 칼에, 그도 아니면 암기에 몸의 한 부분이 뚫리고 나서야 '아, 당했구나.'라고 느낄 만큼 전장은 참혹 지경이었다.

이곳은 경덕진(景德鎭)과 도창(都昌)의 가운데 지점쯤이었다. 직진하면 도창이오 좌로 가면 파양(波陽)으로 이어지는 세 갈래 관도를 조금 지난 지점에서 난전이 벌어졌다.

그나마 이리 된 것도 정의맹의 중정군 군장인 여의성자(如意聖者) 희석성(姬晳誠)이 어리석은 사람이 아닌 전쟁에 경험이 많고 돌다리도 두들겨보고 나서야 안심하는 노회한 현자였기 때문이었다. 희석성은 다른 군장과 부군장들이 지나치게 조심한다는 핀잔을 내내 들을 만큼 확고한 신념이 있었다.

적이 무슨 생각을 할까를 먼저 짚어보고 나서야 움직이는 습관이 있었기에 지금껏 비정한 강호에서 살아남을 수 있었다고 철석같이 믿는 사람이었다.

희석성은 이곳까지 오는 동안에도 척후대를 십 리, 이십 리 단위로 보냈을 뿐만 아니라 심지어 백 리 단위로 미리 내보내 적의 습격에 대비했다.

경덕진을 지나면서부터는 지나온 길로도 척후대를 보냈다. 그런가 하면 지형적으로 적이 암습하기 이롭다고 생각되면 무조건 진군을 멈추게 하고 반드시 살펴보고 난 뒤에야 진군시켰다.

시간이 여삼추이니 어서 진군하자고 성화 하는 다른 지휘관들의 반대를 무릅쓰고 이처럼 고집을 부린 덕분에 이들은 최악의 상황은 면한 셈이었다.

　후방으로 보낸 척후대가 돌아오지 않는 걸 수상쩍게 여긴 희석성은 진군을 멈추고 지휘관들을 불러 긴급회의를 했다.

　그 자리에서 희석성은 자신들이 더 진군하여 앞뒤로 적을 맞게 되면 몰살을 당할 수도 있으니 퇴로를 확보한 이곳에서 척후대가 돌아오길 기다리자고 했고 나머지 지휘관들은 녹림맹이 적의 손아귀에 떨어진 다음에 가면 그만큼 희생이 늘어나니 한시라도 지체하지 말자고 주장했다.

　팽팽하게 의견이 맞선 가운데 결국은 희석성이 모든 걸 책임지기로 하고 그가 지휘를 맡게 된 것이다.

　희석성은 파양으로 이어지는 관도 쪽으로 중정군을 물러나게 한 뒤에 좌의군으로 하여금 도창으로 전력 진군했다가 우회해 자신들이 있는 곳으로 합류하라고 지시했다.

　희석성이 이렇게까지 하게 된 데에는 경덕진을 지나쳐 오면서 느꼈던 심상치 않은 기류 때문이었다. 원래가 경덕진은 송대 이후로부터 도자기의 생산지로 유명한 곳이며 전국 각처에서 질 좋은 상품(上品)의 도자기를 사려고 몰려온 상인들로 북적대는 곳이었다.

　그런 경덕진이 마치 무언지 모를 강력한 힘에 의해 통제되고 있는 것 같은 분위기를 느꼈고 그걸 느낀 순간 이번 출정에 적의 암계가 도사리고 있을 가능성에 대해 진지하게 생각해 보기 시작했다.

희석성이 판단하기로 최악의 상황이라면 도창을 지척에 둔 상태에서 앞뒤로 적을 맞는 것이었다. 빠져나갈 길 없는 외나무다리에서 포위당하면 제대로 싸워보지도 못하고 기세가 꺾일 것은 자명했다.

적이 무언가를 준비해 놓고 기다린다면, 그리고 그것을 피할 수 없다면 적어도 싸울 장소만은 자신이 정하겠다는 것이 희석성의 마지막 결정이었다.

최악의 경우 도주로를 확보해 놓는다면 전멸은 피할 수 있겠다는 생각이었다. 이런 희석성의 계책은 보기 좋게 들어맞는 듯싶었다.

도창으로 이어진 관도가 시야에 들어오는 지점에 병력을 숨겨 둔 채 살펴보는데 설마 했던 적의 병력이 도창 쪽에서가 아니라 경덕진 쪽에서 파도처럼 몰려와 바람처럼 지나쳐 가는 것이 아닌가! 그것도 족히 삼천 명 이상은 되는 것 같았다.

그걸 본 정의맹의 지휘관들은 가슴을 쓸어내릴 수밖에 없었다. 그러나 거기서 희석성은 뼈아픈 판단착오를 내렸다. 적이 시야에서 완전히 사라진 뒤에 차라리 왔던 길을 되짚어 갔다면 좋았을 것을, 그놈의 호승심이 희석성의 가슴 속에도 아직 남아 있었다. 첫 출정에서 아무런 공도 세우지 못하고 돌아간다는 것은 파란만장했던 제 인생에 유일한 오점으로 남을 것 같았다.

그리고 희석성에게 불운으로 작용한 것은 적군에 자기만큼이나, 아니 그 이상으로 치밀하고 암계에 능한 능구렁이가 있다는 점이었다.

희석성은 약간의 시간차를 두고 적군을 뒤쫓아 갔다. 결정적인 순간에 배후를 치기 위해서였다. 그런데 앞서갔던 적은 어느새 정의맹의 좌의군이 우회했던 길을 따라 다시금 자신들 배후로 돌아가 있는 상황이었으니.

이 모든 보고를 접한 사사혈맹의 맹주는 적이 알고 있는 이상 더 이상 공격을 늦추는 것은 시간 낭비라고 생각했다. 어차피 자신들이 준비해 놓은 곳까지 몰아붙일 수 없다면 이쯤에서 끝장을 보아야겠다고 결정한 것이다.

도창에 대기하고 있던 병력에도 잠시 뒤 진군 명령이 내려졌고 정의맹의 배후를 점하고 있던 사사혈맹의 본진은 퇴로를 봉쇄한 채 기다리고 있었다. 앞으로 진군하던 희석성은 적의 자취를 찾을 수 없게 되자 아차 싶었다.

그 순간 그는 앞으로 뚫고 갈지 배후를 격파할지를 결정해야만 했는데 누가 생각해도 이런 경우 퇴로를 뚫는 쪽으로 결정하기 쉽다. 그런데 어찌 알았으리요. 배후의 병력이 본진이었음을.

희석성과 그의 지휘에 따르는 정의맹의 팔천 무사들은 퇴로를 뚫지도 못한 채 뒤에서도 적을 맞게 되었고 그때부터 살아남기 위한 난전이 펼쳐지고야 말았던 것이다.

상황이 이렇게까지 악화된 건 중정군과 좌의군 지휘관들의 잘못이 아니었다. 이런 사태까지 이르도록 미리 알아채지 못한 정의맹 수뇌들의 실책이 컸다.

사사혈맹의 총 인원은 현재 육천여 명으로 늘어나 있었고 그 인원이 이번 전투에 모조리 동원됐다. 거기다 녹림맹에서 차출한 삼천 명까지 더해 총 인원이 구천 명이나 됐다. 단순 수치상의 병력만 해도 정의맹보다는 많았다.

게다가 사사혈맹의 전체적인 수준은 오히려 정의맹의 무사들을 상회했다.

이는 정의맹이 절정고수에 못 미쳐도 동참할 의지만 있으면 받아들인 데 반해 사사혈맹은 좀 더 정예화시켰기 때문이다. 현재 전장에서 피를 흘리고 있는 정의맹 무사들 중 반수 정도는 걸러 내도 좋을 만한 수준임이 드러나고 있었다.

여기를 향해 정신없이 달려오고 있을 증원군을 포함한 정의맹의 누구도 녹림맹이 벌써 꽤 오래전에 사사혈맹에 복속됐다는 사실은 꿈에도 모를 것이다.

그 사실을 미리 알았다면 피를 쏟으며 거꾸러져도 하등 이상할 게 없는 분통터지는 일이었으리라. 정의맹이 조직되고 지금까지 오는 동안 사사혈맹이 두 손 묶어놓고 구경만 하고 있었던 것은 아니었다.

그들은 사파를 장악한 힘을 바탕으로 암중으로 흑도세력의 복속작업에 들어갔고 그 작업이 완료된 시점은 정의맹의 맹주가 선출되고 혈마교의 총단을 정의맹 총단으로 삼은 시기로 거슬러 올라가야 했다.

이런 사실을 꿈에도 모르고 있는 정의맹 지휘관들은 사실상 이번에 한해서는 완벽하게 사사혈맹의 손바닥 위에서 놀아나고 있는 셈이었다.

퇴로를 차단하고 있는 사사혈맹의 본진 후미 측에서 몇 사람이 전황을 살피고 있었다.

그 중심에 산악처럼 버티고 선 사람이야말로 전설이 전하는 사파 44맥의 창시자이자 천외사신 중에서 사파의 하늘로 칭해지는 바로 그, 사황천사(邪皇天師)였다.

천사교의 일맥을 이었고 현재에 전해지는 사파의 사공들 중 그의 영향력을 받지 않은 것이 거의 없다고 해도 과언이 아닌 신화 속의 인물이었다. 그가 아니고서야 어찌 저런 사악한 기운을 줄줄이 뻗칠 수 있으랴.

구렁이가 꿈틀거리는 것 같은, 밧줄처럼 꼬아진 검은색 머리털을 눌러놓은 것은 황금관이었다. 그 아래 횃불처럼 빛나는 두 눈에서는 끊임없이 사악한 기운이 넘실대고 있었다.

관우를 방불케 하는 미염을 지녔으되 전체적인 얼굴의 분위기는 간사하고 음흉해 보였다. 천하에 다시없을 효웅의 관상을 지녔다고 해도 과언이 아니다.

그는 실제로 사람 죽이는 걸 기어 다니는 벌레 한 마리 짓이기는 것만큼이나 하잘것없다 여기며, 아무리 큰 공을 세운 수하라도 제 권위를 훼손하는 한 마디의 말실수로도 망설임 없이 죽일 수 있는 위인이었다.

사황천사의 좌우로 늘어서 있는 세 사람 중 하나는 사사혈맹의 이인자라고 할 수 있는 혈수천자(血手天子) 섭매풍(葉魅風)이었다. 사파 역사상 누구도 감히 견줄 수 없는 고금에 다시없을 살인마였다.

그는 사람을 한 사람씩 죽일 때마다 집안 뜰에 복숭아나무 한 그루씩을 심었는데 후에는 집 뜰과 뒷동산을 다 채우고도 모자라서 그 일대가 후에는 복숭아 산지로 유명해 졌을 정도였다고 한다.

그의 혈수 아래 숨을 거둔 이는 헤아릴 수 없이 많았고 그가 계혼에 든 이유는 억누를 수 없는 살인충동을 후세에 다시 이어가기 위한 것도 상당했으리라 짐작되고 있었다.

적의(赤衣)에 적발(赤髮)에 적미(赤眉)를 가진 그는 한 번 보면 다시는 잊을 수 없을 정도로 강렬하고 충격적인 인상을 풍기고 있었다.

그 바로 오른쪽과 왼쪽에는 혈수천자에 이어 삼인자를 다투는 인자천(忍者天)과 지옥사령(地獄死靈)이 버티고 있었다. 두 사람 역시 사파 역사에 길이 남을 악명을 떨친 자들이지만 혈수천자에게는 비길 바가 못 됐다. 그들과 어깨를 나란히 하고 있는 사람은 다름 아닌 마혼이었다.

마혼은 정의맹에서 검성과의 야합을 통해 뜻을 이루려 했지만 물거품이 되었고 그런 상황을 반전시켜 보고자 파천을 암살하려고 했으나 그 역시 실패하자 미련 없이 정의맹을 향해 뻗던 마수를 거둬들였다.

그 후 그는 사사혈맹으로 투신했다. 태존이 심혈을 기울여 완성시킨 회심의 비밀병기답게 악마적인 심성과 자유를 갈망하는 소년의 이중성을 동시에 지닌 인물이 바로 그였다.

마혼이 태존의 수하들과 정예들뿐만 아니라 사황천사가 그렇게도 얻기를 갈망했던 살막과 팔관회 무리까지 이끌고 오자 사황천사는 그 저의가 어디에 있든 묻지 않고 쌍수를 들어 환영했다. 혈수천자와 인자천, 지옥사령 등이 경고를 했음에도 사황천사는 그들의 충언을 묵살시키면서까지 환대한 것이다.

희석성의 계책을 무위로 돌려버린 장본인이 바로 마혼이었다.

비록 원하던 최상의 상황은 아니라 해도 그나마 이정도까지라도 몰아붙인 것이 대견했던 탓인지 사황천사는 연신 마혼을 칭찬하기 바빴다.

"그대의 판단이 정확했다. 그대가 아니었다면 지금까지 공들인 일이 수포로 돌아갈 뻔했도다."

곁에 있던 혈수천자의 붉은 눈썹이 꿈틀거렸다.

"그래봤자 절반의 성공에 불과합니다. 도창 인근에 매설해 놓은 벽력탄과 강시들이 아까울 따름입니다."

혈수천자가 입맛을 쩝 다시며 한 말에 사황천사도 고개를 끄덕였다. 허나 전세를 꼼꼼히 살펴가던 그의 눈은 승리에 대한 확신에 젖어가고 있었다.

"정파 애송이들은 이미 전의를 상실했다. 보아라. 속수무책으로 쓰러져가고 있지 않은가. 이제는 시간이 모든 것이 해결해 줄 것이다. 아침이 밝기 전에 저들 중에 살아남아 있을 인간이 과연 몇이나 되겠는가."

마혼은 실소를 금치 못했다. 같은 눈임에도 이렇게 달리 볼 수도 있다는 것이 신기할 따름이었다.

"맹주의 견해가 틀린 건 아닙니다만…… 저들의 저항이 생각보다는 대단하구려. 각 요소요소마다 자리 잡고 있는 환혼자들의 활약이 두드러지고 있소. 저들을 무력화시키지 못한다면 성과는 지지부진할 것이오."

그건 사실이었다. 환혼자들 간의 대결은 쉽사리 결정 나지 않는다. 그들이 금방 승부가 나지 않는 서로 간의 대결에 집착만 하고 있을 까닭이 없고 일수에 해치울 수 있는 만만한 자들을 먼저 노리는 건 자연스런 반응이었다. 마혼은 그 점을 짚었다.

"결국 서로의 피해는 비슷한 상황입니다. 이런 식으로 간다면 정작 우리나 저들이나 소득 없이 피해만 늘어갈 것입니다. 환혼자들을 먼저 쳐야 합니다. 우리의 이점을 버리고 저들과 동등하게 싸워야 할 이유가 없지 않겠습니까? 여기서 눈알만 희번덕거리며 구경만 하고 있는 분들만 투입해도 저들의 수를 하나씩 줄여 나가는 건 어렵지 않아 보이는군요."

그의 의견은 확실했다. 당신 옆에서 손 놓고 구경만 하고 있는 혈수천자를 비롯한 세 사람을 당장 전장에 투입하지 않고 뭐하고 있느냐, 라는 질책이었다.

"그러는 당신은 왜 이러고 있는 게요?"

인자천의 지적에 마혼은 빙긋 웃었다.

"나와 당신이 같다고 생각하시오?"

"뭐가 다르다는 게요?"

"내 손은…… 저런 자들의 피까지 묻혀야 할 만큼 싸구려가 아니오."

확실히 마혼의 그 말은 혈수천자를 비롯한 세 사람을 불편하게 만드는 건 사실이었다. 그런데도 심중의 분노를 드러내지 않는 것은 사황천사로부터 단단히 언질 받은 말이 있기 때문이었다. 사황천사는 마혼의 비중을 혈수천자보다 오히려 더 높게 보고 있는 실정이었다.

그가 데려온 전력이 더해짐으로써 정의맹과 동등한 수준으로 격상되었다는 것이 사황천사의 정세 판단인 이상에는 마혼이 속을 긁어내는 소리를 지껄여도 그 앞에서 무례할 수 없었던 것이다.

"자, 다들 들었겠지? 그간 피가 그리웠을 테니 마음껏 풀어들 보거라."

사황천사는 마치 수하들을 위한 배려라도 하는 양 그리 말했지만 전장으로 나서는 세 사람의 심사가 저절로 꼬이는 것까지는 어쩔 수가 없었다. 세 사람이 전장으로 투입되고 나자 사황천사가 슬쩍 옆을 보며 물었다.

"그대는 아직도 마음에 안 드는 부분이 있는가? 왜 그리 얼굴이 굳어 있지?"

"보십시오. 맹주님의 충직한 수하들이 하고 있는 얼뜨기 짓을."

참으로 교묘했다. 정의맹의 환혼자들은 미리 약속이라도 한 듯이 환혼자들을 요리조리 피해 다니며 적의 인원수를 줄이는 데에만 열중하고 있었다.

그러다 보니 사사혈맹의 절세고수들이라고 으스대는 인물들은 정작 정의맹 고수들의 꽁무니나 쫓아다니기 바빴고 성질대로 마구 손을 쓰는 사람들에 의해 아군까지 피해를 입고 있는 상황이었던 것이다.

마혼은 쓴웃음을 지었다.

"저걸 보고 느끼는 바가 없습니까?"

사황천사는 혀를 끌끌 차며 말했다.

"왜 없겠는가. 저런 놈들이 어찌 한 시대를 한 번씩은 거머쥐었다는 건지 당최 이해가 안 될 뿐이로군."

"제가 하고 싶은 말은 그게 아닙니다."

"그럼 뭔가?"

"보십시오. 정의맹도 그렇고 사사혈맹도 마찬가지입니다. 환혼자들이 판치는 세상에 어린아이나 다름없는 하수들이 뭐가 필요하다고 꾸역꾸역 머릿수를 채우는지 납득할 수 없습니다. 더 심하게 얘기하면 날 잡아서 환혼자들끼리 모여 결판내면 될 일을 굳이 승패에는 하등 영향도 못 미치는 저런 저급한 자들의 목숨까지 필요한 것인지 모르겠다는 말입니다. 세상을 희롱했던 권력자들의 눈에는 저런 자들이 버러지만도 못해 보여서입니까?"

마혼은 정말 마음에 들지 않았다. 지금 환혼자들의 틈바구니에서 속절없이 죽어가고 있는 자들에게서 태존에게 아무런 저항도 못하고 자유를 구속당한 채 십수 년을 넘게 지옥 같은 생활을 해왔던 자신의 모습이 투영되고 있었다. 그래서 화가 났던 것이다. 그래서 사황천사 같은 힘 있는 자들의 논리와 행태가 꼴 보기 싫었던 것이다.

사황천사는 웃었다. 그 웃음은 묘하게도 마혼이 그렇게도 감추고 싶어 하던 약한 심지를 보았기 때문인지 오히려 흐뭇함을 담고 있었다.

"자네는 보기보다 순진한 사람이었군. 정말 그걸 모른다면…… 자네는 틀림없이 자격이 없네. 최고가 될 자격 말이야. 강하다는 건…… 상대적인 걸세. 군림의 대상인 약자가 없이 강자가 어디 있겠나. 하수들이 있어야 고수가 빛나는 법이지. 저들은 여인네들이 몸에 주렁주렁 달고 다니는 그런 하찮은 돌조각만도 못한 소모품일세. 자네 말대로 정의맹과의 승패는 몇 사람 사이에서 결정되겠지. 허나 말일세. 거기까지 가는 과정에는 반드시 저런 약자들의 희생이 따르기 마련이지. 그런 과정 중에 소위 강자라는 사람들은 무얼 얻는 줄 아나? 상대의 약점을 캐내고 최후의 승부에서 이길 방책을 찾아내는 걸세. 서로 그 순간을, 자신이 확실히 이길 수 있다는 확신이 들 때까지 미루는 걸세. 그러자면 시간을 벌어야 하고 누군가는 희생되어야 하는 게지. 안 그럼 상대를 파악할 겨를도 없이 맞붙어 싸워야 하는데 그런 위험한 도박을 할 이유가 어디 있겠나."

마혼은 심장이 얼음장처럼 차가워지는 자신을 느꼈다.

"겨우 그 이유였소? 야망을 이뤄 보지도 못하고 고꾸라지는 게 겁난다는 얘기 아니오?"

"그렇지, 쉽게 얘기하자면 그렇다고도 할 수 있겠군."

"난 또 무슨 대단한 필유곡절이라도 있는 줄 알았소. 그나마 다행이로군요. 최고라는 분들의 심중에 그처럼 큰 두려움들이 남아 있다니."

사황천사는 재미있어 했다.

'확실히 이 녀석은 겪으면 겪을수록 특이하군. 이 녀석을 길러낸 사람이 궁금해. 태존이라 했던가. 기다려 보면 알겠지. 때가 되면 머리통을 들이밀고 혀를 날름거릴 테니 말이야. 그가 나보다 강하다면 내가 먹히겠지만 그런 위험성을 감안하더라도 충분히 흥미로운 일이야.'

사황천사는 마지막으로 한 마디를 덧붙였다.

"변명 삼아 하자면 오늘의 결투는 적을 섬멸하자는 목적보다는 대외적으로 알리기 위함이 더 크네. 물론 가능하다면 전멸시킬 수 있다면 더 좋겠지만 말이지. 우리가 이겼다는 성과가 필요해. 지금 이 순간에도 그 어느 쪽 손도 들어주지 않은 채 대세의 흐름을 살피는 환혼자들은 꽤 많지. 그 수가 적지 않거든. 오늘의 결과야말로 그들을 결정적으로 우리 쪽으로 끌어오리라고 믿네. 자, 이만하면 저들의 희생도 값어치 있는 것이 아니겠는가?"

마혼은 대답하지 않았다.

지금 눈앞에서 펼쳐지고 있는 싸움만 보아도 절세고수의 비중이 얼마나 중요한가를 여실히 증명하고도 남음이 있었다.

고하를 굳이 나눌 것도 없는 비슷한 수준의 무사들 사이의 싸움이라면 기세와 운에 따라 승패가 결정된다. 그것이 대규모 전투로 간다 해도 그다지 달라지는 점은 없다.

서로의 약점을 보완하면서 시의적절하게 공수를 조절할 수 있는, 마치 톱니바퀴 물려가듯 싸울 수 있는 군대야말로 모든 지휘관들의 꿈이고 그렇게 만들기 위해 진법을 그리도 무던히 연습하고 훈련하는 것이다.

그런데 수준차가 벌어진다면 그 모든 것이 무의미해진다. 일류고수 열이 있어도 절정고수 하나를 죽이기 어렵고 절정고수 열 명이 있어도 절세고수 하나를 잡기 힘들다. 절세고수 하나가 있고 없고의 차이는 일류고수 백으로도 채울 수 없는 전력의 공백을 초래한다.

그런 사실은 무림에서 잔뼈가 굵은 사람이라면 누구나 다 알고 있는 사실이다. 그럼에도 각 세력들이 눈에 불을 켜고 세력 확장에 열을 올려온 건 단순히 인원수를 늘여서 전력을 극대화시켜 보자는 뜻은 아니다. 그 모든 것은 사실 세를 과시하는 측면이 강했다.

전력의 핵심이자 전부라고 할 수 있는 절세고수 간의 대결이야

말로 승패를 좌우하는 열쇠임에는 틀림없고 그런 점에서 양대 세력들은 눈에 불을 켜고 환혼자들을 영입하느라 전심전력을 다해 오지 않았던가.

지금껏 환혼자의 수와 전력에서 확실한 우위를 점하고 있다고 믿었던 정의맹이 오늘 만약 여기 있는 고수들을 다 잃어버린다면 곧바로 열세로 돌아설 것이 자명했다.

'설사 환혼자들의 대부분이 살아 돌아간다 해도 사황천사의 말처럼 오늘의 승리는 망설이고 있는 환혼자들에게 어느 쪽으로 붙어야 승산이 있는지를 깨닫게 해줄 것이다. 그래, 너희들의 사고 방식은 그 정도가 한계지.'

사황천사의 말을 곱씹어 보다가 마혼은 불현듯 태존의 생각과 겹쳐 보게 됐다.

'역시 그랬던가. 태존 역시 그 넘치는 자신감 뒤에는 실패를 두려워하는 소심함이 숨어 있었다는 건가? 나를 앞세워 천하를 유린하고 자기가 원하는 상태로 만들어 둔 뒤에 결실만 거둬가겠다는. 그런 식으로 천하제일을 다투었던 자들이라면…… 두고 보아라. 내 언젠가는 너희들 모두의 목을 따버리고야 말리라. 크크크.'

피가 넘치고 시체의 수가 늘어갈수록 전장은 더욱 숨 가쁘게 돌아가고 있었다.

중정군에 소속돼 있는 사령 이자성은 올해 서른세 살의 나이로 정파가 길러낸 오백후기지수들을 가장 부러워했다. 그는 산동성 동북방면의 해안선을 끼고 있는 위해라는 곳에서 나고 자라 열

살 되던 해에 처음으로 무림과 연을 맺게 되었다.

아버지 손에 매달려 찾아간 곳은 그때까지만 해도 다 기울어져 귀신이나 나오면 제격일 폐문 직전의 작은 문파였는데, 산동성에서도 아는 이 별로 없는 귀수문(鬼手門)이란 곳이었다.

말로는 백 년이 넘은 곳이며 문파의 개파조사가 귀수옹이라고 했는데 그가 활동할 당시에만 해도 산동제일의 고수였다고 했다.

아버지는 하나밖에 없는 아들이 워낙에 허약해 이렇게 자라다 가는 사람구실도 제대로 못하겠다 싶어 무술을 가르쳐 본답시고 이곳저곳 기웃거려 보았지만 가난한 형편에 큰돈 쥐어 줘가며 배우게 할 처지는 못 되는지라 쌀 몇 섬이면 평생 무료라는 말에 혹해 덜컥 맡기고 돌아섰다.

어린 마음에 자신을 귀찮은 혹처럼 내던지고 가는 것 같아서 당시에는 아버지를 원망도 많이 했지만 차츰 크면서 아버지 바람대로 몸도 튼튼해지고 잔병치레도 덜하게 되었다.

뿐만 아니라 그 문파의 문주라는 사람이 후줄근하니 밖에 나가면 거지가 동냥그릇을 덜어 밥이라도 한 끼 사줄 것 같은 위인이었지만 제법 근사한 무공을 일신에 익히고 있었다.

비록 사부 하나에 제자 하나뿐인 문파였지만 그곳에서 이자성은 많은 것을 배웠다.

남들처럼 약관이 되기도 전에 절정고수는커녕 일류고수도 되기 힘든 여건이었어도 열심히만 하면 제 앞가림은 할 정도의 장부로 키워 주었으니 그만하면 썩 만족스럽지는 못해도 원망할 정도는 아니었다.

무엇보다도 이자성에게 무림에 대한 원대한 포부를 심어주었다는 것이 가장 큰 의미가 있었다. 그때부터 이자성은 문파를 떠나 강호 견문을 넓히기 위해 이곳저곳 안 기웃거려본 데가 없었다.

조상이 쌓은 공덕이 커서인지 아니면 제 운이 유난히 좋아서인지 그도 아니면 산적을 만나도 잘 타일러서 보내는 무림인답지 않은 착한 심성 때문인지 모르지만 그에게 행운이 왔다.

태산을 지나다가 다 죽어가는 노인네를 하나 구해주었는데 그를 통해 이자성은 새로운 길로 들어서게 된다. 그 노인네를 업고 야심한 밤에 삼십 리 길을 뛰어가 간신히 의원 집을 수소문해 치료해 줬으니 고마울 법도 했을 것이다.

노인은 죽다 살아난 은혜를 갚겠다며 이자성을 오 년간 데리고 있으며 무공을 전수했는데 그 무공이야말로 일류고수로 들어설 수 있는 제대로 된 정통무예였던 것이다.

그렇게 해서 이자성은 꿈에도 그리던 무림의 중앙무대까지는 아니어도 그 언저리까지는 당도했고 당당히 정의맹의 사령이란 직위까지 도달할 수 있었다. 그는 오백후기지수들도 이제는 부럽지 않았다.

무엇보다 자신이 몸담은 조직이 장차는 인간세계를 요괴로부터 구해내고자 하는 원대한 목표를 지니고 있기에 작은 힘이나마 보탠다는 것만으로도 자신이 마치 이 세상의 큰 구원자라도 된 양 뿌듯해지고는 했다.

이자성은 현재 이곳이 언젠가 한 번은 지나친 적이 있던 관도라고 기억하고 있었다. 그런 그곳에서 성도 모르고 이름도 모르는 사람의, 많아봐야 자기보다 서너 살 위일 것 같은 사람의 가슴속을 장검으로 후벼 파고 있었다.

우지직하는 소리와 함께 검끝이 갈비뼈를 부수며 쑤셔 박히는 소리가 났다. 그리고 뜨거운 피가 얼굴로 훅 쏟아져 내렸다.

바로 그 순간 아랫배에 차갑고 날카로운 섬뜩한 기운이 스며들었다. 이질적인 무언가가 뱃속으로 쑥 들어오는 순간 다리에 힘에 빠지고 절로 푹 주저앉게 됐다.

그런 순간에도 이자성은 이를 앙다물고 일어서려고 발버둥 쳤다. 바로 그때 뒤에서 휘두른 낫에 이자성의 목은 뎅강 잘리고 말았다. 이자성은 마지막 순간에 아버지 얼굴을 떠올렸다.

몇 년에 한번 찾아뵙기도 힘들었는데도 불구하고 매년 어머니 제삿날이 되면 문밖 십 리 앞까지 나와 서성이고 있을 머리 희끗희끗한 아버지의 얼굴이 눈앞을 스쳐지나간 것이다.

'아버지⋯⋯.'

그렇게 꿈 많고 정의감 투철하던 청년 협사는 누군지도 모를 사람에게 목숨을 빼앗기고 말았다. 이런 일은 도처에서 일어나고 있었다.

죽고 죽이고, 먼저 죽이지 않으면 내가 죽는다는 절박한 두려움은 사람들을 광분하게 만들었다. 그런 곳 사이를, 마치 양들 사이에 뛰어든 늑대들처럼 휘젓는 사람들이 있었다.

절세고수(絕世高手)!

그 이름만으로도 천하를 떨게 하는 환혼자들이 무더기로 살수를 퍼붓는 곳에서 무사하길 바라는 것은 절세고수라는 가슴 떨리는 대접을 받아보지 못한 일반무사들에게는 벼락을 맞고 터럭 한 올 그슬리지 않을 만큼의 천행이 따라줘야 하는 것인지도 모르겠다.

정의맹 측 환혼자의 수가 열여섯 명이었고 사사혈맹측의 환혼자 수는 그보다 많은 스물네 명이었다. 거기다 사사혈맹에는 환혼자에 거의 근접하는 고수가 정의맹 측보다는 더 많아서 서로간 전력에서는 큰 차이를 보였다.

　　여의성자는 근접해 있는 환혼자들에게 빠르게 전음을 날렸다.

　　『이런 식으로 가다가는 전멸뿐이오. 희생을 무릅쓰고서라도 두터운 포위망을 뚫어야 하오. 남쪽을 집중 공격하시오. 바로, 지금이오!』

　　너댓 명의 환혼자들이 일제히 남서쪽 방면, 즉 파양으로 이어지는 관도 방향으로 뛰어들었다.

　　여의성자가 이런 선택을 한 데에는 이유가 있었다. 도창 방면의 관도는 호로병의 목처럼 협소했고 양옆은 절벽까지는 아니어도 비스듬한 언덕으로 되어 있어 그곳을 뚫기는 힘들기도 할뿐더러 그러는 동안에 더 큰 희생을 감수해야만 했다. 그렇다고 본진이 버티고 있는 경덕진 방향을 뚫는 건 지금으로서는 생각도 못할 일이었다.

　　그나마 가능성이 있는 곳이 삼거리에서 파양 방면으로 이어진 관도는 뒤로 갈수록 길이 넓어졌고 또한 주변의 경사면이 완만하고 아래쪽으로 내려앉아 있는지라 도주하기도 쉬웠다.

　　그곳 방위에는 유난히 살막의 고수들이 많았다. 살막의 막주이자 환혼자이기도 한 단천인(斷天刃)은 이맛살을 찌푸렸다.

　　그는 마혼을 따라 사사혈맹에 가입한 형편이었지만 제 싸움이 아닌 양 매우 소극적으로 적을 상대하고 있던 차였다. 너댓 명의 환혼자들이 한꺼번에 자기가 있는 방향으로 공격을 해대자 그는 어쩔 수 없이 전력을 다해야만 했다.

또 한 사람, 남궁가의 파문된 소가주인 남궁장천도 그쪽 방향에 자리 잡고 있던 터였는데 그 역시 마혼의 수하로 별 어려움 없이 사사혈맹에 입맹할 수 있었다. 문제는 사사혈맹에는 과거 황금루의 개파 때 자신을 배반하고 결국에는 도주했던 배신자들이 몸담고 있었다는 점이다.

그들과 마주친 순간 당장에라도 쳐 죽이고 싶은 마음이 들끓었지만 복수심을 일단 뒤로하고 그들 앞에서 거짓 웃음을 흘릴 수밖에 없었다.

가장 격렬한 동쪽과 서쪽 방면의 관도에는 사사혈맹의 중추라 할 수 있는 사파의 핵심세력이 혈전을 벌이고 있는 반면에 우연의 일치인지 의도적인 안배인지는 모르지만 그 외의 뜨내기들이나 후에 입맹한 사람들은 주로 남서쪽이나 남동쪽으로 치우쳐져 있었는데, 그중에 하나가 환혼자이기도 한 구천마제와 독수혈랑이었다.

그들 역시 혈마교에서 역천의 반역을 꾀하다가 뜻을 이루지 못하고 사사혈맹에 몸을 의탁하게 되었고 그 이후로 그들은 사실상 천하를 도모해 보겠다는 야심을 접은 상태였다. 이제 천하는 사사혈맹이나 정의맹 중에 하나가 거머쥘 것이 확실해 보였다.

그 두 세력의 맹주들 중의 하나가 최후의 승자가 되는 것이 기정사실이라면 이제 이 두 사람은 사사혈맹을 도와 정의맹을 굴복시키는 일만이 살아남을 유일한 길이었다.

너댓 명의 환혼자들이 한쪽으로 일제히 공격을 퍼부으니 당연히 많은 사람들의 시선이 그 방면을 향할 것은 뻔했다. 그런 이유 때문인지 그동안 설렁설렁 싸우는 시늉만 하던 사람들이 오늘 결투를 저 혼자 모두 결정지어 버리겠다는 듯이 날뛰기 시작했다.

그 모두가 사황천사의 눈 밖에 나서는 곤란한 사람들이었다. 여기 아니면 더 이상 일신을 의탁할 데가 없는 사람들이라 그런지 상황이 엉뚱하게 전개되자 속마음은 어떨지 몰라도 내공소진을 염려하는 기색도 없이 필사적이었다.

구천마제와 여의성자가 마주쳤다. 천마에게 일패도지(一敗塗地)했다고 해서 구천마제가 약한 건 아니다. 그 역시 천마교의 역대 교주들 중 손에 꼽을 만큼 뛰어난 실력자였다.

여의성자는 정의맹의 환혼자들 중에 다섯 손가락 안에 들어가는 자타가 공인하는 최강고수다. 두 사람의 충돌은 다른 여타의 격전보다도 더 치열하고 박진감이 넘쳤다.

여의성자의 건곤여의신공(乾坤如意神功)은 건곤일기공(乾坤一氣功)에서 유래되었지만 그보다 한층 발전적인 무공이었다. 두 손에서 번개가 번쩍이는 듯한 광망이 뻗쳐 구천마제의 전신 요혈을 압박했다.

구천마제는 뒤로 슬쩍 물러나며 강맹한 여의신력의 위력을 약화시키면서 촌음에 열다섯 번의 수비식을 번갈아 펼쳤다. 거기서 멈추지 않고 곧바로 역공을 취했으니 그가 자랑하는 천마대력인(天魔大力印)의 절초식이 연거푸 펼쳐졌다.

무겁고 느린 장법이지만 그 위력의 강맹함은 천마교의 무공 중에서도 으뜸에 속한다는 괴공이었다. 고금45종 절예 중 4괴 중 하나에 속해 있는 이 무공을 여의성자라 할지라도 허투루 여길 수 없음은 당연했다.

중첩해 다가오는 장력의 흐름이 느리고 무거운 것은 알겠는데 기이하게도 제 몸을 교묘하게 속박하고 끌어당기는 흡입력까지 있어 그는 일시 당황했다.

여의성자는 부지불식간에 정체불명의 그 장력이 미심쩍었지만 일단은 정면 돌파를 감행했다. 두 힘이 허공에서 부딪히는 순간 여의성자의 신형은 팽이처럼 신형을 회전하며 공중으로 떠올랐다.

그의 입에서는 어느새 가느다란 혈선이 보이고 입술을 비집고 무거운 신음성이 흘러나오고 있었다. 손해를 본 것이다. 내력의 고하는 엇비슷한 것 같은데도 상대의 장력은 부딪히는 순간 내부를 진탕하며 찌르듯 파고든 것이다. 여의성자는 그 순간 한 가지 무공이 번뜩 떠올랐다.

"혹시 천마대력인?"

"그걸 알았다면 네 목숨이 경각에 달린 것도 깨달았겠구나."

승기를 잡았다고 판단한 구천마제는 득달같이 달려들며 맹공을 퍼부었다.

여의성자는 주변 상황이 계획과는 다르게 자신들에게 불리하게 돌아가고 있다고 판단했다.

전체적인 전황도 그리 썩 좋지가 않았다. 정의맹의 나머지 환혼자들이 발이 묶인 사이에 남쪽을 뚫어보고자 했던 환혼자들 역시 낭패를 면치 못하고 있었던 것이다.

환혼자들과 정면격돌을 하다 보면 어느새 저들의 수적 우위에 열세에 몰리는 상황이 반복되고 있었던 것이다. 그렇다고 요리조리 피해 다니기만 해서는 이 난관을 헤쳐 나갈 수 없다.

여의성자는 일단 신형을 여러 번 뒤집으며 공중 오 장여 높이로 번개같이 움직였다. 일단은 구천마제와의 정면격돌은 피한 셈이었다. 그는 빠르게 주변을 훑어보며 전세를 판단했다.

'어쩌야 하는가. 과연 여기서 모두 뼈를 묻어야 한단 말인가? 길이 그것뿐이라면…… 하나라도 더 데려가는 수밖에.'

그가 허공에서 멈칫하는 그 순간에도 둥그렇게 모여 방진을 형성하고 있는 정의맹 측의 사상자는 기하급수적으로 늘어나고 있었다.

사사혈맹의 고수들과의 접점은 거의 난전에 가까웠고 비교적 안쪽에 자리 잡은 곳도 안전지대라 할 수는 없었다. 사사혈맹의 환혼자들이 허공을 오가며 살수를 퍼부었기 때문이다.

그것은 절세고수라고 자타가 인정하는 환혼자들마저 공포감에 질리게 만들 정도였다. 동편의 방진이 순식간에 무너져 내렸고 그 사이로 뛰어든 사황천사의 일수에 주변이 순식간에 초토화됐다. 그동안 구경만 하고 있던 사황천사가 무슨 생각에서인지 갑자기 전장에 뛰어든 것이다.

그는 앞으로 나서며 품속에서 꺼낸 나무 탈을 얼굴에 뒤집어썼는데 그 순간 마혼은 그가 왜 저런 짓을 하는지 영문을 몰라 했다. 그런데 이상한 점은 있었다.

틀림없이 손에 들고 있을 때는 나뭇결이 선명한 평범한 목탈이었는데 그의 얼굴을 덮은 순간 마치 그것은 수면 아래로 가라앉듯이 투명해지며 불그스레하게 표면이 변하기 시작했다. 눈빛이 새빨갛게 변한 것마저 나무탈 때문이라면 저기엔 범상치 않은 내력이 있음이 틀림없다고 마혼은 생각했다. 사황천사의 한 손에는 삼 장 가까이 되는 채찍이 들렸다.

마혼이 어찌 알랴. 그 두 가지야말로 황제의 유물 중에서 사황 천사가 택해 소유하고 있던 용기의 탈과 영사신편이라는 것을. 용기의 탈은 담사황이 밝혔던 바와 같이 본신의 능력을 세 배나 증폭시켜 준다.

영사신편(靈蛇神鞭)은 아홉 마리 영사를 꼬아 만든 것으로, 쓰기 에 따라 무공을 모르는 자가 휘둘러도 절정고수를 절명케 할 수 있을 정도로 위력적이었다.

사황천사가 그 두 가지를 사용해 전장으로 뛰어든 순간 전황은 새로운 국면을 맞았다.

"피, 피해!"

"으아악."

한 손으로는 무시무시한 장력을 후려치며 다른 한 손에 든 영 사신편까지 휘둘러대니 누구도 감히 그 앞을 막지 못했다. 보다 못한 좌의군 부군장 구지신개가 나섰다.

기회를 엿보고 있던 구지신개는 사황천사가 막 반대쪽으로 몸 을 돌리는 순간 시야의 사각을 노리고 지력을 아홉 줄기나 발출 했다.

정면에서 방비하고 있다 해도 그 빠르고 강맹한 지력을 피해내 는 것이 쉽지 않은데 마침 시선이 닿지 않는 틈을 노려 빠르게 기 습했으니 격퇴시키지는 못한다 해도 얼마간의 이득은 얻을 게 틀 림없었다.

구지신개는 지력을 퉁긴 뒤에 사황천사의 대응을 예상하며 신형을 뽑아 올리던 참이었다. 그런데 이게 무슨 날벼락이란 말인가!

쉬익.

사황천사는 지력의 발출을 모르는 사람처럼 자기 앞으로 채찍을 휘둘렀는데 어찌된 일인지 채찍은 정확하게 자신이 쏘아낸 지력을 맞받아치고 있었으니.

그것만 해도 신기한 일인데 아홉 줄기로 갈라진 채찍이 쭉 늘어나며 구지신개를 향해 섬전처럼 뻗는 것이었다. 구지신개는 기겁했다. 그리고 그 순간 그는 보았다. 하얗게 빛나고 있는 채찍의 정체를.

아홉 마리 뱀이었다. 그 뱀들은 어찌 할 틈도 없이 독니를 구지신개의 전신에 처박고 살점을 물어뜯고 나서야 회수됐다.

구지신개는 전신이 불구덩이에 들어앉은 것처럼 화끈하고 뜨거운 기운이 발끝에서부터 머리끝까지 휘몰아친다는 걸 느꼈고 그것을 느낀 순간 의식이 흐려졌다. 머리가 핑그르르 돌아가는 순간 그는 생전 처음 느껴보는 극통에 사로잡힌 채 비명을 지르고 있었다.

구지신개의 처참한 모습은 일순간 환혼자들의 손길을 멈춰 세울 정도로 충격적이었다. 그의 몸은 흐물흐물해지며 녹아들고 있었다. 눈으로 보면서도 믿기 힘든 일이었다.

마혼 역시 충격을 받은 건 마찬가지였다.

'놀랍다. 아홉 마리 영사가 구지신개의 지력을 머리통으로 퉁겨내며 돌격해서 전신을 물어뜯은 것만 해도 놀라운 일인데 한번 물렸다고 구지신개 같은 절세고수가 속절없이 녹아버릴 줄이야.'

환혼자들 중에 첫 희생자가 나왔다. 구지신개의 죽음은 이제 시작일 뿐이었다.

"으하하하. 지금이라도 본좌 앞에 굴복한다면 너그러이 받아들일 용의가 있노라. 끝까지 싸우기를 포기하지 않는다면 모조리 죽일밖에."

사황천사는 시체 무더기 위에 올라서서 오만한 시선으로 정의맹 무사들을 내려다보고 있었다. 달빛을 받은 탓인지 이목구비가 사라져 보이지 않는 그 모습은 어떤 험상궂은 악한의 얼굴보다도 더 공포감을 자아내고 있었다.

치열한 혈전은 멈추지 않았다. 구지신개의 죽음으로 일시 멈췄던 싸움은 다시 속개되었다. 사황천사가 아무리 두렵기로서니 그 앞에 무릎 꿇고 목숨을 구걸할 정파 협사들이 누가 있으랴.

정의맹 무사들의 결의만 더 북돋아 놓은 셈이었다. 그럼에도 전황은 여전히 정의맹의 열세를 확정적으로 보여주고 있었다.

게다가 이제는 서서히 접전이 아닌 학살의 경향으로 국면이 바뀌고 있었다. 결의만으로 전세는 뒤집히지 않는다. 사황천사 그 한 사람이 더해진 결과치고는 너무도 어이없는 일이었다.

사황천사는 처음 등장할 때만 가리지 않고 살수를 썼을 뿐 구지신개의 죽음 이후로는 환혼자들로 보이는 절세고수들만 노렸다.

더군다나 그의 지휘를 받는 혈수천자와 인자천이 교묘하게 협공하여 퇴로를 차단하는 역할까지 해주니 위기를 벗어나는 것도 힘겨운 일이었다. 마치 고양이가 쥐를 가지고 놀 듯 사황천사는 끝까지 변절을 강요했다.

"원래부터 무림은 본좌의 천하였다. 본좌를 인정하고 받아들이는 순간 무림천하는 그대의 것이 되리라."

사황천사에게 조롱과 협박을 받는 이는 집법청에 소속돼 있는 고루혈살이었다. 그는 36천강 중의 하나이며 정파 출신은 아니지만 옥기린의 대의에 감읍해 정의맹에 입맹한 환혼자였다. 그런 고루혈살을 보며 사황천사 역시 직감적으로 그가 사파 출신일 것이라고 단정했다.

"그대는 어찌하여 사파인의 긍지를 버리고 망상에 빠져 허덕이고 있는 정파 나부랭이들과 힘을 합했는가? 지금이라도 늦지 않았으니 사파의 조종인 본좌에게 그대의 일신을 맡기라."

고루혈살은 부르짖었다.

"당신은 아니오. 적어도 천하대의를 생각한다면 이따위 짓을 해서는 안 되오. 한 사람이라도 살려서 장차 있을 환난에 대비해도 모자랄 판에 어찌 편이 다르다고 해서 죽일 생각만 한단 말이오."

사황천사는 차갑게 대답했다.

"그럼 정의맹이 본좌 아래 굴복하는 것은 대의에 어긋나는 것이더냐? 어허, 그놈이 정파의 헛수작질에 장단을 맞추더니 그새 몹쓸 물이 들었구나. 이래서 본좌는 정파랍시고 훈계나 일삼는 것들하고는 머리꼭지를 맞추는 법이 없다. 제 목숨줄 떨어지고 나면 대의 따위가 아무런 소용이 없다는 걸 보여주마."

그러더니 단번에 요절을 낼 심산인지 영사신편을 흔드는데 처음에는 또렷하게 보였던 채찍이 아홉 줄기로 나뉘고 나서는 희미해져 버리는 것이었다. 고루혈살은 심상치 않음을 깨닫고는 두 주먹을 모아 쥐고 곧장 전력을 다해 필생의 공력을 짜내 전방으로 강기를 쏘아냈다.

하지만 내지른 쇠꼬챙이에 문풍지 뚫리는 격으로 단숨에 영사들이 강기를 비껴가더니 거기서 멈추지 않고 고루혈살의 몸까지 꼬치 꿰듯 뚫어버린다.

이내 휑하니 뚫린 구멍 사이로 핏줄기가 뿜어져 나오는 것도 잠깐이고 채 열을 세기도 전에 고루혈살의 몸은 흐물흐물 녹아가는 것이었다.

알고서도 방비할 방법이 없는 것은 영사의 움직임이 고수의 눈에도 채 잡히지 않을 만큼 예측불허의 영활함을 지닌 것도 이유겠거니와 그 요물들이 마치 무공을 안다는 듯이 표적의 퇴로까지 차단하는 까닭이 더 컸다. 이 의외의 움직임에 놀란 사이에 당해버리는 것이었다.

사황천사는 영사신편을 소유하게 된 이후로 이것을 자주 애용하게 되었는데 그가 냉정히 판단해 보아도 영사의 공격을 차단하거나 방비할만한 능력을 지닌 이는 하늘 아래 서넛이 있으면 많으리라고 보았다. 그러니 굳이 일신의 재주를 뽐낼 필요도 없어 영사신편이 마치 만능의 부적처럼 사용되고 있는 것이었다.

구지신개에 이어 고루혈살까지 득달같이 저승문을 넘어서는 것을 보고 정의맹의 무사들은 이제는 다 틀렸다고 생각했다. 여기서 다 죽기로 작정한 바였지만 이대로 허무하게 쓰러지기엔 너무 억울하고 분했을 것이다.

양측의 사상자를 합하면 삼천 명은 족히 되고도 남을 정도인 것 같았다.

마혼은 눈대중으로 그리 짐작하고는 뒤를 돌아보았다. 마혼이 사황천사에게 전음을 보내어 재촉했다.

『이제는 전력을 하나로 합쳐야 하지 않겠습니까? 양쪽으로 진형이 나뉘어 있는 중에 적을 맞으면 우리 역시 저들의 꼴을 면치 못할 것입니다.』

휘리릭.

어느새 전장을 벗어나 마혼 곁으로 날아온 사황천사는 탈을 쓴 채로 말했다.

"반수는 줄여놓을 작정인데 벌써 정리하자는 겐가? 혹 정의맹의 남은 전력이 출행했다는 보고 때문인가?"

"아무래도 신경을 써 두는 게 낫지 않겠습니까?"

"이런 기회가 자주 오는 것이 아니거늘, 이참에 단단히 기세를 꺾어놓아야지 건들다 말면 독 오른 독사처럼 후에는 더 다스리기 벅차네."

"그 말씀도 이치에 합당하오만 지금이라도 본진의 뒤통수에 들이닥치면 잠깐 얻은 득세도 수포로 돌아가지 않겠습니까?"

사황천사는 잠시 고민했다. 바로 그때 그가 더 이상 고민할 필요가 없게 해주는 일이 발생했다. 아마도 구지신개와 고루혈살의 참혹한 죽음 때문이었으리라.

남은 정의맹 측 환혼자들이 사황천사가 자리 잡고 있는 곳을 노리고 한꺼번에 움직이는 것이 포착되었다. 그걸 본 사황천사는 소리 내 웃었다.

"저것 보게. 죽여 달라고 발버둥을 치는데 자비심을 베푼다고 해서 저놈들이 알아줄 것도 아니잖은가."

사황천사는 이어 마혼에게 이제는 한 수쯤 보여줄 때가 되지 않았느냐고 다그쳤다.

"자네도 이만하면 한 번쯤 신위를 보여줄 때가 되지 않았는가?"

"저더러…… 손을 쓰란 말씀이십니까?"

"그게 맹우에 대한 도리가 아니겠는가? 맹주인 나조차도 전장에서 피를 뒤집어쓰는데 자네가 뒷짐 지고 있으면 모양새가 이상하지 않은가?"

"그도…… 그렇군요."

혈수천자 등이 권할 때처럼 마냥 거절할 순 없었다. 사황천사가 직접 거론한 이상 못 이기는 척 따를 수밖에 없었다.

여의성자 등을 비롯한 정의맹의 환혼자들 중에는 이미 가볍지 않은 부상과 내력소진으로 전력을 다 발휘하지 못하는 사람들도 더러 있었다.

그나마 이 정도라도 버틴 건 그만큼 강호경험이 풍부하기 때문이었다. 필생의 적을 상대할 때처럼 싸워서는 이런 전장에서 오래 살아남을 수가 없다.

언제나 일 대 일로 싸우게 되는 것이 아니고 다수에게 목숨의 위협을 받을 경우가 많기 때문에 늘 삼 푼의 힘은 아껴두면서 결정적인 경우가 아닌 한은 함부로 전력을 다하지 않아야 한다.

만약 이들이 수하들의 안위는 신경 쓰지 않고 도주하기로만 마음먹었다면 불가능한 일도 아니었을 것이다. 환혼자들은 이제 죽기로 결심하고 사황천사 하나만이라도 제거하겠다는 일념으로 마지막 투혼을 불사르고 있었다.

다만 자기들에 비해 모자랄 것 없는 실력자들의 공격을 받다 보니 도무지 그런 틈을 만들어 내기가 쉽지 않다는 게 문제였다.

마혼이 보니 정의맹의 환혼자들 중에서도 유독 두 사람이 두드러지게 눈에 띄었다.

그 하나는 여의성자였고 다른 하나는 적양신군이었다. 물론 마혼이 그의 외견만을 보고서 그가 누구인지까지는 몰랐다. 적양신군은 좌의군의 군장이었으며 화급한 성미로 치밀한 성품과는 거리가 먼, 우직하고 단순한 성정을 지니고 있었다.

그는 인연 맺은 지 비록 얼마 안 된 수하들이라 해도 피를 토하며 쓰러지고 있는 모습을 보며 그 역시 피눈물을 흘리고 있었다. 분통이 터져도 혼자서 저 많은 수하들의 위기를 모두 돌볼 수는 없었다. 그가 할 수 있는 일은 더 많은 적의 숨통을 끊고 수하들을 향해 포기하지 말 것을 독려하는 것뿐이었다.

마혼이 눈여겨본 사람은 바로 그 적양신군이었다. 마침 사황천사는 여의성자를 목표로 한 듯이 보였기 때문에 남은 한 사람이 그의 차지가 된 것뿐이었다. 마혼은 소리 없이 움직였다. 귀신의 움직임이라도 이처럼 표홀하지는 않을 것이다.

표적으로 삼은 적양신군의 배후까지 이르는 길목의 무수히 많은 적들은 그저 허수아비나 다름없었다.

요리조리 피하며 어느새 지척까지 다다른 마혼의 양손에는 어느새 쌍단검이 들려 있었다. 적양신군은 마혼의 기세를 전혀 느끼지 못했다.

그나마 운이 좋았던 것이, 마침 이리저리 살피던 그의 눈에 마혼이 무서운 속도로 쏘아져오는 장면이 우연히 포착되었다. 그는 간담이 써늘해졌다. 고수는 상대의 동작 하나만 보아도, 병기를 잡은 모습만으로도 그 수준이 어느 정도인지 알 수 있다.

'위험하다. 이자는…… 위험…….'

적양신군의 생각은 더 이상 이어질 수가 없었다. 막 경각심을 가진 순간 마혼의 종적을 두 눈 멀쩡히 뜨고 놓쳐 버렸고 마혼은 어느새 적양신군의 발아래에서 불쑥 솟아오르며 쌍단검을 교차하고 있었던 것이다.

샤샥.

적양신군의 목에 가느다란 혈선이 생겨난 것은 마혼이 하늘로 솟구쳐 오르고도 한참이 지나고서였다. 그도 죽었다.

좌의군의 군장인 적양신군의 목이 몸에서 분리된 채 미끄러져 떨어지고 있었다. 적양신군의 부릅뜬 두 눈엔 불신이 가득했다.

캬오오옥—! 캬오오옥—!

그때 이질적인 괴성이 동쪽 하늘 끝에서부터 들려왔다. 적양신군의 목을 너무도 간단히 잘라내고 우아하게 허공에 떠 있던 마혼은 그 순간 불길한 예감에 저도 모르게 시선을 동쪽 하늘로 주고 말았다.

'뭐지? 무언가가…… 오고 있다. 굉장히 강력한…… 무언가가!'

막 여의성자의 지척까지 다다른 사황천사가 그 소리를 못 들었을 리가 없었다. 그 역시 본능적으로 동편 하늘을 쳐다봤다.

캬오오옥—!

괴수가 울부짖는 것이 아닐까 짐작되는 그 소리는 전장의 흐름을 단번에 동결시켰다. 달빛을 가르며 바람처럼 날아온 불확실한 존재는 어느새 전장 가까이 도달했고, 그 순간 하늘에서 형체조차 분명치 않은 것들이 우수수 떨어져 내렸다.

"우우우우우!"

"이놈들! 길게 목을 늘어뜨려라!"

갖가지 소리들이 나는 걸로 보아서는 사람들이 분명했다. 그리고 높은 하늘을 유유히 떠다니는 정체불명의 존재는 형상만으로는 틀림없는 독수리였다.

카오오옥—!

독수리가 땅으로 급강하했다. 먼저 떨어져 내린 사람들과 독수리가 비슷하게 땅에 닿을 정도로 독수리의 속도는 빛처럼 빨랐다. 전장의 가운데로 처박히다시피 떨어져 내린 독수리는 믿을 수 없을 만큼 거대했다.

황금색 독수리. 그것이 격전을 잠시 멈춘 무사들이 파악해낸 전부였다. 누구도 지금의 상황을 제대로 파악해낸 사람은 없었다. 중요한건 이것 한 가지였다. 적이냐, 아군이냐?

"맹주님이시다. 맹주님이 오셨다."

아마도 검성을 두고 지르는 소리일 것이다.

"천황께서도 오셨다."

함성소리는 정의맹의 생존자들에게서 터져 나왔다. 몇 사람의 가세로 희미했던 생존의 끈이 견고해질 리는 없는데 이상하게도 정의맹 무사들은 맹목적으로 환희에 차 울부짖었다. 그것은 적으로 맞선 입장에서는 기가 한풀 꺾이는, 소름끼치는 장면이기도 했다.

마혼의 뇌리는 그 순간 번개처럼 회전하기 시작했다. 그가 독수리 등에서 뛰어내렸음직한 몇 사람 가운데서 하필이면 파천의 얼굴을 가장 먼저 찾아낸 순간이기도 했다. 그는 빠르게 사황천사에게 현 상황을 깨우쳐줬다.

『전력을 하나로 합쳐야 하오. 증원군이 왔소. 천황과 정의맹의 핵심 고수들이오. 지금부터는 우리가 수세로 몰릴 것이오.』

사황천사는 마혼의 그 말을 믿지 않았다. 허나 그는 검성을 보고서 긴장해야만 했고 담사황을 보고서 침음성을 흘렸으며 파천을 발견한 순간 숨 막히는 기분이 들었다.

그들뿐이 아니었다. 천마와 혈마, 일묘선인과 해명선인 등 그가 보기에 하나같이 추측불가의 고수들이 어찌 저리 많은지 이해할 수 없다는 표정이 되고 말았다.

독수리의 등에서 내리지 않고 서 있던 파천은 숨 막히는 긴장감을 안고서 주변을 바라봤다.

'제발 늦지 않았기를.'

전황은 단번에 파악됐다. 사상자 수가 못되어도 삼천은 넘을 것이라는 사실에 파천은 먼저 절망했다. 아직 확인은 안됐지만 환혼자들도 몇 명 희생된 것 같다는 생각도 들었다.

'이미 늦은 것인가?'

파천이 걱정하는 것은 이 상황까지 온 이상 정의맹과 사사혈맹 간의 뿌리 깊은 골을 앞으로 어찌 메울 것인가였다. 모조리 다 죽이기로 작정한다면 차라리 쉽다.

지금의 파천에게 그것보다 쉬운 일은 없다. 만약 뒤에 싸워야 할 적이 남아 있지 않다면, 그리고 파천이 단지 무림을 한 손에 움켜쥘 정복자의 입장이었다면 지금과 같은 고뇌는 필요 없었을 것이다.

한 손에 든 자오신검이 울부짖는 소리가 들리는 것 같았다.

　—모조리 죽여라. 피가 내처럼 흐르게 하고 시체의 산을 쌓 아 너의 위대함을 증명하라!

그 환청은 파천의 깊이 잠들어 있는 한 가닥 마성을 충동질하고 있었다.

그때 이미 멈췄던 교전은 재차 시작되고 있었는데 담사황 등이 가세하자 분위기는 단숨에 바뀌는 것이었다. 담사황은 검을 빼들지도 않고 양손으로만 장난처럼 휘젓고 있었는데, 그럼에도 불구하고 명색이 환혼자라는 고수들이 너무도 어이없이 뒷걸음질 치고 있었다.

천마는 장내를 한 차례 쓸어본 뒤에 먹음직한 먹잇감을 단번에 찾아냈다.

"구천마제 이놈!"

구천마제도 천마를 알아보았다. 알아보았을 뿐만 아니라 제 본능이 시키는 대로 저도 모르게 뒷걸음질 쳤다.

독수혈랑도 별반 차이는 없었지만 후들거리는 다리를 간신히 안정시키고는 혈마를 차분하게 상대해 나갔다.

파천은 마음속으로 외치고 있었다.

'이건 아니야. 적어도 아직은…… 포기할 단계가 아니다.'

근본적인 문제를 풀지 않는 한 지금 당장 임시방편으로 봉합한다 해도 차제엔 부질없게 되기 마련이다. 그런데도 파천은 포기할 수 없었다. 해 보고 안 된다면 그때 포기하자고 다짐했다.

"멈추시오!"

파천의 최초 명령은 누가 들어도 납득할 수 없는 것이었다. 심지어 담사황조차 멈칫거렸으니 다른 사람들이야 오죽할까.

"멈춰, 멈추란 말이다. 내 말 못 들었나!"

파천의 양손이 눈으로 분간할 수 없는 속도로 휙휙 내저어졌고 막 살수를 펼치려던 사황천사를 비롯한 사사혈맹의 고수들 한 사람, 한 사람을 마치 콕 집어서 공격한 것처럼 일순에 멈추게 했을 뿐만 아니라 심지어 견디지 못한 몇 사람은 허공을 붕 날아서야 간신히 신형을 멈출 수 있게 했다.

검성이 진지하게 물었다.

"분명히…… 멈추라고 하셨습니까?"

"그렇소. 지금 즉시 남은 생존자들을 전장의 밖으로 물리시오."

검성은 속이 탔다. 그가 무얼 걱정하는지, 왜 저런 명령을 내리는지 모르진 않는다. 허나 이미 엎질러진 물이 아닌가. 죽어 나뒹구는 동료들의 시체들을 앞에 두고 싸우다 말고 뒤로 몸을 빼낼 사람이 과연 몇 사람이 있겠는가. 설사 명령에 억지로 따른다 해도 진심으로 승복하는 사람은 얼마 되지 않을 것이다.

문제는 또 하나 있었다. 정의맹의 무사들이 물러선다 해도 사사혈맹 측에서 순순히 놔두겠느냐는 점이다. 아마도 이런 황당한 경우는 상식을 벗어난 일이기도 했다. 그런데 그 명령을 내린 이가 다른 아닌 천황 파천이다. 그가 하라면 일단 하는 시늉이라도 해야 한다고 검성은 생각했다. 그것이 그를 맹주로 옹립한 자신의 최소한의 도리였다.

"전원 백 장 밖으로 퇴각한다. 다시 명령하겠다. 전원 백 장 밖으로 물러난다."

검성의 그 외침에 사황천사가 코웃음 쳤다.

"허튼소리!"

파천의 무시무시한 안광을 담은 눈빛이 사황천사를 정확히 노려봤다. 그런 뒤 사황천사에게 집중한 채로 천천히 말했다.

"허튼짓 마시오. 여기서 더 일을 크게 벌이면…… 당신에게는 영원히 기회가 오지 않을 것이오."

두 사람의 간격은 이십여 장 정도쯤 되었다. 두 사람의 능력을 감안하면 이 정도 거리는 크게 장애가 안 된다. 언제든 공격이 가능한 거리였다.

사황천사는 가슴 속이 서늘해지는 기분이었지만 한편으로는 그런 불길함에 맞서기라도 하는 듯이 더욱 강력하게 반발했다.

"환우마종과 불사천존의 후예 따위가 감히 날 상대할 수 있다고 보느냐? 설사 그들이 살아 돌아와도 내게 그런 망발을 할 순 없다."

"나는 환우마종과 불사천존이 아니오. 나는 천황이오! 시험해 보고 싶소?"

"이놈!"

사황천사의 신형이 쏜 화살처럼 앞으로 치달아갈 때 파천은 단지 앞에 선 자의 뺨을 아래에서 위로 때리는 것처럼 손을 가볍게 휘저었을 따름이었다.

쾅, 콰콰콰쾅!

땅거죽이 튀어 오르며 사황천사의 신형이 함께 튀어 올랐다. 그는 땅으로 내려서지 않고 짓쳐가는 속도를 더 한층 배가해 그대로 파천을 향해 돌격해왔다. 그 순간 모두가 입을 쩍 벌릴만한 기이한 광경이 펼쳐졌다.

시체더미와 함께 섞여 있던 병기들 수백 자루가 동시에 공중으로 솟구쳐 오르더니 십여 장 앞까지 다가온 사황천사를 향해 동시에 쏘아진 것이다. 사황천사는 이대로 돌격한다 해도 득수 할 수 있다는 판단이 서지 않았다.

'이건 피하는 게 이롭다.'

그런 판단이 내려진 순간 사황천사의 신형은 거짓말처럼 그 자리에서 사라지더니 어느새 뒤쪽 안전한 곳까지 물러서 있었다. 두 사람이 대치 아닌 대치를 하고 있는 사이 묘한 긴장감 속에서도 동편에 있던 사사혈맹의 고수들은 서쪽으로 이동했고 서쪽 편에 있던 정의맹의 고수들은 동편으로 이동했다.

그리고 그들이 벌려 선 간격은 백여 장쯤 되었다. 그 가운데에는 이제 사황천사와 독수리 위에서 한 치도 움직이지 않고 있는 파천만이 덩그러니 남았을 따름이었다.

둘 사이 허공에는 여전히 수백 자루의 갖가지 병장기가 두둥실 떠 있었다. 그걸 본 사황천사는 놀라움을 억누를 수 없었다.

'이놈의 내력은 대체……'

이해불가의 상황이지 않은가. 자신은 현재 용기의 탈을 쓴 상태여서 세 배로 증폭된 내력을 사용할 수 있었다. 그런데도 파천이 보여주고 있는 한 수를 흉내조차 낼 수도 없을 것 같았다. 그가 어찌 알겠는가. 파천의 한 몸에 깃들어 있는 무궁무진한 초월적인 힘을.

파천은 그 상태에서 천천히 입을 열었다.

"당신에게 선택할 수 있는 마지막 기회를 주겠소. 두 가지 중 하나를 선택하시오. 그 첫 번째는 사사혈맹과 정의맹을 조건 없이 통합하는 것이오. 그들을 누가 지휘할지는 후에 가리면 되오. 최소한 오늘과 같은 이런 바보 같은 짓을 되풀이해서는 안 되오."

사황천사는 기가 찼다. 그런데도 두 번째가 궁금하긴 했다.

"두 번째는?"

"이 자리에서 끝장을 보는 것!"

"자신 있나 보군. 본좌 역시 아직 밑천을 다 내보이지도 않았다."

"냉정하게 생각하시오. 암계가 아닌 전면전 상태에서 사사혈맹은 정의맹을 절대로 이길 수 없소. 내 목을 걸고 장담할 수 있소. 당신도 눈이 없지는 않을 터. 방금 가세한 열 명만 해도 당신들 진영에서 상대할 자는 많아야 고작 셋. 그래도 승산이 있다 보시오?"

'……맞는 말이다.'

솔직히 그것 때문에 사황천사는 상당히 혼란스러웠다. 수적인 열세일 뿐 질에서까지 차이가 날 거라고는 생각해 본 적이 없었다. 마혼이 천황에 대해 얘기하면서 손가락을 치켜세워도 그저 과장한다고만 여겼을 따름이었다.

"그리고 조금 있으면 정의맹의 남은 전력이 모조리 가세할 것이오. 당신들 모두를 죽이자면 우리 측도 손실이 있겠지. 반수 정도의 희생은 있을 것이오. 만약 그리하겠다면 그 반수만으로 앞날을 대비할밖에. 내가 화가 나는 건…… 당신이 받아들인 태존의 개들, 그들이 진정으로 원하는 게 뭐라고 생각하시오? 그는 당신 편에서 무림천하를 통일하는 위업 따위는 관심도 없소. 단지 무림의 전력을 약화시키는 것. 무슨 이유인지는 모르나 태존의 속셈은 바로 그것이오. 내가 내린 결론이오. 그걸 알고서도 받아들였다면 당신 역시 죽어 마땅한 자."

"어린놈이 광오하구나."

"당신이 뭘 알겠소? 요왕이 어떤 사람인지, 그가 지금 어떤 능력을 지녔는지, 그의 군대가 얼마나 강한지를 당신이 알고 있었다면…… 이런 바보 같은 짓은 할 생각도 못했겠지."

"푸하하하하. 그래. 네 말이 다 맞다 치자. 그런데 말이다. 시작한 싸움을 이렇게 어정쩡하게 끝내는 법은 없다."

"뭘 원하시오?"

"승부를 봐야지. 너와 나, 그리고 정의맹과 사사혈맹 중 누가 무림의 주인으로 합당한지를."

"진정…… 끝장을 보길 원하시오? 일묘!"

"네!"

일묘선인이 파천의 부름에 응해 바로 뒤까지 다가왔다.

『저들이 겁을 집어먹을 만큼 전력을 다해 당신 능력을 발휘해 보시오. 감히 대적할 생각을 못하게끔.』

파천이 무슨 생각을 했는지 깨달은 일묘는 명령이니 하긴 하겠지만 속으로는 그다지 흡족해하지 않았다.

'이분은 중원의 무력 중 대다수가 장차 있을 세 종족과의 전쟁에서 별 쓸모가 없으리란 걸 알면서도 대체…… 무얼 기대하는 걸까? 왜 이리 전력보존에 대한 집착이 강한지 진정 그 이유를 모르겠구나.'

파천은 다시 입을 열었다.

"자, 보시오. 이 한 수를 보고서도 생각이 안 바뀐다면 그때는…… 당신이 하자는 대로 해주지. 깡그리 말살해 주겠소."

일묘는 백두산에서 파천과 겨뤘던 때처럼 전력을 다 기울여 벽력을 끌어냈다. 때 아닌 마른 하늘에서 날벼락이 떨어지기 시작했다. 달이 빛을 잃을 만큼 거대한 섬광이 하늘에서 시작해 땅을 찢어버릴 듯이 맹렬히 떨어져 내리기 시작했다.

번쩍, 콰르르릉— 쾅쾅!

우르르르릉— 쾅쾅!

수십 개의 벽력이 동시에 땅을 때리는 광경을 태어나서 단 한 번이라도 본 사람이 있을 리가 없었다. 저것이 인간의 손에서 펼쳐질 수 있다는 걸 한 번이라도 상상해 본 사람도 없었다.

일묘선인은 파천과 겨뤘을 때처럼 연거푸 벽력을 불러들이지는 않았다. 한 번에 왕창 보여주고 깔끔하게 손을 털고 물러선 것이다. 허나 그 장면이 불러온 파장은 너무도 큰 것이었다.

파천과 사황천사의 중간 지점이 초토화되었다. 거기에 만약 누군가가 있었다면 그는 어찌 되었을까? 생각만 해도 끔찍한 일이리라. 안타깝게도 땅거죽이 뒤집히면서 그 사이에 있던 시체들은 땅 속으로 사라지고 말았다. 파천은 속으로나마 망자들에게 용서를 빌었다.

이렇게까지 해서라도 이 싸움은 말리고 싶었다. 안된다면, 그 이유가 단지 한 사람의 고집 때문이라면 맹세컨대 파천은 사황천사를 가장 비참하게 죽일 것이다. 그러고도 남을 정도로 지금 파천의 분노는 컸다. 그럼에도 살인적인 인내심으로 폭발하려는 분노와 마성을 억누르고 있었다. 사황천사는 그런 걸 알 리가 없었다.

헌데 이번에는 꽤 효과가 있었던가 보다. 그렇게도 오만했던 사황천사의 전신이 가늘게 떨리고 있었던 것이다. 파천은 잠깐의 변화였지만 그 점을 놓치지 않았다.

사황천사는 애써 냉정을 유지하며 어렵게 입을 열었다.

"저건 무공이 아니다. 저자는 대체…… 누구지?"

파천은 숨길 것도 없었다. 솔직히 털어놨다.

"천부의 선인이오."

"천부? 네가 천부까지 얻었는가?"

"그렇소. 이런 자들이 무려 백 명이 넘소."

이렇게 관점이 달라지기도 한다. 백두산에서는 파천이 천부의 인원이 생각보다 적다고 한탄하더니 이제는 그 반대로 말하고 있지 않은가. 게다가 그의 말뜻 속에는 교묘하게 일묘와 같은 능력자가 백 명이 넘는다는 식으로 과장돼 있었다. 사실이 아니든 맞든 지금은 그게 중요한 게 아니었다. 파천은 이 싸움을 막을 수 있다면 한 '천 명쯤'이라고 말하고 싶은 걸 참았지 않던가.

확실히 사황천사는 처음과 같은 태도를 고수할 순 없었다. 그 백 명만으로도 제 뒤에 서 있는 수하들의 목숨은 사라질지도 모른다. 방금 전 보였던 그 위력은 확실히 굉장했다. 세상에 벽력을 정통으로 맞고서도 무사할 수 있는 사람은 없다.

'나 혼자라면 어찌 수를 내볼 수 있겠지만 저런 자들이 백 명이라면……'

"자, 어찌 하겠소? 당신은 지금 이 싸움을 계속할 수 있소. 확실히 해두거니와 다시 시작되면 당신들 중 살아남을 수 있는 사람은 하나도 없을 것이오. 그래도 원한다면…… 그리 해야겠지. 자, 어느 쪽이오? 선택은 당신에게 넘기겠소."

마혼은 분위기가 이상하게 흘러간다고 느꼈다. 마혼의 목적은 두 세력을 상잔시켜 재기불능을 만드는 것도 아니고 어느 한쪽이 일방적으로 다른 한쪽을 흡수 통합하는 것도 바라지 않는다.

만약 사사혈맹의 전력이 약하다면 정면대결보다는 장기적인 소모전으로 양 세력을 적당한 수준까지 약화시키는 것, 그래서 통제할 수 있을 정도까지 만드는 것이 마혼의 최종목적이었다. 아니 태존의 목적이라고 해야 더 정확할 것이다.

그가 바라는 일은 거기까지니깐. 그런데 지금 사황천사는 압도당하고 있었다. 천황 파천이라는 존재에게 그리고 그 수하로 버티고 있는 괴물들에게. 제 스스로의 능력에 대한 부족함은 아직까지는 느끼지 않는 듯싶었다. 문제는 나머지 전력 간의 우열이 확실히 가려지고 있다는 점이었다.

그나마 마혼이 데려온 전력이 보태졌기에 여기까지 사황천사가 용단을 내릴 수 있었던 것인데 그러고서도 열세를 면치 못하고 있으니 기가 죽을 만도 했다.

'이건 좋지 않군.'

그렇다고 마혼이 지금 당장 할 수 있는 일은 없었다.

사황천사도 지금 마음속으로 치열하게 갈등하고 있는 중이었다.

'천부를 얻었다면…… 적어도 전면전 상황에서는…… 이길 수 없다. 인정하기 싫지만…… 사실이다. 게다가 저 독수리는 황제가 타고 다녔다는 바로 그 대천신응이지 않겠는가. 그럼 저놈이 황제의 후계자가 되었다는 걸까? 설마 황제의 검도 얻은 건 아니겠지? 이제 어찌해야 하나? 이건 신중해질 필요가 있다.'

여기서 자존심을 지키자면 끝장을 보는 것이 맞다. 실속을 차리자면 이쯤에서 후사를 도모하는 편이 이롭다. 그 역시 애초에는 이 자리에서 끝장을 볼 생각은 아니지 않았던가.

어쩌다 보니 여기까지 떠밀려 온 것뿐이었다. 사황천사는 끝내 결정을 뒤로 미룰 수밖에 없었다. 그는 전음으로 파천에게 제 의사를 전달했다.

『일단 이 자리에서는 서로…… 전력을 물리는 걸로 하세.』

파천은 사황천사가 끝까지 당당하지 못한 사람이라는 생각을 지울 수 없었다. 전음으로 속내를 밝히는 것만 보아도 알 수 있는 일이었다.

『그럼 어쩌자는 게요?』

『첫 번째 제안을 따를 경우…… 어떤 식으로 결정하자는 건가?』

『그것 역시 당신이 원하는 대로 해줄 수 있소. 일 대 일로 승부를 보자면 그럴 것이고 다수 대 다수로 하자면 또 거기에 따르겠소.』

『태존을 만나본 적이 있는가?』

『없소.』

『아까 한 말 확신하나?』

사황천사는 핑계거리가 필요했던 것이다. 그 역시 마혼을 받아들이면서 그 정도쯤 예상 못했겠는가. 일단은 필요하니 이용하자는 속셈이었을 뿐 후에 가서는 처리할 자신이 있었기 때문에 받아들였지 않던가.

그런데 이제 와서 마치 태존에 대한 우려 때문에 이쯤에서 타협하겠다는 식으로 자존심을 세우고 있으니 그 마음속의 음흉함은 짐작할 만했다. 더 어처구니가 없는 건 그걸 알면서도 파천은 받아들일 수밖에 없다는 사실이었다.

『그건 장차 당신이 직접 알아보시오. 나 역시 짐작에 불과할 뿐이니깐.』

『좋다. 일단 긍정적으로 검토해 보지. 최후 결정은 내 쪽에서 따로 연락을 취하겠다.』

파천은 아예 이참에 쐐기를 박아둘 참이었다.

『오래 기다릴 수 없소. 보름간의 말미를 주겠소. 시한이 지나도 연락이 없다면 내 쪽에서 먼저 적절한 조치를 취하겠소.』

사황천사는 침묵했다. 그러더니 결국에는 대답이 돌아왔다.

『그 정도면 충분하겠군.』

엄청난 사상자가 발생한 것에 비하면 마무리는 허탈할 정도로 싱거웠다.

두 우두머리 간의 몇 마디 대화로 이렇게 무 자르듯 종결되리라고는 양측의 고수들 모두 생각지도 못했던 일이었다. 이런 결과를 속 시원하게 반기는 사람은 많지 않았다.

특히 정의맹의 무사들은 파천의 뜻을 알면서도 이 억누를 길 없는 분노를 누구에게 가서 풀어야 할지 가슴을 치며 피눈물을 뿌릴 따름이었다.

그들은 시체들을 수습해 돌아서야 했다. 속마음으로는 언젠가는 반드시 오늘의 비참함을 되돌려주고 말리란 복수를 다짐해 보지만 그것 역시 아직까지는 기약조차 할 수 없었다.

이대로 두 세력이 통합된다면 무림 전력을 보존한다는 측면에서는 쌍수를 들어 환영하지만 막상 서로에게 낸 상처가 그런 이성적인 판단을 내리기에는 너무도 크고 깊었다.

이 골을 어찌 채우고 메워 갈지는 파천에게 남겨진 숙제가 아닐 수 없었다. 그리고 만약 그걸 해내지 못한다면 통합은 오히려 더 큰 재앙으로 다가올 수도 있는 일이었다.

제 3 장 사라의 경고

총단으로 돌아온 정의맹의 무사들은 기진맥진해서 자기들 처소로 돌아갔다. 그러나 그들의 눈빛에는 지도부에 대한 불만들이 가득했다. 수뇌들 사이에서도 입을 열지 않을 뿐 이번 일에 대한 맹주의 처사에 불만들이 적지 않았다.

　그런 생각을 하든 말든 파천은 그 모든 불만들을 알면서도 깡그리 무시했다. 옥기린을 따로 불러 장례 절차를 논의했을 뿐 현재 정의맹 무사들 사이에 팽배해 있는 묘한 기류에 대해서는 입도 벙긋 하지 않았다.

　파천은 자기 처소로 새로이 배정된 맹주전으로 향했다. 들어서니 벌써부터 와서 기다리고 있던 사람들 몇이 모여 두런두런 담소를 나누고 있었다. 담사황을 필두로 백두산을 떠나면서부터 늘 짝으로 붙어 다니는 일묘선인과 해명선인이 보였고, 옥신각신하면서도 누구 하나가 곁에 없다면 서로 허전해 할 것 같은 혈마와 천마가 보였다.

질풍노조는 담사황 앞자리에 앉아 깜빡 졸다가 하마터면 의자에서 굴러 떨어질 뻔했던지 깜짝 놀라며 주변을 한 차례 쓰윽 살펴보는 것이었다. 그 모습을 본 것이 틀림없는 담사황과 눈이 마주치자 어색하게 씨익 웃어 보였다.

파천이 실내로 발을 들이자 제일 말석에 앉아서 혼자서 멀뚱멀뚱 앞을 보고 있던 광마존이 벌떡 몸을 일으켰다. 일묘와 해명 역시 절반쯤 몸을 일으켜 예를 취했다.

파천이 자리에 앉자마자 담사황이 바로 옆에 앉은 천마의 옆구리를 푹 찌르며 입을 열었다.

"네놈은 동지섣달에 미친년이 활짝 핀 꽃을 보면 어쩌는지 아느냐?"

때 아닌 생뚱맞은 물음에 천마는 머리를 갸웃거렸다.

"어쩝니까?"

"좋아서 환장한다."

"예? 그거 신빙성 있는 얘기입니까? 그건 그렇고, 왜 좋아합니까?"

"못 보던 것이기 때문이지. 희귀한 것은 미친년이고 정상인 사람이고 간에 모두가 좋아하는 법이다."

"무슨 말씀을 꺼내려고 그러는지 영문을 모르겠군요."

"희귀한 것, 제가 할 수 없고 볼 수 없었던 것을 발견하게 되면 원래 그 가치보다 더 귀히 여기려는 속성이 사람에게는 조금씩 있다. 익숙하지 않은 이런 것들에 대한 호의적인 마음이 가치를 상승시킨 까닭이지."

"그야…… 그런 면이 있긴 하죠. 저만 해도 생김새가 좀 특이한 것들에 대한 애착이 있긴 하니깐요. 크크크."

그저 담사황의 말을 대수롭지 않게 받아들인 천마가 그리 농을 치받은 순간 담사황의 주먹이 천마의 머리통을 한 차례 쥐어박았다.

쾅.

"그 얘기가 아니다. 일묘선인이 만들어낸 벽력의 기운이 대단하고 누구든 처음 보면 오금이 저릴 정도로 위력이 발군이지만 그렇다고 해서 천하를 희롱할 만한 사황천사 정도의 눈에까지 절망적으로 비칠 만한 건 아니다. 상대하고자 했다면 얼마든지 방책을 생각해 냈을 것이다."

결국 그 얘기를 꺼내고자 애꿎은 제 머리통을 이용했다는 걸 알게 된 천마의 얼굴이 붉으락푸르락해졌다. 대답이 고분고분할 리가 없었다. 천마는 이를 앙다물고 대답했다.

"그래서요?"

"벽력이 사정없이 후려친 곳에 멀쩡하게 떠 있던 수백 자루의 병장기를 너는 어찌 보았느냐?"

"두 눈 멀쩡히 뜨고 보았습지요."

"너라면 그리 할 수 있겠느냐?"

"흐음, 제가 그런 능력이 있었다면 이러고 있겠습니까!"

"나도 그리 할 수 없다. 수백 자루의 병장기는 제각기 독립된 움직임을 지니고 있었다. 그 모든 걸 일일이 따로 움직이고 있었다는 말이다."

그 말에는 좌중의 인물 모두가 놀라는 눈치였다.

"내가 왜 이 말을 꺼냈는가 하면…… 사황천사가 그걸 못 알아보았을 리가 없다는 소리다. 그럼 그자는 흉중에 품은 생각을 다른 사람들이 눈치채는 걸 병적으로 싫어하는 사람이어서 늘 거짓 행동을 일삼거나 그도 아니면 다른 사람들이 으레 그러했듯 중심을 헤아리지 못하고 표면만 훑어보는 눈을 지녔거나 둘 중 하나겠지. 어느 쪽이든 그런 음흉한 자를 다룰 때는 그에 걸맞은 방식이란 것이 있다."

파천은 담사황이 정작 말하고 싶어 하는 바가 무언지 알 것 같았다. 그리고 그 대상이 천마가 아닌 자기 자신이라는 것도.

담사황은 단도직입적으로 물었다.

"천아야, 너는 그에 대한 대책이 있느냐?"

"네, 할아버지. 저 역시 그자의 음흉함은 보자마자 알았습니다. 호랑이가 아닌 여러 개의 굴을 파고 대비하는 여우같은 느낌을 받았습니다."

"그리 보았다면 어찌 너는 그자가 굴을 팔 여유를 주었다는 말이더냐? 이번의 피해만으로도 모자라지는 않았을 터인데."

"그자가 차라리 굴을 파길 원해서 그리 했다면 대답이 되겠습니까?"

"자세히 밝혀 보거라."

"경황 중이라 제 속뜻을 모두에게 밝혀 보일 수 없었습니다만…… 이제는 상관없겠지요. 만약 전력을 물리지 않고 양측이

공방을 펼쳤다면 능히 우리가 제압을 했겠지만 피해 역시 막심했을 것입니다. 저는 우리 측뿐만 아니라 사사혈맹의 환혼자들까지 다치지 않고 오직 여우만 때려잡을 생각입니다."

"어찌 그럴 수 있단 말이냐?"

"그자가 어느 쪽을 선택하리라 보십니까?"

"그야…… 완벽하게 종적을 감춘 연후에 어부지리를 노리려 하지 않겠느냐. 제가 발 뻗고 눕기엔 여러모로 불편한 자리임을 보았을 터이니 필히 그러리라 본다."

"저도 같은 생각입니다. 만약 그자가 보름 안에 전갈을 보내 무조건 통합에 응해 온다면 그에 맞는 대우를 해주겠지만 그게 아니라면 비참한 최후를 맞게 할 것입니다."

"완벽히 대책을 세워놨단 뜻이더냐?"

"그러기 위해서는 여기 계신 질풍 할아버지의 도움이 필요합니다."

질풍노조는 그 말에 귀를 쫑긋 세우더니 놀라는 척했다.

"내 힘이?"

"네, 감히 청을 올려야겠습니다."

"으음. 무얼 도와주면 되는데?"

"오늘 중으로 여길 떠나셔서 사황천사와 그 수족들의 동태를 살펴주시면 됩니다. 그들이 어느 굴로 도주할지, 그들의 종적을 놓치지 않고 따라갔다가 알려주시기만 하면 됩니다."

"그런 거라면 별로 어렵지도 않은 일이구먼. 그걸 하면 내게 무얼 해주겠느냐?"

"평생 산해진미가 끊이지 않도록 해드리겠습니다."

"헥! 정말이더냐?"

질풍노조는 황금 열 수레를 준다고 해도 마다할 사람이지만 맛있는 음식에는 눈부터 뒤집고 보는 사람이었다. 그는 재물을 지니는 것도, 사용하는 것에도 익숙지 않은 사람이라 파천이 그리 말한 것이다. 사실 그가 이 일을 하지 않겠노라 해도 할아버지의 하나뿐인 벗이니 어찌 대접에 소홀할 수 있으랴. 실상 파천은 질풍노조를 아무런 대가없이 부리는 것이라 내심 미안하고 죄스러웠다.

담사황은 파천의 생각을 알았으나 수심을 지우지 않고 말했다.

"그것만으로 완벽하다고 할 순 없다. 이놈이 비록 뛰는 재주와 숨는 재주는 천하에 비견할 이 없는 귀신같은 능력을 지녔지만 한 사람의 눈이 살필 수 있는 한계는 정해져 있다. 혹 딴짓을 하다가 종적을 놓치기라도 한다면 그때는 어쩌겠느냐."

"예끼 이 사람. 내가 설마하니 그 중요한 일을 앞두고 딴짓이야 하겠는가."

담사황은 멋쩍어 하면서 얼른 말을 바꿨다.

"예를 들어 하는 말이니 곡해하지 말게."

파천은 싱긋 웃었다. 그의 시선이 천마에게로 향했다.

"천마, 오는 길에 천마교에서 환혼자들을 보았던가?"

"아 맞다. 그놈들 얘기를 깜빡했군. 내 그놈들이 멀쩡하게 사사혈맹의 무리 중에 서 있는 꼴을 보고 얼마나 화가 나던지. 배은망덕한 놈들 같으니! 사사혈맹에는 하나같이 그런 놈들만 모여 있다 생각하니 울화통이 치밀더군."

파천과 천마가 말하는 환혼자들이란 과거 이곳 혈마교 총단에서 된서리를 맞고 도모하던 일을 포기하고 파천의 수하가 되기로 맹세한 두 사람, 즉 일도향과 번왕을 이르는 것이었다. 천마의 말이 사실이라면 천마교 총단에 있어야 할 그들 두 사람이 사사혈맹에 투신해 머물고 있다는 것이 아니고 무엇이랴.

파천은 태연하게 말했다.

"내가 시킨 일이다. 장차는 반드시 한 번은 필요할 것 같아 그들을 설득해 사사혈맹으로 투신하게 했다."

담사황이 물었다.

"그런 자들까지 예비해 두었다면 종적을 놓칠 리는 없겠군."

"단지 그것 때문만은 아닙니다. 보름이 지나도 연락을 취하지 않고 숨기로 작정하는 순간 사황천사를 두고 사사혈맹의 환혼자들이 어찌 생각하겠습니까? 그들이 원래부터 사황천사의 수족이었고 골수에 미친 추종자들이라면 모르겠으나 환혼자들은 조금 다릅니다. 부딪혀 깨질지언정 숨어서 어부지리나 노리려는 자를 진심으로 따르긴 힘이 들 겁니다. 그들의 역할은 그때 빛이 날겁니다."

"항차 그런 때가 오면…… 이간시키려는 속셈이구나."

"맞습니다. 둘 중 일도향은 특히 다른 여러 환혼자들과 교분이 넓고 두터운 편이라서 그가 선동하면 적절한 때에 사황천사와 그들을 분리해낼 수 있으리라 봅니다. 설사 완전히 돌아서지 않는다 해도 적어도 제가 사황천사를 척결할 때에 함께 죽겠다는 자들은 드물겠지요. 그것만 계획대로 되어도 사사혈맹의 환혼자들은 거둘 수 있을 것으로 봅니다."

"오호. 거기까지 생각했더냐?"

천마도 파천을 보며 고개를 절레절레 흔들었다. 함께 손잡고 소림사를 내려오던 때가 엊그제 같은데 벌써 능구렁이가 다 된 것이다.

담사황은 심중에 품고 있던 또 한 가지 근심을 털어놨다.

"율극은 그 뒤로도 찾지 못한 것이냐?"

파천도 그 생각만 하면 가슴이 답답했다.

"네. 환희궁의 도움을 받아 계속 종적을 수소문하고 있지만 아직까지는 별다른 소득이 없습니다. 단지 얼마 전부터 사라가 사사혈맹에 머물고 있다는 확인되지 않은 소문이 환희궁도로부터 들어온 게 있습니다만……."

"사사혈맹에?"

혈마의 눈꼬리가 살짝 위로 올라갔다.

"그 아이가 제 발로 거길 찾아갔을 리는 없다. 아마도 무슨 사연이 있을 거야."

천마는 빈정댔다.

"같은 여자라고 편들어 주는 게냐? 여자 속을 어찌 알겠어. 어느 희멀건 놈에게 혹해서 하나뿐인 오라비도 내팽개치고 따라갔을지."

대답할 가치가 없다고 여겼는지 혈마는 한심하다는 얼굴로 천마를 바라볼 뿐이었다.

백두산을 내려오면서 담사황은 일묘와 해명에게서 파천의 현재 무위에 대해 소상히 들었다. 그 얘기를 들으면서 내심 뿌듯해 했는데 막상 직접 대하니 약간의 염려도 되는 것이었다. 그의 눈을 보고 나서였다.

시간이 흘러 다들 처소로 쉬러 가고 혼자 마지막까지 남게 된 담사황이 그제야 입을 열었다.

"네 상태가 지금 어떠하냐? 네 눈을 보니 마음이 놓이지를 않는구나. 무릇 사람의 심성과 무공의 경지가 눈을 통해 거의 밝혀지는데 네 눈을 보아도 아무것도 알 수 없구나. 마안이 더 강렬해진 것 같다만 이제는 갈무리하는 것도 힘들더냐?"

파천은 그 물음에 모든 걸 다 밝힐 수 없어 답답했다. 자신이 현재 어떤 상태이며 결국은 어찌 될 것인가를 말한다면 담사황의 상심은 이만저만 큰 게 아닐 것이다. 파천은 그런 순간만은 피할 수 있을 때까지 피하고 싶었다.

"괜찮습니다. 아직 완전치 못하여 그런 것이니 너무 심려치 마십시오."

"참으로 괴이하도다. 모든 무공은 원숙해지고 완성에 가까워질수록 표가 덜 나고 기운이 부드러워지기 마련이거늘 그 반대 현상이 벌어지고 있으니."

"그게 아마도…… 무공과는 원리가 다른 까닭이겠지요. 별로 대단하게 생각해 본 적은 없습니다."

"그래 어느 정도까지 성취했다고 생각하느냐? 아직도 성취할 부분이 많이 남았더냐?"

"기적이 따라준다면 황제의 안배를 모두 얻을 수 있겠지요. 그리 된다면 황제를 능가할 수 있을 것 같습니다. 굳이 수치로 알기 쉽게 얘기하자면…… 열에 아홉은 습득을 한 상태로 짐작됩니다."

"듣기로 일묘선인과 겨룰 때조차도 전력을 다하지 않았다고 하던데 지금 네가 전력을 다한다면 어느 정도인지 궁금하구나."

"그만한 상대를 아직 못 만나서 그렇겠지요. 요왕은, 요왕은 다를 것입니다. 제가 지닌 힘을 전부 다 쏟아낸다 해도 이긴다고 할 수 없는 자입니다."

"흐음. 그가 아무리 대단하다 해도 황제보다는 못했던 자다. 물론 쉽지 않겠지만 네 능력이면 능히 겨룰 수 있을 것으로 본다."

'할아버지, 그는 이미 옛날의 황제를 넘어선 지 오래랍니다. 자오신검이 경고할 정도로 그자는 강해져 있습니다.'

파천은 정말이지 누군가에게는 속마음을 털어놓고 싶었다. 천황 파천이 밤마다 과도한 부담감에 악몽을 꾸고 식은땀을 흘리며 깬다고 한다면 누군들 믿으리. 거기에다 자오신검이 시시때때로 간섭해 파천의 혼과 육신을 괴롭히고 있었으니 그것 역시 파천이 홀로 지고 가야 할 짐이기도 했다.

*   *   *

불의의 일격으로 망자가 된 세 명의 환혼자를 위시한 삼천 무사들의 고귀한 희생을 기리고자 정의맹은 높이 사십오 척에 달하는 거대한 석비를 세우게 했다. 거기에는 장인이 정성을 다해 한 사람, 한 사람의 이름과 명호를 하나 빠짐없이 새겨 살아남은 사람들이 그들을 잊지 않도록 했다.

돌조각에 이름을 새긴다 해서 망자들의 원한이 가시고 살아남은 자들의 죄스러움이 덜어질 리가 없겠으나 최후의 승리를 쟁취하더라도 이들의 희생이 초석이 되었음을 잊지 말자는 뜻이 담겨 있었다. 또한 다시는 이런 억울한 희생이 생기지 않도록 하자는 수뇌부의 다짐도 그 안에는 깃들어 있었다.

이번에 좌의군은 군장과 부군장을 모두 잃었다. 군장 적양신군과 부군장 구지신개의 죽음으로 공석이 된 좌의군의 지휘관으로 새로운 사람들이 임명됐다.

군장에는 집법청의 고수로 원래는 36천강 중 천웅성(天雄星)이었던 옥면수라 제홍장(諸紅帳)이, 부군장에는 홍포백검(紅布白劍) 좌현발(左現發)이 각각 임명됐다.

파천은 현재의 직제를 그대로 수용했으나 기구개편에는 손을 댔다. 현재 집법청과 3군 평의회로 되어 있어 여기서 더 빼고 넣을 필요도 없는 이상적인 기구라고 반대하는 이들도 있었지만 파천은 그 의견들을 묵살했고 평의회를 없애 버렸다.

대신 3군에 편성하기 곤란한 원로들을 우대한다는 차원에서 맹주 직속에 고문단을 편성해 언제든 맹주의 실정을 비판할 수 있게 했다. 그런데 여기서 문제가 불거졌다. 파천이 생각하는 원로의 기준과 기존의 평의회에서 실권을 장악하고 있던 인사들과의 관점이 도무지 일치될 기미가 보이지 않았다.

파천은 정도십성에 속해 있던 정파의 어른들과 오혈신교의 교주를 포함한 열한 명만을 대상자로 삼았고 제갈세가주를 비롯한 그간 평의회에서 큰소리를 쳤던 인사들은 자신들까지 포함시킬 것을 주장하고 나선 것이다.

그리고 제갈세가주 제갈공효는 남궁세가의 제일 큰 어른인 성수일검 남궁천이 고문의 자격을 상실했다며 그에게 포화를 집중시켰다. 그런데 파천은 그렇게 열을 내고 있는 제갈공효의 면전에서 바로 남궁세가의 사면령을 결정해 버렸으니. 더욱 제갈공효를 열 받게 하는 점은 집법청의 고수들이 그런 파천의 결정을 지지하고 나선 것이었다.

이번 격전으로 가장 많은 피해를 본 중정군에 남궁세가 전원을 배속시켜 제갈공효를 비롯한 사대세가의 수장들을 더욱 궁지로 몰아붙였다.

집법청의 고수들 중에서 가장 많은 의견을 낸 이는 검성이었고 또한 파천의 결정을 가장 열렬하게 찬동하는 이도 검성이었으니, 전맹주와 현맹주가 하겠다는 일을 누군들 막을 수 있으리. 더군다나 파천의 직속이라 볼 수 있는 지인들과 천부의 선인들이 집법청에 소속됨으로 집법청 총원의 과반수가 넘는 인원이 파천의 결정을 맹종하는 상황이었다.

파천은 거기서 멈추지 않았다. 그간 잘못되었다고 여겼던 오백 명의 후기지수들과 구파일방의 명숙들 중 공평하지 않은 대접을 받고 있던 사람들의 명단을 따로 작성하게 해서 그들에게 어울리는 직책을 새로 내렸다.

일련의 조치들은 정의맹의 대다수 소속원들에게는 환영받는 일이었고 불만이 없는 처사였지만 남궁세가를 뺀 나머지 사대세가 고수들의 불만은 날로 팽배해져갔다. 게다가 사대세가의 가주들을 비롯한 고수들 전원을 3군에 나눠 배치해버렸으니 이야말로 마른하늘에 날벼락이 아닐 수 없었다.

제갈세가주는 평의회 의장이었기에 지휘사령의 직위를 지니고 있었는데 하루아침에 그보다 두 단계나 아래인 감군사령급인 천호장으로 좌천되고 말았다.

현재 삼군은 하루 중 세 시진은 항주로 들어오는 주요 관도와 요충지를 경비하는 임무를, 이후 세 시진은 총단의 연무장에서 수련 및 비상대기를, 마지막 세 시진은 휴식을 취했다.

중정군과 좌의군, 우평군이 차례로 세 시진씩 교대로 물샐틈없는 경비근무를 서고 있었다. 항시 총단에서 별일도 없이 비상대기 하는 것보다는 이렇게 바뀐 것에 대해 전체적으로 환영하는 분위기였다.

하루 중 적어도 세 시진은 충분한 휴식을 취할 수 있었고 항주 저잣거리에 나가 술을 마시고 와도 제시간에만 돌아오면 되었다. 세 시진은 잠을 자라고 준 시간임에도 혈기 넘치는 젊은 사람들이 어디 그렇던가. 잠을 줄이는 한이 있어도 동류들과 어울려 노는 시간만은 어떻게 해서든 내고야 마는 것이다.

항주 동가로의 객점인 등평루에도 하루 일과를 마친 정의맹의 중정군 소속의 젊은 무사들이 무리지어 자리 잡고 떠들어대고 있었다.

"으이구 십호장 나으리, 이곳으로 앉으십시오. 오실 줄 알고 미리 궁뎅이로 자리를 따뜻하게 덥혀 놨습니다요."

이번에 재심사 대상자가 되어 평무사에서 십호장이 된 사람들이 자기네들끼리 웃고 즐기며 떠들고 있었다.

"이보게 곽삼, 자네 친구 중에 정파 오백후기지수인 사람이 있다고 했지?"

"어, 그렇긴 한데 그건 왜 묻나?"

"아까 진법 수련 중에 군장 어르신과 부군장 어르신 두 분이 하는 얘기를 얼핏 들었는데 오백후기지수를 따로 편성한다는 것 같더군."

"그래? 금시초문이구먼."

"맹주님은 벌써부터 세 종족과의 대결을 염두에 두고 준비를 하신다는군. 근래 와룡장에서 쌀, 보리, 수수, 조, 고구마, 감자 할 것 없이 식량이 될 만한 것들은 모조리 긁어 들이는 건 알고들 있지?"

"그야 들었지. 돌산을 파고 저장창고를 만들어 거기다 비축한다고 하던걸."

오른쪽 눈썹 위에 지렁이가 꿈틀대는 것 같은 흉터 있는 무사가 술잔을 소리 나게 내려놓으며 걸걸한 목소리로 말을 이었다.

"지금 총단에 비축되어 있는 군량미만도 족히 여섯 달은 먹고도 남을 양이건만 그런데도 또 비축하다니…… 아무래도 장기전을 생각하시는 모양일세."

"그렇지 않고서야 그리 하실 까닭이 있나? 오백후기지수들을 따로 편성하는 이유도 그 때문이라더군. 현재 본맹의 주축은 집법청의 고수들이 아니겠는가. 그들이 아무리 강하다 해도 장기전으로 가다 보면 희생자가 나오는 것은 당연할 테고. 훗날을 대비해서 젊은 층에서 가려 뽑은 영재들을 맹주님과 집법청의 고수들 손으로 직접 훈련시킬 건가 봐."

주변 무사들은 그 말만은 믿지 않는 눈치였다.

"에이 이 사람, 그게 이치에 맞나? 그분들이 시간이 어디 있어서 그런 수고를 하시겠는가."

"어허 군장 어르신께서 그리 말씀하셨다니깐 그러네."

"정말인가? 그게 사실이라면 후기지수들은 그야말로 복 터졌구면."

"우리하고는 상관없는 일이지. 솔직히 좀 부럽긴 하군."

"자, 자 적당히 마셨으면 그만 가자고. 두어 시진 자고 나서 또
야간경비를 서야 하는데 술만 홀짝이고 있으면 되겠는가. 어제처
럼 초계근무 서다가 졸기라도 하면 이번엔 뇌옥에 갇히거나 엉덩
이가 터지도록 태장을 맞을걸세."

"그러지, 그만들 일어나. 그래도 요즘은 살맛나는구먼. 일단 먹
는 것부터가 달라졌으니 힘이 들어도 든든하고 말일세."

"뿐인가, 이렇게 술이라도 한잔 걸치는 게 다 녹봉이 나오기 때
문이 아니겠는가. 이것도 모으면 꽤 짭짤하겠는걸."

그네들은 자리를 털고 일어나면서도, 주대를 계산하고 나가면
서도 한시도 입을 가만 두지 않았다.

"세상이 어찌 될지 알고 그거 모아서 뭐하려고 그러나."

"하긴……."

무사들이 멀어져가는 모습을 객점 이층에서 무심히 바라보는
눈길이 있었다. 그의 눈은 차갑게 얼어붙어 있었다.

마주 앉은 사람은 일남 일녀였다. 한 사람은 검은색 무복을 단
정히 차려입은 젊은 무사였는데 상의에 달린 깃을 세워 얼굴의
절반쯤을 가리고 있었다.

앞에 앉은 여인 역시 모자가 달린 흰색 털옷을 입었는데 모자
를 푹 눌러쓰고 있어서 눈이 잘 보이지 않을 정도였다. 남자가 입
안으로 술을 털어 넣은 후 일말의 감정조차 느껴지지 않는 무미
건조한 목소리로 입을 열었다.

"네 고집대로 여기까지 왔어. 이제는 어찌할 생각이지?"

여인은 한숨을 푹 내쉬더니 모아세운 발끝을 바라보며 말했다.

"방책을 생각해 봐야죠."

"대책도 없이 무작정 찾아왔어야 할 만큼 시급한 일이었던가?"

"죄송해요. 공자께는 늘 죄송한 마음뿐이에요."

"빈말이라도 듣기는 좋군. 나도 참 한심한 놈이지. 네 고집에 못 이겨 적진 한복판까지 오고야 말았으니. 다시 말하는데…… 그자를 만나 할 얘기를 마치는 즉시…… 나와야 한다. 하루까지는…… 기다려 주겠다. 끝내 오지 않는다면……."

여인은 사내의 말을 끊으며 고개를 흔들었다.

"그럴 일은 없을 테니 걱정 마세요. 전할 말만 전하고 곧바로 나올 테니깐요."

사내는 마혼이었다. 그리고 그 앞에 털옷을 걸치고 침울한 표정을 하고 앉은 여인은 바로 사라였다. 정의맹과의 격전이 있고 난 후 그 다음날부터 사라는 마혼을 조르기 시작했다. 파천을 만나 전할 말이 있다는 것이었다. 다른 사람이 들었다면 정신 나간 소리라고 일축했을 것이다. 마혼 역시 처음에는 적장을 만나겠다는 사라의 요청을 묵살했다. 그건 마혼 자신이 용납할 수 없는 일이었다.

그녀의 안전은 둘째 치고 그 자와 함께 있는 사라를 생각만 해도 신경이 곤두섰기 때문이다. 그것이 질투심이라는 걸 깨닫게 된 마혼은 제 자신도 어쩔 수 없는 사내라는 걸 인정할 수밖에 없었다.

사라의 요청이 간절해질수록 마혼은 제 자신의 옹졸함에 화가 날 지경이었다. 그래서 더 매몰차게 거절했지만 그녀는 죽기를 각오하고 간청하고 있었다. 아무것도 먹지 않고 심지어 잠도 자지 않는다.

보통사람이라면 기절했을 법한 고열에 시달리면서도 그녀는 마음을 바꾸지 않았다. 끝내 그녀가 이기고야 말았다. 사라 혼자 보낼 수는 없어 결국 여기까지 따라오고야 만 마혼은 지금 생각해봐도 자신이 참 한심하고 바보 같았다.

사라는 자리에서 일어섰다.

"갔다 올게요."

마혼은 걱정됐다.

"무턱대고 찾아간다고 그를 만날 순 없다. 그는 이제 아무 때나 만날 수 있는 평범한 사람이 아니야. 모르긴 해도 성문 통과도 쉽지 않을지도 모른다. 내가 도와줄까?"

"아뇨. 여기까지 공자님의 도움을 받았으니 이제부터는 제 힘으로 해볼게요."

마혼은 다시 한 번 다짐을 받아뒀다.

"하루다. 지금부터 열두 시진은 기다리겠다. 그때까지도 오지 않으면…… 난 떠날 것이다."

그 다음 얘기는 마혼의 마음속에서만 울렸다.

'네가 돌아오지 않는다면 나는 영영 사람을 믿을 수 없게 될 것이다.'

마혼은 불안했다. 그녀가 왠지 영영 나타나지 않을 것만 같았다. 그녀가 객점 문을 나서 대로로 접어들 때까지도, 인파에 섞여 보이지 않게 되었을 때까지도 그 생각은 좀체 지워지지 않았다.

"올 것이다. 오지 않을 사람은 아니다."

애써 그리 자신을 위안할 뿐이었다.

*   *   *

파천은 눈코 뜰 새 없이 바빴다. 정의맹의 안팎을 단속하고 바로잡을 건 바로잡고 다른 사람의 의견들 중에서 유익한 건의사항들은 즉시 관계자에게 통보해 시정하도록 했다. 그리고 그는 좀더 먼 미래를 바라보고 준비해 나가기 시작했다.

세 종족과의 전쟁은 장기전이 될 공산이 컸다. 최악의 경우를 대비해 후기지수들을 환혼자에 버금가는 절세고수로 양성하는 것이 첫 번째 복안이었다.

집법청의 고수들이 한 사람이 한 사람씩을 책임지고 수련시키는 게 제일 낫겠다는 생각이었다. 그리고 그 과정 중에 후기지수들에 대한 전폭적인 지원은 필수였다.

절세고수들의 필생의 심득을 전한다는 것, 그것만큼이나 어렵고 힘든 일이 어디 있겠는가. 혈육도 아니고 같은 문도도 아닌 후기지수들에게 자신만의 비기를 전수할 수 있는 사람은 많지 않을 것이다. 또한 사제관계를 맺는다 해도 기존의 관계와 얽혀 필경 복잡해질 가능성도 있었다.

파천은 이 계획이 입안 초기부터 반발에 부딪힐 거라 예상했지만 결과는 뜻밖이었다. 집법청의 고수들은 잠시 고민은 있었을지언정 거절하는 사람이 단 하나도 없었다.

파천은 이후 후보자를 물색하고 결정하는데 심력을 다 기울였다. 오백후기지수들과 오혈신교와 천마교와 혈마교를 포함하다 보니 대상범위가 넓어진데다 그중 단 백 명만을 선별하는 일은 간단한 게 아니었다.

정도십성과 오혈신교주, 그리고 집법청의 고수들은 그들 중에서 제대로 된 재목들을 하나씩 가려나가기 시작했고 각기 그들이 지닌 재능에 따라 가르칠 대상을 선정해 맹주에게 보고하는 일도 병행하기 시작했다. 아직 완료된 상태가 아니어서 내부적으로도 비밀에 붙여 진행하고 있었다.

파천의 집무실 책상 위에는 후기지수들에 대한 기록들이 가득 쌓여 있었다. 파천은 그중에서 결정된 사람들은 따로 묶어서 한쪽으로 치워놓았고 나머지 서류들을 검토하기 시작했다.

"휴우 막상 시작하고 보니 만만치 않은 일이로군. 사람이 지닌 능력과 자질을 객관적으로 평가한다는 것만큼 어려운 일이 또 어디 있겠는가. 한 치의 소홀함도 없어야 한다. 장차 세 종족과의 싸움을 생각하면 전력증강이야말로 게을리 할 수 없는 일이다."

파천이 장기전을 대비해 준비하고 있는 두 가지가 더 있었다. 하나는 식량비축이었다. 세 종족이 지상으로 나와 전쟁이 시작되는 순간부터 모든 경작지는 황폐화 될 가능성이 있었다.

인간들보다는 그런 것에 덜 취약한 세 종족을 상대하자면 식량을 비축할 수 있는 만큼 비축해 두는 일은 필수사항이었다. 그 일은 와룡장과 환희궁에 일임한 상태였고 그들은 돌산에 굴을 파고 식량창고를 만들고 중원 각지에서 사들인 식량들을 비축해 나가기 시작했다.

마지막으로 파천이 지시해둔 일은 전면전 상황에서 유용하게 사용될 대량살상무기를 제작하는 일이었다. 파천이 지하세계에서 보고 온 바를 바탕으로 대규모 전쟁에서 세 종족을 상대로 위력을 발휘할만한 새로운 무기들을 고안해내고 제작하는 일은 쉽지 않아 보였다. 당문이 맡아주면 제격이겠지만 사실상 지금 사천당문은 현재의 정의맹 체제에 대해 불만이 지대했기에 비협조적이었다.

그 고민을 한꺼번에 날려버린 사람이 천향군주였다. 그녀는 고대 병기제작에 있어서는 타의 추종을 불허하던 천기문의 후예인데다 평소 새로운 병기를 고안하는 일이 취미일 정도로 그쪽 부분에 타고난 소질과 재능이 있었다.

심지어 설계도까지 완성된 것만 해도 수십여 개였다. 파천은 그걸 보고나서 군말 없이 천향군주에게 그 모든 일을 맡겨버렸다. 와룡장에서 지원되는 천문학적인 지원금을 바탕으로 중원 각지의 손재주 있는 장인들을 모아 시작한 대사업이었다.

세 종족에 비해 인간이 지닌 가장 큰 이점은 다양한 병기를 만들고 사용할 수 있다는 점이었다. 파천은 그 장점을 극대화하는 일에 착수한 셈이었다.

이런 여러 가지 일들을 입안하고 진두지휘하며 어느 정도 진척되고 있는지를 점검하느라 파천은 하루에 한 시진 이상을 자본 적이 없을 정도였다.

"이럇."
"흐압."
"와아아!"
열어둔 창밖으로 들려오는 다양한 기합성들과 함성들은 좌의군이 땀 흘리며 수련하는 대연무장 쪽에서 들려오고 있었다. 그 소리를 한 귀로 흘리며 파천은 서류철을 정리하고 있는 중이었다. 그때 문밖에서 경비무사의 외침이 들려왔다.

"집법청 담 지휘사령께서 면담을 청하십니다."

파천은 실소를 금치 못했다. 맹주전의 경비를 책임지고 있는 옥기린은 파천의 지인들조차도 일정한 절차를 거치고서야 맹주를 접견할 수 있도록 조치했고 그 뒤로 파천은 자주 저런 소리를 들어야만 했던 것이다.

심지어 담사황조차 이 안까지 오자면 몇 차례의 통과의례를 거쳐야 했으니 다른 사람들이야 오죽했으랴. 이 모든 것이 맹주의 위상과 권위를 위해서는 필수불가결한 일이라고 강변하는 옥기린의 면전에서 안 된다고 할 수 없어 승낙하긴 했지만 다른 사람도 아니고 담사황이 찾아올 때만은 파천은 저도 모르게 머쓱해지고는 했다.

파천은 얼른 일어나 손수 문을 열고 담사황을 맞아들였다. 담사황은 소림사에서 마지막으로 보았을 때와는 혈색부터가 달라져 있었다. 그 나이에 어찌 볼에 복숭아 빛이 감도는지 알다가도 모를 일이었다.

"허허. 바쁜데 찾아온 것이 아닌가 모르겠구나."

"에이 할아버지도. 그리 말씀하시면 제가 무안해서 몸 둘 바를 모릅니다. 자 어서 이리로 앉으세요. 식사는 하셨습니까?"

담사황 앞에 선 파천은 언제나 소림사 시절로 돌아가 있었다.

담사황은 자리에 앉고 나서도 이것저것 쓸데없는 한담을 늘어놓았다. 파천은 그걸 보고 이상스럽게 여겼다. 무슨 얘기라도 못할

게 없는 담사황이고 보면 저처럼 본론을 꺼내기 어려워하는 모습은 좀체 보기 힘든 일이었다.

"무슨 일 있으셨어요?"

폐부를 찌르는 것 같은 파천의 날카로운 눈빛에 담사황은 연신 헛기침을 하며 애써 태연함을 가장하고 있었지만 확실히 그는 평소와는 다르게 말문을 여는 것을 주저하고 있었다. 파천은 그런 담사황의 마음을 편하게 해주고자 담사황의 손을 꼭 잡았다.

"할아버지. 저한테 못할 말이 어디 있다고 이리 주저하세요? 무슨 얘기든 해보세요."

담사황은 그제야 파천의 눈을 똑바로 바라봤다. 담사황은 몇 번인가 입술을 뗐다 닫았다 하더니 결국은 길고 깊은 한숨을 토해내고서야 입을 열기 시작했다.

"옥 지휘사령에게 얘기를 들었다. 남궁세가가…… 너의 혈족이라고 하더구나."

쿵.

파천은 머릿속이 어질어질해졌다. 눈앞이 노릿해질 정도의 충격을 받은 것이다.

'그걸 어찌 알았을까?'

파천은 만취해서 자신이 옥기린에게 그런 말을 했다는 것조차 기억에 없었다.

담사황은 두 손으로 파천의 손을 꼭 쥐며 다시 말했다.

"네 마음이 어땠을까는 충분히 짐작이 간다. 지금이라도 사실을 밝히고 만나 보는 게 어떻겠느냐?"

슬그머니 손을 빼낸 파천의 얼굴은 차갑게 굳어 있었지만 두 눈동자만은 끊임없이 흔들리고 있었다.

"싫습니다."

냉정한 파천의 한 마디가 담사황은 마치 절규처럼 들려왔다. 담사황은 자세를 고쳐 잡고 진지하게 말했다.

"대사를 앞두고 있다. 너는 이제 황제를 이어 이 땅의 사람들을 이끌고 수호해야 할 책무를 짊어져야 한다. 이런 일을 앞두고서 네 일신의 일로 인해 흔들림이 있어서는 안 된다."

"그런 일은 없을 것이니 너무 심려 마십시오. 전 그들을…… 잊은 지 오랩니다."

"용서한 것은 아니지 않느냐?"

"용서할 수가…… 없습니다. 어머니의 처참했던 죽음이 잊히지 않는 한은…… 저는 저들을 진심으로 용서할 수는 없을 것 같습니다. 허나…… 저들로 인해 내 마음이 흔들리고 맡은 바 소임을 다하지 못하는 일은 없을 것입니다."

"그리도 힘이 드느냐? 지척에 있는 혈족들을 보고서도 모른 척할 만큼…… 그들의 과오가 용서가 안 되는 것이더냐?"

"할아버지!"

"그래. 네 마음을 십분 다 이해는 못해도 어느 정도는 알겠다."

자리에서 일어선 담사황은 집무실의 구석자리에 놓여 있는 화병을 한 손에 들고 만지작거리면서 말을 이어갔다.

"그런데 내 눈에는 왜 네가 불안해 보이는지 모르겠다. 네가 일신에 지닌 힘은 나도 잘 모른다. 하지만 무공에 대해서는 누구보다 잘 알고 있지."

담사황은 돌아섰다.

"심도에 들고 그 이상의 한계를 뛰어넘으려는 자는 반드시 선행되어야 할 일이 있다. 인간이면 지니고 있을 애련(愛戀), 비애(悲哀), 원망(怨望) 등의 각종 고뇌로부터 자유로워야 한다. 적어도 그런 마음속 찌꺼기를 완전히 없애지는 못한다 해도 수시로 일어나 마음을 어지럽힐 정도여서는 안 된다는 뜻이다. 이 할아비는 네가 네 주변을 원만히 정리해서 네가 더 이상 미혹이 없이 네 완성에 정진했으면 하는 바람이다. 그리고 현재 네가 하고 있는 일들 역시 무척 중요하지만 그런 일들은 아랫사람들에게 맡겨도 되는 일이다. 반드시 네가 아니면 진행이 안 되는 일이 아니지 않더냐? 넌 너를 완성해 가는 일이 네가 할 수 있는 최선이며 그리고 그 일이 성공해야만 우리는 작은 희망이라도 가질 수 있다고 본다. 사사혈맹의 일이 일단락되면 넌 모든 일을 뒤로 하고⋯⋯ 수련에만 매진해라. 그러자면⋯⋯ 네 혈족에 대한 일도⋯⋯ 반드시 정리해둬야 한다. 내 말뜻을 알겠느냐?"

담사황의 심모원려(深謀遠慮)함이 드러나는 말이었다. 오직 한 가지만을 바라고 살아온 노인은 이제 곧 그 결실이 맺히느냐 그간의 공이 허사가 되느냐의 기로에 서 있었기에 작은 것 하나라도 허투루 보고 지나칠 수가 없었다.

담사황의 눈에는 오직 파천만이 그득 차 있을 뿐이었다. 그 외에는, 심지어 자신의 목숨조차도 첫 번째 자리를 뺏기에는 역부족이었다.

그런 그의 눈에 백두산을 내려온 뒤 지켜보고 있는 파천이 뭔지 모를 불안에 휩싸여 있다고 느끼게 된 건 무척 중요한 일이었고 그 원인을 옥기린을 통해 알게 된 남궁세가의 일로 귀착시키게 된 건 아주 자연스런 수순이었다.

일단은 할아버지를 안심시키고 볼 일이었다. 파천은 변명도 없이 순응했다.

"네, 할아버지의 말씀, 마음 속 깊이 새겨 두겠습니다."

"그래. 더 이상은 이 문제로 널 닦달하지 않으마. 되었다. 할 일을 마저 해라."

밖으로 나가는 담사황을 파천은 불러 세웠다.

"할아버지."

"왜 그러느냐?"

돌아본 담사황은 언제 그런 심각한 얘기를 했나 싶게 환히 웃고 있었다.

"식사나 같이 하실래요?"

담사황은 흔쾌히 승낙했다.

"그러자꾸나."

두 사람이 한참 식사하며 담소를 나누는 중에 옥기린의 전음이 파천의 귓속으로 날아들었다.

『한 여인이 맹주님을 친견하길 청하는데 아무래도…… 그 여인이 해어화로 유명한 사라 소저인 듯싶습니다. 어찌 하올까요?』

파천은 젓가락을 놀리다 말고 멈칫했다. 그걸 본 담사황이 의아해하며 물었다.

"무슨 일이냐?"

"아, 아닙니다. 사라 소저가 찾아왔다고 하는군요."

그간의 일을 천마와 혈마에게 들었던 담사황은 사라가 누군지를 대충은 알고 있었다. 하지만 그녀가 파천이 식사하다 말고 중단할 만큼 중요한 사람인지는 몰랐다. 파천은 조급함을 달래며 식사를 마저 끝냈다. 만약 이 자리가 담사황과의 자리가 아니었다면 옥기린의 전음이 있자마자 바로 달려갔을 것이다.

사라가 왔다면 율극의 소식도 들을 수 있을 것이다. 게다가 그녀는 한동안 실종돼 있었는데 환희궁의 소식통에 의하면 사사혈맹에서 그녀가 발견되었다고 하지 않던가. 그것이 사실인지를 확인하는 일도 중요했지만 그동안 그녀에게 무슨 일이 있었는지가 더 궁금했다.

식사를 끝낸 파천은 집무실을 서성이고 있었다. 잠시 뒤 정의맹 맹주전의 집무실로 들어선 사라는 흰 털옷에 달린 모자를 벗었다. 그녀의 모습은 예전이나 다름없이 여전히 아름다웠다.

그러나 그녀의 얼굴에 수심이 가득하다는 건 누구라도 금방 알수 있는 일이었다. 파천 뿐만 아니라 사라 역시 서로가 오랜만에 대하는데다 서로가 생각했던 모습과 너무 많이 달라져 있음에 놀라워하고 있었다. 그들은 한동안 물끄러미 쳐다만 보고 있었다.

자리에 앉은 사라는 뜨거운 차를 두 손으로 쥐고서 호호 입김을 불기만 할뿐 단 한 모금도 삼키지 않았다. 파천은 성급하게 질문을 퍼붓지 않았다. 그녀가 스스로 입을 열기를 잠자코 기다렸다.

"공자님의 모습이 많이 달라져 있어 놀랐어요."

사라의 첫 마디는 파천의 용모에 대한 언급이었다. 그건 그 자신도 익히 아는 일이다. 원래의 모습을 전혀 못 알아볼 정도로 달라진 건 아니지만 확실히 지하세계를 나온 뒤 각성을 이룬 이후로 파천의 모습은 아주 미묘한 차이로 달라져 있었다.

함께 지냈던 일리아나가 누군지 몰라봤을 정도로, 부드러움은 많이 가시고 강한 인상을 더 많이 갖게 된 것은 사실이었다. 게다가 지금은 그때보다도 더 패도적인 기운을 풍기는지라 오랜만의 대면에서 사라가 딴 사람을 보듯 놀라워한 것도 당연한 일이었다.

"소저 또한 그간 근심이 많았던지 수척해지신 것 같구려."

"저는…… 잘 지냈어요. 소식은 간간이 듣고 있었어요. 어떻게 마음속에 품은 뜻은 잘 되어가나요?"

"이제 시작일 뿐 아직 큰 성과는 없소. 무림의 일은 어떤 식으로든 수습되겠지만 그 후가 솔직히 자신이 없소."

사라는 알 것 같았다. 파천의 지금 마음속에 도사리고 있는 근심이 얼마나 깊고 큰 지를. 기다려도 좀체 원하던 얘기가 나오지 않자 어쩔 수 없이 파천이 먼저 물었다.

"그동안 어디서 어떻게 지냈소?"

사라는 그간의 일을 시시콜콜하게 설명하진 않았다.

"납치됐었어요. 황금루에서 그 사건이 있고 난 얼마 뒤였을 거예요. 자꾸 공자님을 찾으러 가자고 성화를 부리는 오빠를 달래려고 잠시 산책을 나왔다가 철우명이란 사람에게 납치당했었죠."

파천은 저도 모르게 손에 힘이 들어갔다.

'한 인간의 악행이 얼마나 많은 사람들을 아프고 슬프게 할 수 있단 말인가. 안 좋은 일에는 모조리 그 인간의 이름이 관여되어 있으니 역시…… 살려두어서는 안될 인간이었어.'

"철우명의 사부이자 주인인 태존에게로 보내졌고 거기서 천행으로 한 사람을 만나 다시 강호로 나올 수 있었어요. 그 뒤로…… 그 사람을 따라서 이곳 항주에도 잠시 있었고 지금은 사사혈맹에 몸을 의탁하고 있는 중이에요."

환희궁이 전해온 소식이 사실임이 밝혀지는 순간이었다. 태존에게로 보내졌다는 대목에서 파천은 놀라움을 감추지 못했다. 사라의 말에서 파천의 관심은 유독 한 부분에 집중됐다.

"거기서 만났다는 사람은 누굽니까?"

"마혼이란 사람이에요."

이보다 더 충격적인 말이 또 어디 있으랴. 마혼은 파천을 암살하려고 했던 살수이자 사사혈맹에 투신한 뒤로는 그들을 도와 정의맹의 협사들을 도륙한 악적이기도 했다. 그런 자의 보호 아래 사라가 지금껏 무사할 수 있었다는 사실 자체를 파천은 납득할 수 없었다.

그런 파천의 마음이 궁금해서였던지 사라는 파천의 눈을 지그시 바라봤다.

'역시 보이지 않아. 마혼 공자와 마찬가지로 이분 역시 이제는 속마음을 엿볼 수가 없어.'

파천은 어디서부터 얘기를 풀어가야 할지 몰라 일시 허둥댔다.

잠시 뒤, 마음을 진정시킨 파천이 차분하게 얘기를 풀어나갔다.

"율극도 사사혈맹에 있소?"

"오빠는…… 태존이 데리고 있어요."

파천은 머리를 짚었다. 태존의 이름이 나왔을 때부터 혹시나

했던 최악의 우려가 현실이 되고야 만 것이다.

"율극이 무사하기는 한 거요?"

"네. 제가 마혼 공자의 곁을 떠나지 않는 한은…… 무사할 거예요."

이건 또 무슨 소리란 말인가!

"그럼 소저는 마혼의 곁으로 다시 돌아가겠단 말이오?"

"그래야 해요."

"안되오. 보낼 수가 없소."

"가야 해요. 제가 안 가면 모든 게 엉망이 돼요."

두 사람은 팽팽하게 맞섰지만 애초에 이건 아예 승패가 결정되어 있는 싸움이었다.

"진정하세요. 제가 여기 온 건…… 한 가지 경고를 하려고 왔어요."

"무엇을 말이오?"

"꿈을 꿨어요. 아주 불길해서 다시 생각하기도 싫은 그런 악몽을 꿨어요."

다른 사람이 이런 말을 했다면 고작 꿈 얘기를 하려고 여기까지 왔냐고 타박했을 법도 했다. 그러나 파천은 그러지 않는다. 사라의 신비한 능력을 알기 때문이다.

"언제 닥칠 일인지는 모르지만 두 가지를 꼭 명심하세요. 절대 잊어버리시면 안 돼요. 하나는 붉게 타오르는 불꽃처럼 생긴 가면을 쓴 사람을 만난다면…… 그가 무슨 짓을 하던 간에 그를 해치면 안 돼요."

파천은 저도 모르게 그 말을 되뇌었다.

"불꽃가면을 쓴 자……."

"또 하나는 손목에 붉은 사마귀가 있는 사람이 공자님을 만나러 온다면 반드시 한 번은 의심해 보세요. 공자님을 해롭게 할 사람이니깐 그자를 믿으시면 안 돼요. 그자는 공자님을 함정에 빠트리고 해롭게 할 사람이니 절대로 그자가 하자는 대로 하시면 안 돼요. 제 말 명심해야 해요."

사라는 몇 번이나 다짐을 받고 나서야 안심하는 기색이었다.

"손목에 붉은 사마귀가 있는 자라 했소?"

"네."

"더 있소?"

"없어요. 일단은 확실한 건 그것 두 가지뿐이에요. 나머지는 너무 희미해서 저도 오락가락해요."

잠시 침묵을 지키던 사라가 장난스런 얼굴로 입술을 떼기 시작했다.

"아참, 공자님 곁에 혹 저만큼 예쁜 여인이 있나요? 머리색이 은발이던데요."

그런 여자라면 일리아나뿐이다.

"어찌 알았소?"

"칫, 정말 저만큼 예뻐요?"

"흐음. 그건 마치 봄이 좋아 가을이 좋아라고 묻는 것만큼 내겐 대답하기 곤란한 질문이오. 봄은 봄대로 가을은 또 가을대로 나름의 향취와 아름다움이 있으니. 그런데 왜 그러시오?"

"그분이…… 지금 근처에 있나요?"

"아뇨. 없소. 언젠가부터 실종된 후로 연락도 없소."

"으음 역시."

파천은 차분히 기다렸다.

"그분이 곧 돌아오실 거예요. 그때 함께 온 분들 중에…… 누군지는 선명하지 않지만…… 하여튼 그 일행들 중 하나가 공자님의 운을 시험한다면서 두 가지 중에 하나를 선택하라고 할 거예요. 오른손이나 왼손 중에서 하나를 고르라고 할 텐데…… 여기서 헷갈려요. 오른손이었던지 왼손이었던지."

파천은 웃었다.

"꿈에서 내가 어느 손을 선택했는지 모른다는 거군요."

"네. 그런데 그 결과가 그다지 썩 좋지는 않았어요."

"내 운이 그게 다라면 어쩌겠소. 거기에 따라야겠지요. 그래서 어찌 됐소?"

"저도 제 꿈대로 안 된다면 좋겠지만 늘 현실에서 그대로 일어나곤 해서…… 불안해서 그래요."

"그래서 여기까지 온 거군요. 그 얘기를 하고자. 마혼에게 뭐라 하고 왔소?"

"꼭 얘기해야 할 게 있다고만 했어요. 몇 번 묻다가 제가 대답을 피하자 더 이상 조르진 않았어요."

"그가 보내줬다는 게 신기한 일이군."

"그래요. 그분은…… 마혼 공자님은…… 사실은 착한 사람이에요."

마혼더러 착하다고 하니 파천은 지금껏 사라가 한 말들조차 믿고 싶지 않은 심정이었다. 그와는 뭔가 어울리지 않는 말이었다.

"내가 겪어본 마혼은 천하에 다시없을 살수였소. 누구라도 죽일 수 있을 만큼 완성돼 있는 살수였소. 정면대결에서야 겁나진 않지만 그가 암수를 쓴다면…… 그래서 혹 내 주변의 친인들이 그 암수에 당할까 봐 걱정이오. 기회만 된다면 난 그자를 반드시 죽일 것이오."

왜 그랬는지 모르겠다. 파천은 굳이 마음속에만 담아두고 있어도 될 얘기를 꺼냈고 그것도 아주 강경하게 말했다. 사라는 얼굴을 살짝 찡그렸다.

사라는 파천이 그런 말을 하는 게 듣기 싫었다. 왠지 그답지 않다는 생각도 들었다. 그리고 사라의 마음속에는 파천이나 마혼이나 둘 다 소중한 사람으로 어느새 자리 잡고 있었다. 두 사람이 싸워야 한다면 사라는 누구 편을 들게 될지 알고 있었다. 그래서 그런 일이 일어나지 않았으면 하고 바랐다.

"무리한 부탁이 될지 모르지만…… 하겠어요. 마혼 공자님을…… 한번쯤은 살려주세요."

"내가 왜 그래야 하오?"

"공자님은…… 부족한 게 없는 분이에요. 가진 게 많고 주변에 당신을 걱정하고 위하는 사람들이 많아요. 그런데 그분은 그렇지 않아요. 오직 그 홀로 외로움에 맞서 싸워왔고 앞으로도 그래야 해요."

"내게 그를 살려주란 얘기가 얼마나 위험하고 무리한 부탁인지 알고 하는 게요?"

"네. 알아요."

"그런데 왜 내게 그런 부탁을 하오?"

"파천 공자님이 더 강한걸 아니깐. 그리고…… 전 공자님께 이런 부탁을 해도 전혀 미안하지 않으니까요."

무슨 뜻일까? 파천은 사라가 한 말의 속뜻을 짐작 못하고 있었다. 사라는 생긋 웃은 뒤 기지개를 켜며 환히 말했다.

"야아! 이제 다 말하고 나니 속 시원하네. 저 이만 가볼게요."

어느새 주변은 어둑어둑해지고 있었다. 열어둔 창문을 통해 싸늘한 겨울 밤바람이 사정없이 휘몰아쳐 들이치고 있었다. 파천은 일어서는 사라의 어깨를 눌러 다시 앉히며 말했다.

"이대로는 못 보낸다고 말했소."

"훗, 가야 한다는 거 아시잖아요."

"이 시간에 어딜 가겠다는 거요. 정 가야 한다면…… 내일 날이 밝으면 가시오."

"안 되는데……."

사라는 망설이고 있었다.

파천도 그녀가 안 가면 율극의 신변이 위험하다는 얘기를 들었으니 대책 없이 그녀를 잡아둘 순 없는 일이었다. 파천은 태존이 머물고 있는 곳이 어딘지를 기억하느냐고 물었지만 역시 그녀는 그 위치를 알지 못했다.

"이동할 때 눈을 가려서 전혀 짐작이 안 가요."

"어쨌든 오늘은 안 되오."

사라는 파천의 얼굴을 빤히 올려다보다가 고개를 가만 끄덕였다.

"알았어요. 그럼…… 따뜻한 목욕물이나 좀 받아주세요."

생뚱맞은 사라의 부탁에 파천의 얼굴이 살짝 붉어지고 말았다.

"호호호. 그 표정은 여전하네요."

사라는 정말로 제가 한 말처럼 파천이 시비를 시켜 준비해준 욕조에서 물을 첨벙거리면서 목욕을 했다. 뽀얀 수증기 사이로 긴 팔과 다리가 물살을 헤치고 유영이라도 하듯 신비롭게 움직였다. 욕조의 문이 벌컥 열리며 한 사람이 뛰어 들었다.

"악! 누구예요! 혀, 혈마님!"

안으로 들어선 이가 누군지 알아본 사라는 제가 지금 뭐하고 있던 중이란 것도 잊어버리고 날듯 뛰어 혈마의 품에 폭 안겼다. 혈마는 옷이 젖는 것도 개의치 않고 그녀를 꼭 안아줬다.

"무사했구나."

"혈마님도 무사하신 모습을 다시 뵈니 너무 좋네요. 혈마님을 얼마나 걱정했는지 몰라요."

"그래. 아주 돌아온 거냐?"

"아뇨. 다시 가봐야 해요."

"어디로?"

"사사혈맹으로요."

혈마는 놀랐지만 이어진 사라의 설명을 듣고 나서 침착하게 말했다.

"어디든 안전하다면 상관은 없겠지. 그래도 걱정이 되는구나. 널 끔찍이 아껴준다는 녀석은 믿을 만한 녀석이냐?"

"네."

"너무 믿지는 마라. 사내는 자기 여자라는 믿음이 생기는 순간부터 오히려 멀어지고 함부로 하고 소홀히 한단다. 네가 자신을 지키는 일은 어떤 순간에도 사내로부터 일정한 마음의 거리를 두는 것이란다."

혈마의 그 말은 경험에서 우러나온 것이기도 했다. 사라는 혈마의 그 말을 온전히 이해하지는 못했다. 단지 자신을 염려하는 그 마음만 받기로 했다.

"너만은 사내에게 구속되지 말고 오히려 다스리는 존재가 되길 빌었건만…… 어찌 네 꼬락서니를 보니 내 바람대로 되는 것 같지가 않다. 예까지 고작 몇 마디 말을 전하고자 달려온 것만 보아도 네 마음이 어느 정도인지를 알겠거늘. 그 둔한 녀석은 그런 것도 헤아릴 줄 모를 거고. 내 말이 맞지?"

"피, 그러게요."

"그래 얼굴을 보고나니 마음이 좀 놓이니?"

"네, 한결 나아졌어요."

"그런데 너희들이 함께한 시간이 얼마 되지도 않았는데 어찌 그리 쉽게 마음을 빼앗겼지? 그 녀석이 솔직히 뭐 볼게 있다고?"

"그러게요. 마음은 빗장을 걸어둔다고 해서 막을 수 있는 게 아닌가 봐요. 자기도 모르는 새 열려 있다는 사실조차도 깨달을 수도 없었으니 말이죠. 황금루 사건 이후로 한시도 잊은 적이 없어요. 때 묻지 않은 순박함도 좋았고 어딘가 좀 엉성하지만…… 끝을 모르는 열정과 자신감 같은 데에 끌렸나 봐요. 그러다 당시 그 사고가 있고나서 내가 조금만 더 일찍 경고했다면 막을 수 있었다고 생각하니 못 견디게 슬프고 고통스러웠어요. 그 이후로도 계속 제 꿈에 나타나는 걸 보고 알았죠. 살아 있구나. 그때부터였어요. 저 혼자 몰래 꿈을 키워온 게……."

그제야 혈마는 이해가 됐다. 하지만 혈마가 보기에 둘은 아직 먼 길을 돌아가야 할 것만 같았다. 둘 사이에는 너무도 험한 길이 놓여 있었고 두 사람의 인연이 어디까지 이어져 있을지는 아무도 모르는 일이었다. 섣불리 용기를 주고 싶지는 않았다. 혈마는 그런 여자가 아니었다.

"다 한때다. 네가 정말 다른 모든 걸 버리고서라도 그 녀석 하나만 있어도 될 것 같다면 그러는 게 낫겠지만 그게 아니라면…… 과감히 버려버리고 다른 길을 선택하라고 충고해 주고 싶구나. 눈과 마음에 한 번 박힌 사람을 빼내는 건 어렵지만 빼고 나면 그게 얼마나 허망하고 바보 같은 짓임을 알게 된단다. 네 인생은 이 세상의 다른 여인네들과는 좀 달랐으면 싶구나."

사라는 혈마의 그 말이 귀에 들어오지는 않았다. 그녀는 알고 있었다. 자신은 결국 제 마음이 시키는 대로 갈 수밖에 없다는 사실을.

*　　　*　　　*

사라의 예언이 이처럼 빨리 이뤄질 줄은 파천도 몰랐다. 그동안 그토록 찾았던 사라가 제 발로 찾아오더니 두 시진도 채 안 지나 일리아나까지 온 것이다. 그녀는 혼자 온 것이 아니었다. 파천은 그걸 보고 또 한 번 사라의 예지력에 감탄했다.

소름이 돋을 정도였다. 일리아나의 등장은 파천 개인의 관심에만 머물 일이 아니었다. 왜냐하면 그녀가 대동하고 온 사람들이 뜻밖에도 무림사에 가장 큰 영향력을 끼쳤다고 해도 좋을 황금성의 요정들이었기 때문이다.

일리아나를 처음 보는 사람들은 그녀의 아름다운 모습에 넋을 잃었다. 그건 비단 요정의 모습에 익숙한 36천강 출신의 환혼자들도 예외는 아니었다. 그녀는 확실히 요정들 사이에서도 단연 발군의 아름다움을 지니고 있었다.

게다가 그녀를 대하는 황금성 요정들의 태도만 보아도 그녀가 예사롭지 않은 신분을 지녔다는 것을 짐작게 했다. 갑자기 소집돼 대전으로 모인 정의맹의 수뇌들은 이 뜻밖의 방문자들을 어찌 대할 것인지도 아직 결정 못 내린 상태였다. 그러거나 말거나 일리아나는 다른 사람들이 대전에 함께 있다는 사실도 전혀 개의치 않는 듯 제 하고 싶은 대로 하고 있었다.

"꺄악, 내가 널 얼마나 보고 싶었는데. 이리 와봐."

일리아나는 거의 삼 장여를 날아서 파천의 품 안으로 뛰어들었고 파천의 얼굴 곳곳에 사정없이 입맞춤을 해대는 것이었다. 정의맹 수뇌들은 이 황당한 광경에 못 볼꼴을 본 사람들처럼 민망해했다.

파천은 파천대로 기가 막힐 따름이었다. 어디 간다 온다 말도 없이 사라진 주제에 마치 수십 년을 감금당했다 돌아온 사람처럼 굴고 있는 일리아나가 황당했기 때문이다. 게다가 천방지축 제멋대로인 줄은 알았지만 오늘은 좀 도가 지나치다 싶었던지라 파천이 억지로 일리아나를 품에서 떼어내고는 작은 소리로 으르렁댔다.

"너 자꾸 네 멋대로 굴 거야!"

어디 일리아나가 파천이 뭐라 한다고 콧방귀라도 뀌었던가. 그녀는 파천을 휙 지나쳐가더니 사람들에게 자신을 소개하는 것이었다.

"다들 알거야. 하늘 아래 가장 아름다운 요정이자 모든 술사들의 모범이자 스승인, 나는 일리아나라고 해."

도무지 정신이 없을 수밖에 없었다. 나이 지긋한 사람들은 이 경망스러운 요정이 정말로 황금성을 대표할 만한 자격을 갖추고 있는지부터가 의심스러웠다.

파천은 일리아나가 제 스스로에게 도취되어 까불든 말든 그녀가 데리고 온 황금성의 요정들을 찬찬히 살폈다. 총원 스물네 명에 일리아나처럼 확실히 여자로 보이는 요정이 열 명이었고, 열 명 정도는 남자의 모습이었다. 나머지 네 명은 남자도 여자도 아닌 묘한 상태인 것이 아직 성별을 확정짓지 않은 게 확실해 보였다.

그들 중 선두에 선 자는 황금성의 성주이자 요정의 아바주였던 마르시온이었다. 마르시온은 요왕 사르곤이 루갈의 직위를 버리고 어딘가로 사라지고 난 후 신왕의 폭정에 반대하다가 세를 규합해 반역을 했다.

그 모반이 실패로 돌아가고 자신을 따르던 수하들 태반을 잃고서 마지막 모험을 하는 심정으로 모래폭포로 뛰어들었는데 용케 지상으로 나오게 된 것이다. 당시 그를 따라 지상으로 나온 요정은 열 명에 불과했다.

나머지는 지상에서 이후 그들 사이에서 태어난 요정들이었다. 마르시온은 일리아나를 따라 이곳까지 오긴 했지만 아직 인간들의 세력이 정리되지 않은 것을 알기에 여기 오기 직전까지도 망설였었다.

일리아나는 자신을 향한 무한한 존경심과 약간의 두려움을 가지고 있는 요정들을 반 협박하다시피 해서 이곳까지 끌고 온 것이다. 그러다 보니 요정들 역시 아직은 얼떨떨해 있는 지경이었다.

이런 복잡한 상황을 정리해야 할 일리아나가 그런 역할을 할 생각은 않고 사람들 사이를 기웃거리며 마치 장터에 구경 나온 것처럼 행동하고 있으니 파천의 얼굴이 일그러지는 것도 이해는 간다. 파천은 하는 수 없이 일리아나를 웃는 얼굴로 달래야만 했다.

"일리아나, 이분들을 모셔왔으면 소개도 해줘야지."

"아, 내 정신 좀 봐. 다들 앉아. 왜 그러고들 서 있어."

이 모든 게 자기 때문인 건 아직도 모르는 눈치였다. 사람들과 요정들이 차례로 착석하고 나자 일리아나는 파천이 앉은 의자의 뒤에 가서 섰다. 그녀는 파천의 어깨에 팔을 두르고 화려한 미소를 머금은 채 맑고 영롱한 목소리로 말했다.

"여기는 여러분들도 너무도 잘 아시는 황금성의 요정들이에요. 내가 이들을 어렵게 설득해서 데리고 나온 이유는…… 매우 간단해요. 서로 손잡고 잘 해보란 뜻이죠. 저들은 나와 다르게 동족을 상대로 전쟁을 하기로 마음먹은 상태고 그럴 바에는 좀 더 일찍 서로에게 도움을 주고 이해할 시간을 갖는 게 좋겠다는 생각을 했어요. 또한 여러분들이 서로 손을 잡으면 여러모로 유익이 많을 거예요. 일단은 사람들이 모르는 요정과 용과 마족에 대한 정보를 얻을 수 있고, 두 번째는 그에 대한 대비책을 세울 수 있어요. 마지막으로 여러분들의 화합은 장차 세 종족에서 이탈해오는 또 다른 자들의 좋은 본보기가 될 수 있을 거예요. 다들 왜 가만히 있죠?"

일리아나의 말을 경청하며 고개를 끄덕이던 장내의 인물들이 어리둥절해 있는 것과는 달리 황금성의 요정들은 일제히 열렬한 박수를 치는 것이었다. 물론 표정들은 그리 썩 밝아보이지는 않았다. 파천은 그것만 보아도 일리아나가 황금성에서 어떤 행동들을 했을지 눈에 선했다.

일리아나는 고개를 살짝 치켜든 채로 정의맹 인사들 쪽을 바라봤다.

"여러분들은 내 말에 불만이라도 있나요?"

옥기린이 대답했다.

"아닙니다. 무척 감명 깊게 들었고 깊이 공감합니다."

"그런데 왜 박수를 안 치죠?"

결국은 고작 그것 때문에 분위기를 이리 어색하게 만든 것이었다. 수뇌들은 그제야 이해를 했지만 박수를 치면서도 한편으로는 우리가 왜 이러고 있나 생각들을 하는 눈치였다. 일리아나는 기분이 흡족해졌는지 다시 파천의 목에 팔을 두르고 생긋 웃었다.

"고마워요. 질문들 있으면 해보세요."

천마가 물었다.

"파천, 아니 우리 맹주님과는 어떤 관계입니까?"

"어떤 사이냐?"

"네."

"으음."

일리아나는 파천의 귀에 속삭이듯 달콤하게 말했다.

"우리가 어떤 사이였지?"

파천이 시큰둥하게 대답했다.

"보호자와 피보호자의 관계. 더할 것도 덜할 것도 없이 딱 그런 관계지."

천마가 다시 물었다.

"누가 보호자고 누가 피보호자란 거지?"

"그야 물론 내가 보호자지. 보면 모르겠나. 잠시라도 눈을 떼면 꼭 무슨 일이 벌어지거든."

일리아나는 파천의 볼을 살짝 꼬집으며 간드러지게 웃었다.

"호호호호호. 우리는 연인 관계예요. 그렇지, 파천?"

이건 또 무슨 귀신 엿가락 늘이는 소리란 말인가! 일리아나는 단 한 번도 이런 식의 언급을 한 적도 없었고 그런 위험한 관계를 시도한 적도 없지 않던가. 그새 무슨 일이 있어 설사 마음이 변했다손 치더라도 파천과는 하등 관계없는 일이었다. 파천은 딱 잘라 부인했다.

"여러분들 오해입니다. 저와 일리아나는 그런 사이가 아닙니다."

"아니긴. 우리는 늘 함께 잠을 청해 왔잖아. 그새 얼마나 지났다고 같은 이불을 덮고 잔 기억까지도 모조리 잊어버린 건 아니겠지?"

혈마는 쌍심지를 돋우며 고개를 홱 틀었다.

"이래서 사내들은 젊으나 늙으나 하나같이 똑같다니깐."

"아니 그게 아니라……."

이제야 파천은 그동안 일리아나가 걱정되는 한편으로 은연중에 오지 말아줬으면 하고 살짝 바라고 있었던 이유를 확실히 알 것 같았다. 그녀만 있으면 모든 게 장난스러워지고 제 꼴이 우스워지는 것이다.

"휘유, 일리아나 장난 그만치고 이제 진지하게 얘기 좀 해보자. 이리 와서 앉아."

"호호, 그럴까?"

그녀는 요정들 중 최상석에 털썩 앉더니 턱을 괴고 파천을 쳐다봤다. 파천은 진지하게 물었다.

"당신들에게 묻겠소. 당신들은 정말 우리와 힘을 합해 종족을 향해 칼을 겨눌 수 있소? 아바주 마르시온 님께서 대답해 주시오."

지명 당한 마르시온은 잠시 얼굴을 굳히더니 확고한 신념이 담긴 강한 어조로 또박또박 말했다.

"물론입니다. 그런 각오가 없었다면 계혼술로 이때를 준비하지도 않았습니다."

파천은 그 점을 높이 샀다.

"그 부분에 있어서만은 당신들의 공로를 높이 치하합니다. 만약 당신들의 그런 도움이 없었다면 현재의 전력에 미치지 못했을 것입니다."

"이번에는 제가 묻죠. 여러분들의 준비는 어느 정도로 진행되었습니까? 그리고 일리아나 님께 듣기로 맹주께서 황제의 후예라고 하던데…… 황제의 검은 얻었나요?"

"물론이오. 황제의 검을 얻었을 뿐만 아니라 그가 남긴 모든 안배까지 습득한 상태요."

"오!"

마르시온뿐만 아니라 요정들의 얼굴이 활짝 밝아졌다. 사실 그들이 가장 걱정했던 부분이 그것이었다. 그 문제가 해결되었다면 과거 황제가 그랬듯 인간들과 세 종족간의 싸움도 한 가닥 희망이 생긴 셈이었다.

마르시온은 솔직한 속내를 밝혔다.

"사실을 밝히자면 일리아나 님의 성화에 못 이겨 여기까지 따라 나오긴 했지만 만약 황제의 후예가 없고 황제의 검이 없다면 우리는 발길을 돌릴 생각을 했었습니다. 이제 맹주님의 확답을 들으니 안도감이 듭니다. 저희는 여러분들을 도와 세 종족과의 전쟁에서 우위를 점하고 장차 이 땅에 영원한 평화가 깃들 수 있도록 전심전력을 다할 것을 성스러운 강 엔키의 이름 앞에 맹세하겠습니다. 그 전에…… 한 가지 시험해볼 것이 있습니다. 이는 우리의 우려를 불식시키기 위한 것이니 불쾌하시더라도 따라 주셨으면 합니다."

파천은 또다시 등줄기에 식은땀이 흐를 지경이었다.

'어쩜 이리도 정확하단 말인가!'

마르시온은 자리에서 일어서더니 매우 심각한 얼굴로 천천히 파천에게로 다가서는 것이었다. 일리아나는 그걸 보며 구시렁댔다.

"너희들이 많이 약해지긴 약해졌구나. 그런 점괘에 미래를 걸려 하다니."

마르시온은 파천 앞에 두 주먹을 내밀고는 말했다.

"꽉 쥐고 있는 두 손 중에 하나를 선택해 주시면 됩니다. 한 곳에는 승리를 상징하는 물건이 있을 것이고 다른 하나에는 패배를 예고하는 물건이 들어 있습니다. 하나를 선택하시면 됩니다."

파천은 이건 좀 아니란 생각이 들었다.

'승리를 상징하는 물건을 짚는다 해서 그것이 승리로 이끌어줄 것도 아니지만 패배를 상징하는 물건을 택한다 해서 절망하고 좌절할 것이란 말인가. 이건 차라리 안 하는 게 나은 짓이지 않은가.'

그렇지만 진지한 얼굴로 선택을 기다리고 있는 마르시온 앞에서 못하겠다고 할 수도 없는 노릇이었다. 장난스럽게 재미삼아 하는 거라면 백번이라도 할 수 있다. 그런데 그런 분위기가 아니었다.

정의맹의 수뇌들도 호기심을 담고 바라보고는 있지만 대개는 왜 저런 짓을 해야 하는지 모르겠다는 표정들이었다. 옥기린은 36천강의 일인으로서 요정들과의 인연이 있어서인지 그 부분에 대한 설명을 덧붙였다.

"이분들은 이 점괘에 신성한 힘이 있다고 믿고 있습니다. 황금성이 계혼술을 통해 무림에 새로운 힘을 불어넣기로 한 것 역시 이 점괘의 결과로 인한 것이었습니다."

이쯤 되고 보면 장난으로 받아들일 일은 아니었다. 파천도 진지하게 응할 수밖에 없었다. 사라도 결과가 기억나지 않는다고 하지 않았던가. 파천은 마음이 끌리는 대로 손을 뻗었다. 파천의 오른손은 멈칫거림도 없이 곧장 마르시온의 왼손을 움켜잡았다.

"이 손이오."

마르시온은 부르르 전신을 떨었다. 그는 손을 활짝 펼쳤다. 그 안에는 상어의 이빨조각으로 보이는 것이 들어 있었는데 그것이 확인되는 순간 요정들이 일시에 환호성을 질렀다. 옥기린도 두 주먹을 불끈 쥐었다. 파천은 긴장하고 있다가 그제야 한숨을 푹 내쉬었다. 아마도 제대로 짚어낸 것 같았다.

쨍.

모든 이들의 동작이 얼어붙은 듯 일제히 멈췄다. 상어 이빨조각이 마치 얼음이 깨지듯 두 동강 났기 때문이다. 이를 어찌 받아들여야 하는가. 마르시온은 심각한 얼굴이 되었다. 한 번도 이런 경우가 없었기 때문이다.

파천이 승리를 택한 것은 맞다. 그런데 그 상징물이 깨졌다. 그럼 이건 승리를 예고하는 것인가 패배를 예고하는 것인가? 마르시온도 일시 판단이 서지 않았다. 그때 일리아나가 심드렁하게 말했다.

"그런 것 따위에 운명을 걸려는 나약한 모습이 보기 싫어서 내가 깨트린 거니 그리 심각한 표정 지을 것 없어."

정말 그렇다면 문제 될 게 없었다. 마르시온의 표정은 다시 밝아졌다.

파천은 이 장난 같은 짓에 저도 모르게 잠시나마 동화되었던 스스로가 우스워졌다. 그런데 파천은 살짝 일리아나가 의심스러웠다.

일리아나가 그게 상징물인 줄 알면서, 게다가 결과가 긍정적인 것이 나왔는데 굳이 깨트릴 이유가 없었던 것이다. 그녀가 그런 말을 해준 게 파천으로서는 고맙고 다행스런 일이었다.

第4장　일백천위단(一百天衛團)

파천은 제 인생에서 이런 곤경에 처하게 될 일이 생길 줄은 꿈에서도 생각해 본 적이 없었다. 참으로 고약했다.

맹주의 침전에 두 명이 들이닥친 것은 그럴 수 있는 일이었다. 그런데 그 이후의 상황이 파천으로서도 어찌해야 좋을지 모를 정도로 난처했다.

일리아나와 사라가 처음으로 만났고 둘은 이상하게도 처음 보는 순간부터 서로를 경계하는 것이었다. 일리아나의 첫마디가 그녀답지 않게 사뭇 도전적이었다.

"마족과 요정의 혼혈이로군. 혼혈 중에 가끔 나오는 돌연변이. 마족의 피를 이어받고 너처럼 아름다운 애가 없었던 것 같은데 보기 드문 일이로군."

사라는 자신을 두고 마족과 요정의 혼혈이라고 단정 짓는 일리아나의 말을 액면 그대로 받아들이기도 힘들었지만 설사 사실이라 해도 그 말투가 기분 나빴다. 뿐만 아니라 자기가 뭐라고 파천의 침소에서 주인 행세를 하려 든단 말인가.

사라는 아침 일찍 떠나야 하기 때문에 혹 보지 못하고 갈까 봐 마지막으로 파천을 만나러 온 것이었고 일리아나는 언제나처럼 잠을 청하기 위해 파천이 머무는 곳을 예고 없이 찾아 기어들어 온 것뿐이었다. 둘의 신경전은 보는 파천을 불편하게 만들었다.

사라는 겉으로는 표정 하나 변함없이 미소를 짓고 있었지만 속마음은 불길이 활활 타오르고 있었다.

"당신이 일리아나로군요. 듣던 대로 무척 아름답네요. 전 사라라고 해요. 만나서 반가워요. 그런데 좀 의외의 장소에서 보는군요."

"흥, 네가 사라였군. 아함, 졸리다. 좀 나가줄래? 나는 이제 잠을 자야 할 것 같아서 말이야. 아니면 너도 잠 잘 곳이 필요하다면 이리로 올라오던가."

탕탕.

일리아나는 침상을 소리 나게 두드리고 나더니 묘한 웃음을 흘리는 것이었다.

그러더니 옷을 홀렁홀렁 벗기 시작했다. 그녀는 말릴 새도 없이 순식간에 나신이 되었다.

사라는 입을 딱 벌렸다. 분명, 틀림없이 옆에 파천이 보고 있는데 저처럼 스스럼없이 옷을 벗을 수가 있다니, 그것도 하나 남김

없이 홀랑! 사라는 그 순간 일리아나가 아닌 파천을 향해 원망의
시선을 보내고 말았다.

　내가 없는 사이에 둘은 저런 사이가 되었단 말인가, 그런 원망
이 담긴 시선이었다. 파천은 자기가 왜 그래야 하는지 스스로를
납득시킬 수 없었지만 사라를 향해 억울해하며 두 팔을 열심히
흔들었다.

　사라는 소리가 나게 팩 돌아섰다. 어느새 얼굴만 이불 밖으로
꺼내놓고 있던 일리아나가 사라를 자극하는 말을 했다.

　"그럼 잘 가. 다시 또 만나게 될지 어떨지 모르지만 그때는 지
금과는 상황이 여러모로 많이 달라져 있을 거야."

　어떤 의미로 한 말일까? 문 밖으로 나온 사라는 그 말을 곰곰이
되짚어보다가 왠지 모르게 억울한 심사가 들었다. 자신이 뭐가
부족해서 이런 꼴을 당해야 하나 싶기도 했고 파천이 왜 자신한
테 이리 대하는지 야속하기도 했다.

　한 번도 생각해 보지 않은 일을 갑자기 당하게 되니 머릿속이
혼란스러워졌다. 그랬기에 평소에는 그리 총명하고 사내 못지않
게 대범했던 사라도 평범한 소녀가 되고 말았다. 따라 나오리라
짐작했던 파천이 기다려도 끝내는 나타나지 않자 사라는 오기가
발동했다.

　문을 소리 나게 밀치고 들어섰는데도 별 기척이 없다. 일리아
나는 그새 새색시처럼 새근새근 잠이 들었고 파천은 침상 반대편
에 자리를 잡고 언제 이곳에서 소동이 있었던가 싶게 서찰 뭉치
를 손에 들고 골몰해 있지 않은가.

　문 쪽을 향해 시선을 주는데 부끄러움도 흔들림도 없었다. 사

라는 제 혼자 문밖에서 이 궁리 저 궁리를 한 것 같아 살짝 부끄러운 마음도 들었지만 그렇다 해도 일리아나의 행실과 그런 그녀를 아무 소리 않고 받아주는 파천의 마음이 이해가 되지 않는 건 여전했다.

파천은 파천대로 사라가 자신을 음탕한 사람으로 생각하는 것 같아 공연한 걱정이 앞섰지만 괜히 오해를 푼답시고 부산떠는 것도 당최 저답지 않다는 생각을 하던 차였다.

"오해는 풀렸소?"

사라는 황당했다. 오해를 하게 한 것이 어찌 제 탓이던가. 그런데 어찌 저 사내는 저리 태연한 눈빛으로 당당할 수 있단 말이던가. 그런 생각이 먼저 들었지만 이미 들어선 김에 마음속 얘기는 풀어놓을 심산으로 자리를 잡고 앉았다.

"사내가 여인을 방 안에 들여 품는다하여 욕할 사람은 없을 것입니다. 제가 오해하고 말고 할 관계도 아니고…… 괜한 역정을 낼 처지가 아닌 듯싶어 그 말을 하려고 다시 들어왔어요. 남의 연정에 참견할 처지가 아니라는 사실을 잠시 잊어버리고 추태를 보인 듯싶네요. 사과드리지요."

얘기하다 보니 자존심을 세우고 말았다. 파천은 저도 모르게 절로 한숨이 새어나왔다.

"그런 게 아니오. 일리아나는 인간의 풍습과 예의에는 아랑곳없이 제 하고 싶은 대로 하오. 그걸 가르치고 바로잡아 보고자 무던히도 애를 썼지만 결국엔 헛일이 되고 원하는 대로 이룬 바는 아무것도 없소. 그녀는 요정이고 그 마음속의 변화는 예측하기도 힘이 들 정도요. 그러니 그냥 하고 싶은 대로 두었던 것뿐이오.

이런 내가 이상하다고 생각한다면 그 또한 어쩔 수 없는 일이니 난들 어쩌겠소. 그건 그렇고, 정말로 날이 밝는 대로 떠날 참이오? 다시 생각해 보는 게 어떻겠소? 여태껏 그 일을 두고 고민해 봤는데 소저가 마혼 곁에 있다 해도 태존이 율극을 해할 생각이었으면 진작 그리 했을 것이오. 지금까지 무사하다면 달리 써먹을 데가 있기 때문에 살려두고 있을 거란 추측이오. 소저가 굳이 위험을 무릅쓰고 마혼 곁에 있을 필요가 없단 뜻이오."

"저도 그 생각을 안 해본 건 아니지만 저는 만에 하나라도 오빠에게 닥칠 위험을 조금이나마 덜어드려야 할 처지예요. 제 안위만 챙겨 제 몸 하나 건사한다 해도 어찌 마음 편히 지낼 수 있겠어요. 그 얘기는 이제 그만 하셨으면 해요."

그녀의 요청대로 파천은 더 이상 그 얘기를 꺼낼 수가 없었다. 사라는 잠시 생각하다가 심중의 생각을 정리한 듯 품속을 뒤져 곱게 접은 손수건을 꺼내 펼쳤다.

그 안에는 패가 하나 들어 있었는데 조각 솜씨가 예사롭지가 않았다.

원래는 둥근 원형이었을 그 패의 반쪽은 동강나 잃어버렸는지 반쪽뿐이었다.

"이건 제가 철들기 시작하면서부터 몸에 지니고 있던 거랍니다. 제 일신에 얽힌 사연을 밝히는데 필요할 것 같아 소중히 간직하고 있었는데 이제 오빠도 찾았으니 이것은 더 이상 쓸모가 없습니다. 그다지 중요한 건 아니지만…… 제가 가진 건 이것뿐이라…… 이걸 공자님께서 소중히 간직해 주셨으면 합니다."

아무리 둔한 파천이라도 여자가 평생 소중하게 간직했던 귀물을 건네는 것이 어떤 뜻인가를 모를 리는 없었다. 그는 일시 할 말을 잊어버리고 멍하니 사라를 바라보고만 있었다.

무슨 말인가는 해야 하는데 파천은 도무지 떠오르는 말이 없었다. 어색한 침묵이 둘 사이에 흐르고 있는데 어느새 잠이 깼는지 일리아나가 턱을 한 팔로 괸 채로 눈을 말똥말똥 뜨고서 이쪽을 쳐다보고 있었다. 파천은 떨리는 손길로 손수건을 받아들었다.

"너희들 뭐하고 있어? 뭘 주고받는 거야?"

일리아나가 파천의 손에 들린 손수건을 낚아챈 건 번갯불에 콩 볶아먹을 정도의 속도였다. 처음엔 장난스럽게 시작했던 일인데 손수건을 풀어 그 안의 패를 보고는 일리아나의 얼굴이 급변했다.

"이리 내놔요!"

사라의 뾰족한 외침이 발해진 순간 파천의 손이 귀신처럼 움직이더니 일리아나의 손에 들린 손수건을 뺏어 줘었다.

"심한 장난은 곤란해."

파천의 심상치 않은 표정 때문에 일리아나가 긴장한 건 결코 아니었다.

그녀는 사라의 얼굴을 빤히 쳐다보고 있었다. 일리아나는 그녀의 얼굴에서 다른 누군가를 찾아내고 있었다.

"그랬군. 단순히 요정과 마족의 혼혈이 아니라 혼혈과 요정의 후손이었던 거였어. 어쩐지 이상하다 했지."

그녀는 사라에 얽혀 있는 일신의 사연을 눈치챈 듯싶었다. 그녀가 손수건 안의 패를 보고서 짐작했다면 그 패는 분명 특별한 것이 틀림없었다.

일리아나는 이내 관심을 거두고는 다시 침상으로 걸어갔고 잠을 청하는 것이었다.

그녀의 돌발적인 행동은 어디에다 장단을 맞춰야 할지 모를 정도로 파천과 사라를 어리둥절하게 만들었다.

*　　　*　　　*

사라는 돌아갔다.

정의맹을 나서서 어제 마혼과 헤어졌던 객점으로 가 보니 마혼은 그때까지도 돌이라도 된 사람처럼 헤어졌던 장소에서 사라를 기다리고 있었다.

그걸 보니 또 사라의 마음은 찡해졌다. 그녀는 돌아가는 내내 아무것도 묻지 않고 한 마디도 하지 않는 마혼을 곁에 두고서 후에 마혼이 받을 상처를 생각하면서 어찌하는 것이 최선일까를 고민하고 있었다.

이런 사라의 마음을 아는지 모르는지 마혼은 속으로나마 돌아와 준 사라에게 고마움을 느끼고 있었다.

녹림맹이 사사혈맹의 주구로 탈바꿈한 사실이 밝혀지면서 광마존은 괴로워했다. 그는 약속을 지키지 못한 것이다. 오래된 지기인 녹림의 총표파자 강홍산에게도 그의 아들인 강여홍에게도 미안한 마음을 금할 길이 없었다.

이 괴로움을 덜어내자면 늦게나마 약속을 지키는 길밖에 없었다. 그러나 그것마저도 광마존은 할 수 없었다. 자신은 주군의 명에 따라 남은 생을 살겠다고 맹세한 몸. 이러지도 저러지도 못하는 자신을 생각하자니 절로 한숨부터 났다.

그런 광마존을 데리고 아침부터 파천은 정의맹 곳곳을 점검하고 다녔다. 밤새 항주 외곽 경비를 하고 지친 몸을 끌고 다시 대연무장으로 훈련을 위해 이동하는 무사들이 보였다.

축 쳐져 있는 그들을 위로하는 일도 그가 해야 할 일 중의 하나였다.

무사들은 맹주가 친히 나와 지켜보고 있다는 생각 때문이었는지 어제와는 또 다른 기개와 박력을 보여주고 있었다. 군장과 부군장, 그리고 천호장들 역시 맹주의 예고 없는 방문에 긴장한 기색이 역력했다.

무사들이 내지르는 기합소리는 대연무장뿐만 아니라 정의맹 전체를 흔들어 깨웠다.

늦게 잠이 든 사람들은 적의 기습이라도 있는 줄 알고 후다닥 일어나야만 했고 머리에 물동이를 이고 가던 집법청 소속의 시녀는 그만 놀라서 엉덩방아를 찧고 말았다. 그녀는 호되게 야단을 맞을 일을 생각하며 벌써부터 울상이었다.

"흐압!"

"야압!"

"으라차차."

웃통을 벗어젖힌 무사들의 잘 발달된 근육들이 땀에 젖어 꿈틀댈 때마다 그들의 입에서 뜨거운 김과 함께 토해지는 기합성들이 주변의 기왓장을 들썩거리게 만들 정도였다.

파천은 연신 흐뭇한 미소를 지은 채 중정군의 군장 여의성자의 노고를 치하했다.

"무사들의 눈빛부터가 다르군요. 애로사항은 없습니까?"

여의성자는 손을 모아 쥐고 허리를 굽히며 말했다.

"애로사항은 아니고 건의할 게 있습니다."

"무엇이든 말씀해 보세요."

"특별한 전쟁의 징후가 있기 전까지는 무사들의 휴식시간을 좀 늘였으면 합니다. 이런 집단수련시간도 중요하지만 무엇보다 무 공증진을 위한 개별적인 연무시간도 그에 못지않게 중요합니다. 현재 세 시진의 경비근무를 서고 나서 그 상태로 바로 두 시진 이 상의 혹독한 수련시간을 갖습니다. 그 뒤 한 시진 내의 비상대기 후에 세 시진의 휴식시간이 주어지고 있는 실정입니다. 사실상 현 체제대로라면 무사들은 개인 연무시간을 갖기가 힘듭니다."

파천은 곰곰이 생각하다가 고개를 끄덕였다. 하지만 문제점도 없지 않았다.

"그렇다고 경비근무를 소홀할 순 없으니…… 이렇게 합시다. 비상대기 시간을 없애고 그 시간을 개인이 알아서 활용하도록 하 되 단, 총단을 떠나서는 안 됩니다. 그렇게 하면 될까요?"

여의성자는 현실적인 절충안이라고 생각돼 흔쾌히 받아들였 다.

"그리 조치해 주시면 무사들의 무공증진에 큰 도움이 될 것 같 습니다."

"좋습니다. 그리 지시해 두도록 하죠. 그건 그렇고 희 군장께서 는 마음에 드는 인재를 고르셨습니까?"

희석성은 파천의 그 물음이 며칠 전에 환혼자들에게 하달된 후기지수 선발건에 대한 얘기임을 알아들었다. 개인적으로 제자로 삼고 싶은 희망자가 있으면 우선적으로 배정해 주겠다는 얘기를 듣고서 희석성도 누구를 가르쳐볼까를 두고 고민을 했었다. 그러나 좀체 마음을 정할 수가 없어 차일피일 미루고 있는 실정이었다.

"아직은 결정한 바가 없습니다."

"그러다 다 빼앗깁니다."

파천의 농담에 희석성도 잇몸까지 드러내며 활짝 웃었다.

"하하. 차라리 그랬으면 좋겠습니다. 고민할 것도 없이 정해 주시는 대로 맡으면 되잖겠습니까. 그게 저한테는 속 편한 일일 것 같습니다."

두 사람은 환담을 나누는 중에도 무사들의 수련 모습을 놓치지 않았다. 부군장 이하 천호장들은 아예 수련에 열중하고 있는 무사들 사이로 들어가서 이리저리 뛰어다니면서 무사들이 느슨해지지 않도록 독려했다.

대연무장을 떠난 파천은 외성으로 나갔다. 정의맹에 현재 거주하고 있는 총 인원은 삼만 명을 훌쩍 넘어서고 있었다. 원래 정의맹의 무사들 총원은 만이천 명이 좀 넘었다.

그런데 강서성 전투에서 희생당한 인원이 무려 삼천 명을 넘어 상당히 줄어들었다. 그러나 천마교와 혈마교의 정예들과 천부의 정예들을 비롯한 새로 가담한 병력의 증가로 현재 다시 만이천 명 정도로 늘어나 있는 상태였다.

무사의 수가 만이천 명인데 비해 그 수를 유지하고 지원하는 데 소요되는 인원이 그보다 더 많은 이만 명 가까이 되었다. 그들이 외성에 거주하면서 각종 허드렛일부터 시작해서 노역, 사무를 보는 일까지 전담하고 있는 실정이었다. 그들 역시 정의맹의 식구임에는 틀림없는 일이었다.

"그렇다고는 해도 이 정도 인원은 아니었는데 갑자기 삼천 명 이상이 늘어난 것 같군."

파천의 그 말에 잠자코 뒤를 따르던 광마존이 제가 알고 있던 사실을 꺼내 놨다.

"강서성 전투와 무당파를 비롯한 호북성 정파들의 멸문 이후에 본맹의 각파 소속의 식솔들과 문원들이 항주로 찾아왔기 때문입니다. 그들을 홀대할 수 없어 외성으로 받아들여 적당한 일거리를 주고 있는 것으로 압니다. 아무래도 점차 이런 현상은 확대될 전망입니다. 정작 큰 전쟁이 나면 이곳 항주에 있는 것이 가장 안전하다고 생각하게 될 것이 분명하고 헤아릴 길 없는 수의 피난민들이 이곳 항주로 몰려들 것으로 예상되고 있습니다."

파천도 그 점을 생각하지 않은 게 아니었다. 그런데 아무리 머리를 굴려보아도 항주가 아무리 큰 도시라 해도 받아들일 수 있는 인원에는 한계가 있지 않겠는가. 게다가 그 많은 사람들을 먹이고 재우는 일도 문제였다. 와룡장의 부가 아무리 쌓여 하늘에 닿는다고 할지라도 퍼내다 보면 언젠가는 바닥이 나고 말 것이다.

"결국…… 명나라 황제와 긴밀한 협조를 해야 할 때가 올 것이다."

"안 그래도 조정의 신료들과 막후 접촉이 가능한 인사들이 하는 말을 들었습니다만…… 조정에서는 우리와 달리 큰 전쟁이 날 것이라는 사실을 아무도 황제에게 아뢰지 않는다 들었습니다."

"알게 해야지. 이 땅의 모든 사람들이 알게 될 일이다. 미리 대비한다면 피해가 덜하겠지만 무심코 지내다가 당한다면 그 피해는 막대하겠지. 명나라 황제가 어떤 사람이든 간에 그 역시 그 피해에서 벗어날 길이 없는 바에야…… 협조하도록 만들어야지."

걷다 보니 외성의 궁벽한 곳까지 이르렀는데 거기엔 우물이 하나 있고 아낙네들이 물을 길어 빨래를 하고 있었다.

빨래방망이 두드리는 소리가 요란했는데 십수 명이 두드리고 밟고 삶고 헹구는 물량이 어마어마했다. 무심코 지나쳐가던 파천의 눈길이 한곳에 못 박힌 듯 움직이지 않는다.

"저더러 이걸 다 옮기라고요?"

"누가 혼자서 하래. 이걸 그릇에 담아주면…… 저기 오네. 저 아이와 함께 옮기란 소리지. 항미야, 이리 와서 네가 좀 가르쳐."

항미라고 불린 소녀는 이제 열다섯 살이었다. 눈 밑에 주근깨가 빽빽하게 박혀 있는 소녀였는데 햇살이 눈이 부신지 한쪽 눈을 감고서 고개를 이리저리 흔들어 보였다.

항미의 아버지는 마장에서 일하고 있었고 어머니는 이곳에서 허드렛일을 하는 하인들이 주로 이용하는 식당에서 일하고 있었다.

온 식구가 정의맹 덕분에 배곯지 않고 살고 있는 셈이었다. 항미는 특별히 맡겨진 일이 없었다. 손재주도 없고 뭐 특별히 다른 일을 해본 경험도 없었다.

그래서 일손이 딸리는 곳으로 배치돼 시키는 일이면 뭐든 해야만 했다. 그러다 보니 어느 날은 놀면서 해도 될 만큼 쉬운 일이

배당될 때도 있지만 오늘처럼 허리가 끊어지도록 힘든 일을 해야 할 때도 있었다.

"휴우. 언니 여기 빨래가 담긴 그릇들을 들고 저 따라 오시면 돼요."

항미는 힘이 달리는지 헉헉대면서 바구니를 질질 끌다시피 옮겨갔다. 그걸 보고서 어쩔 바를 몰라 하고 있는 소녀는 남궁세가의 장중보옥인 남궁미미였다.

현재 남궁세가의 무사들은 전원 사면된 상태였고 남궁세가의 제일 어른인 남궁천도 정도십성의 한 사람으로 맹주 직속의 고문단에 있었지만 남궁세가의 식속들을 일일이 챙겨줄 만한 여유도 없었고 염치는 더더군다나 없었다. 정식으로 삼군에 배속된 무사들을 제외하고는 저마다 뿔뿔이 흩어져서 정의맹의 군일을 하고 있는 실정이었다.

무공을 모르는 남궁미미 역시 마찬가지였다. 그녀는 처음에 병기를 닦는 곳에 배치됐는데 거기 책임자가 가녀리고 힘없는 소녀를 이런 곳으로 보내면 어떡하느냐고 항의했고 반나절도 안 돼서 주방에서 그릇 닦는 일을 하게 됐다. 그런 식으로 몇 곳을 전전하다가 이곳까지 오게 된 것이었다.

하필이면 그 장면을 파천이 목격하고야 만 것이다. 남궁미미는 잠시 망설였지만 자기보다 체구도 작은 항미라는 소녀도 하는 일을 자기라고 못할까 싶어 팔을 걷어붙이고 나섰다. 하지만 바구니의 무게는 그녀가 감당하기에 벅찰 정도로 상당했다.

"에구."

그녀 역시 번쩍 들기는커녕 질질 끌다시피 옮겨가는 게 고작이었다.

그때였다. 굵은 힘줄과 핏줄이 툭툭 불거져 있는 사내의 건장한 팔이 쓱 눈앞으로 다가오더니 바구니를 번쩍 드는 것이었다. 그러더니 성큼성큼 앞서 가는 것이었다.

"어? 무사님 도와주시는 건 고맙지만 그건 제가 할 일이에요."

남궁미미가 무사라고 부른 사람은 다름 아닌 정의맹의 맹주인 천황 파천이었다.

그는 뒤돌아보지도 않은 채 모퉁이를 돌아 빨랫줄에 빨래를 널고 있는 사람들에게 바구니를 갖다 줬다. 거기까지 쫄래쫄래 따라오던 남궁미미는 파천의 등 뒤에 대고 꾸벅 절을 했다.

"누구신지 모르지만 감사합니다."

파천이 돌아서자 남궁미미는 한참을 생각하다가 안색이 환해졌다.

"누구신가 했더니 예전의 바로 그분이시군요. 이름이 뭐라고 했더라. 아 맞다. 파천, 파천 님 맞죠? 가만…… 그런데 그분은 분명 천황이라고 하셨는데…… 천황이면…… 현재의 맹주님 아니세요?"

남궁미미는 자신이 잘못 보았나 싶어 몇 번이나 눈을 깜박였다.

"언니, 뭐하고 있어요. 바구니가 쌓이기 시작하면 아줌마들한테 혼나요. 어서 빨리빨리……."

아니나 다를까, 저쪽에서 거구의 여인네가 쌍심지를 켜고서 고래고래 고함을 질렀다.

"야 이년들아, 뭣하고 섰어. 어서 빨리 옮기지 못해! 이러다 해

떨어지면 식은 밥 한 톨도 없을 줄 알아!"

항미는 기겁했고 후닥닥 빨래가 쌓여 있는 곳으로 뛰어갔다.

"네, 가요. 아주머니."

남궁미미도 뒤를 몇 번인가 돌아보았지만 항미 혼자 그 힘든 일을 하게 할 수는 없었던지 바구니 있는 데까지 있는 힘껏 뛰었다. 광마존은 주군이 왜 이러시는지를 몰라 혼자서 풀길 없는 고민에 휩싸여야만 했다.

맹주전으로 돌아온 파천은 광마존에게 조용히 일렀다.

"아까 본 그 소녀 있지?"

"네."

"가서 그 소녀를 이곳 맹주전에서 일할 수 있도록 조치하고 그리고 처소도 이곳에 빈방이 많으니 그중에 하나를 쓸 수 있도록 해라."

영문을 몰라 하던 광마존은 결국 궁금증을 참지 못하고 묻고야 말았다.

"그 소녀를 아십니까?"

파천은 이제 할아버지도 알고 있는 사실을 광마존까지 더 안다고 한들 상관이 없다고 생각했는지 아니면 가슴을 무겁게 짓누르고 있는 고민을 조금이라도 나눌 양이었던지 솔직히 털어놨다.

"광마존, 예전에 소림사에서 내가 했던 얘기 기억나나? 내 어린 시절의 얘기 말이야."

"속하가 그걸 잊어버릴 리가 있겠습니까."

"내게 여동생이 하나 있다는 것도 얘기했던가?"

"그랬던 것 같습니다. 아주 귀엽고 깜찍한 떼쟁이었다고……
혹시 그럼?"

광마존의 얼굴은 일순 충격으로 딱딱하게 굳어 버렸다.

"그 아이다. 그러니…… 아무 소리 말고…… 시키는 대로 하거
라."

"조, 존명."

광마존은 번개가 무색할 속도로 뛰어갔고 외성의 책임자들을
모조리 한자리에 소집한 뒤에 그들 중에서 빨래가 누구 소관인지
를 캐묻는 것부터 시작했다.

평소엔 얼굴도 보기 힘든 내성의, 그것도 맹주님을 지척에서
모시고 있는 광마존 같은 고수가 이런 하찮은 일을 캐묻자 다들
어안이 벙벙했지만 충실히 대답했다. 광마존은 그 책임자에게 호
통을 쳤다.

"네놈은 그 많은 빨래를, 무공을 익힌 남자들도 견디기 힘든 일
을 여자들 몇 명이 다 할 수 있다고 생각하느냐?"

"네? 네, 저 그것이……."

도무지 무슨 영문인지를 알아야 장단을 맞추던지 변명을 하든
지 할 텐데 아무것도 아는 바가 없으니 꿀 먹은 벙어리가 되는 수
밖에 없었다.

"당장 그곳에 힘센 장정들 다섯 명 이상을 더 붙여서 돕게 하고
인원이 모자라면 네놈이라도 나서도록. 내가 간간이 확인해볼 테
니 명대로 않을 시에는 당장 쫓겨날 줄 알아라. 알겠느냐?"

"네. 당장 조치하겠습니다."

"안 뛰어가고 뭘 해. 아, 그리고 거기서 일하는 소녀들 둘을 내

게로 보내도록."

"소, 소녀입니까?"

"귀가 먹었느냐?"

"아, 아닙니다. 당장 조치하겠습니다."

그는 그야말로 꽁지에 불붙은 사람처럼 뛰어갔다. 그는 평생 이처럼 숨차게 뛰어본 적이 없을 정도로 전력을 다했다.

그는 광마존이 시키는 대로 했을 뿐만 아니라 마장 근처에서 골패를 하며 시시덕거리고 있는 사내들까지 끌어 모아 빨래터로 보냈다.

광마존은 빨래터에서 일하던 두 소녀 중에서 남궁미미를 유독 관심 있게 쳐다봤다.

'이분이 주군의 혈육이시란 말인가? 그러고 보니 닮은 듯도 싶구나.'

"두 분, 아니 두 사람은 날 따라오시오."

광마존은 남궁미미만을 데려가면 다른 사람들의 의심을 살까 싶어 두 소녀를 모두 맹주전으로 데리고 왔다. 그녀들은 무슨 영문인가 싶어 뒤를 따르긴 했지만 그가 안내하는 곳이 외성이 아니라 내성 쪽인데다 그것도 멀리서나 지붕이 살짝 보였던 맹주전이란 곳임을 알고는 저도 모르게 가슴이 두근두근 대는 것 같았다. 항미는 남궁미미의 손을 꼭 잡고는 연신 귓속말로 속닥거렸다.

"언니 이곳에 맹주님이 계시나 봐요. 우와 저것 봐요. 시녀들도 저런 좋은 옷을 입고 있다니. 그리고 저 반짝이는 바닥과 천장,

저건 또 뭐로 만든 걸까요? 저 도자기는 엄청 비싼 거겠죠? 우리를 왜 이곳으로 불렀을까요? 이곳에 우리가 할 만한 일이 대체 뭐가 있을까?"

남궁미미는 명문대파인 남궁세가에서 자랐기 때문에 항미처럼 이곳 분위기에 주눅이 들거나 신기해하지는 않았다. 단지 궁금했을 따름이었다.

'이번엔 또 뭘 해야 하는 걸까? 익숙해질 틈이 없구나. 역시 아까 그분이 맹주님이셨구나. 그런데 왜 아까는 아닌 척했던 걸까? 아니지, 아니라고 하신 적은 없으니. 저번에도 그렇고 매번 도움을 받는구나.'

그녀는 현재의 제 처지를 원망하는 마음은 조금도 들지 않았다. 현재 세가가 어떤 상황에 처해 있는지를 할아버지와 오빠에게 들어서 대충은 알고 있었다.

만약 맹주님의 사면령이 아니었다면 직계 혈족들은 참수를 당했을지도 모른다는 사실도 알고 있었다. 그런 그녀가 지금껏 한 번도 해보지 못했던 험한 일을 한다고 해서 낙담하거나 절망할 리는 없다.

그녀는 오히려 가문의 은인으로 생각되는 맹주님의 거처에서 일하게 돼 무엇보다 기쁜 심정이었다.

남궁미미와 항미에게 주어진 일은 달랐다. 항미에게는 맹주전에 있는 여러 부속실 중에서 회의청을 다른 시녀들과 함께 청소하는 일이 맡겨졌고 남궁미미는 맹주의 집무실 청소를 하게 했다.

광마존은 두 사람을 맹주전에 배속된 하인과 시녀들을 총괄하는 집사에게 맡겨둔 채로 사라졌다.

　집사 연보옥은 정의맹의 마흔한 명의 집사들과 그들을 총괄하는 총관들이 있지만 그들 중에서도 유독 자부심이 강한 사람이었다. 그는 제 아래서 일하는 사람들의 실수를 용납하지 않으며 또한 자신이 아닌 다른 사람에게 잘못을 지적받는 일을 병적으로 싫어했다.

　그래서 아무리 사소한 일이라도 하나부터 열까지 철두철미하게 처리해야만 마음 놓고 잠을 청하는 완벽주의자였다.

　그게 어느 정도냐 하면 이곳에서 가장 큰 부속실이라 할 수 있는 맹주전의 대회의청은 한 번 쓸고 닦는 데만도 족히 반나절 이상이 걸린다.

　거의 끝나갈 때쯤에 아무 곳에나 손가락을 쓱 갖다 대보고 만약 먼지 한 톨이라도 묻어나면 처음부터 다시 쓸고 닦아야 한다. 안 그럼 난리가 난다.

　그녀는 또 눈치가 매우 빠른 사람이었다. 그녀의 윗사람이 무엇을 원하고 있는지 헤아리는 데에는 동물적인 감각을 가지고 있었다. 이런 그녀의 특징이 엉뚱하게 발휘되고 있었다.

　'분명 광마존 어르신께서 저 아이를 맹주님 집무실에 배속시키라고 하셨단 말이지. 이는 곧…… 맹주님이 특별히 눈여겨보셨다는 뜻이 된다. 저 아이는 지금은 시녀일 뿐이지만 앞으로도 그러리라는 법은 없단 소리지. 이는 곧 나를 더 높은 곳으로 날려 보내줄 보물이란 소리고.'

　엉뚱한 착각 속에 빠져든 집사는 항미에게 몇 가지 주의사항을 전달한 뒤에 곧장 회의청으로 일하러 갈 것을 지시한 후에 남궁미미의 손을 잡고는 자리에 앉혔다.

"그래, 이름은 뭐냐?"

남궁미미는 그저 얼떨떨할 뿐이었다. 항미에게 말할 때는 얼음장이 따로 없더니 자신에게는 한없이 부드럽고 자애하지 않은가.

"남궁미미라 합니다."

"출중한 외모만큼이나 이름도 예쁘구나. 지금부터 내가 하는 말을 명심해서 들어야 한다. 긴장할 것 없어요. 자, 긴장 풀고."

"네, 네."

"이곳은 맹주님이 계시는 맹주전이고 네가 지금부터 맡아서 청소를 할 곳은 맹주님이 하루 중 가장 많은 시간을 머물러 계시는 집무실이란다. 그곳에는 이곳 정의맹의 높으신 어른들이 자주 왕래할뿐더러 아주 중요하고 비밀스러운 서류들과 자료들이 많은 곳이지. 그래서 특별히, 아주 특별히 믿을 사람이 아니면 그곳의 청소를 시키지 않는단다."

"그렇겠네요."

"일단 주의사항이라면…… 맹주님이 계실 때는 청소를 해서는 안 된다. 그분이 출타하셨을 때 청소를 하되 먼지와 쓰레기만 치우고 거기에 있는 다른 것들은 절대 건드려서는 안 된다. 굳이 꼭 치워내야 청소가 용이하다고 할 경우엔 원래대로 해놓아야 한다. 알겠느냐?"

"네. 알겠습니다, 집사님."

"그래. 그리고 달리 할 일이 없을 때는 집무실 옆에 자그마한 방이 있단다. 거기가 네 처소로 결정되었으니깐. 거기서 머물러 있다가 맹주님이 부르시면 바로 달려가면 된다.

평상시에는 주위에 호위무사들이 있을 테니 네가 할 일이 없겠지만 차를 타오라고 시키실 때가 가끔 있으니 그럴 때는 다실에 가서 얘기하면 된다. 알겠느냐?"

"네, 명심하겠어요."

"자, 이제 그만 가 보거라. 그리고 무슨 어려움이나 부탁할 일이 있으면 언제든 얘기하려무나. 옳지. 그래 참 예쁘기도 하지."

남궁미미는 집사실을 나오면서 그녀의 눈빛에서 뭔지 모를 께름칙함을 느끼고는 전신을 한 차례 부르르 떨었다.

그녀는 맹주의 집무실 쪽으로 향하다가 이곳 맹주전의 경비 총책임자라는 사람을 다시 만나러 가야만 했다. 의례적인 일이긴 했지만 살짝 떨리긴 했다.

그녀 역시 세가의 여식이었으니 이런 경우 혹 꼬투리를 잡히면 큰일이 난다는 건 알고 있었던 것이다.

맹주님을 암살하기 위해 외부에서 자객을 보낼 때에 대비한 조사이므로 신변에 대한 얘기에서부터 몸에 뭘 지니고 있지 않은지 샅샅이 조사하는 게 관례였다.

그런데 그녀의 예상은 빗나가고 말았다. 등 씨 성을 가진 지휘사령은 조사는 할 생각도 않고 찬찬히 자신을 쳐다보다가 몇 가지 물어보고 그냥 돌려보낸 것이다. 남궁미미는 어리둥절할 뿐이었다.

'맹주전에서 일할 사람을 이리 허술하게 뽑다니…… 이상한 일이네.'

그 생각은 곧 잊혀지고 말았다. 남궁미미는 집무실 앞에서 잠시 크게 심호흡을 했다.

집무실 앞에는 몇 명의 무사들이 석상처럼 미동도 없이 서 있었다. 남궁미미는 작은 소리로 물었다.

"안에 맹주님 계신가요?"

무사들은 그저 고개를 미미하게 끄덕였을 뿐 말을 하지는 않았다. 보기만 해도 살 떨리게 만드는 날카로운 눈빛들이었다. 남궁미미는 절로 가슴이 떨렸다. 그녀는 소리 내지 않고 옆방으로 갔다.

'이제부터 여기가 내가 기거할 곳이구나. 작지만 아늑하구나.'

제 집에 있는 침실에 비하면 여긴 참으로 초라하고 볼품없는 곳이지만 정의맹에 온 뒤로 처음으로 자기만의 독립된 방을 가지게 되었다는 사실만으로도 남궁미미는 가슴이 푸근하게 안정되는 기분이었다.

똑똑.

제 방문을 두드리는 소리에 남궁미미는 침상에 앉아 있다가 벌떡 일어섰다.

"네? 누구세요?"

남궁미미는 문을 벌컥 열었다. 그 앞엔 집무실 앞을 지키고 있던 무사가 서 있었는데 그는 눈짓과 함께 짧게 말했다.

"맹주님이 부르시오, 속히 가보시오."

남궁미미는 가슴이 덜컥 내려앉았다.

'맹주님이?'

똑똑.

"들어와요."

남궁미미는 안에서 들려오는 부드러운 목소리에 긴장을 풀고자 몇 번인가 심호흡을 했던 일이 모두 허사가 되고 말았다. 다시 심장이 두방망이질 치기 시작했는데 귓가에 둥둥 북소리가 들릴 정도로 그녀는 지금 흥분해 있었고 좀체 가라앉힐 수가 없었다.

'왜 이렇게 떨리지?'

남궁미미는 조심스럽게 문을 열고 안으로 들어갔다. 일단 넓었다. 전면으로 제 방만한 거대한 창이 있고 그 앞에 장정 셋이 팔을 활짝 벌리고 서도 닿지 않을 만큼 큰 책상이 있었다.

그리고 몇 걸음 앞에 가지런히 놓인 의자들과 다탁이 보였다. 양쪽 벽면은 책과 서류철이 가득 꽂혀 있는 책장으로 꾸며져 있었다.

그 외에는 별다른 장식이 보이지 않는다. 맹주의 집무실이라 하기엔 너무도 소박했다. 가장 먼저 든 생각은 청소하기 참 편하겠구나, 라는 것이었다.

책상에 한 사람이 창으로 들어오는 양광을 등지고 앉아 있었다.

'맹주님이시다. 아까 그분이 맞으셨어.'

"어서 와요. 긴장하지 말고 이리 와서 앉아요."

"네, 네."

"그래. 오늘부터 여기서 청소하는 일을 하게 되었다고?"

"네."

파천은 시침이 뚝 떼고 마치 처음 대하는 사람처럼 대했다.

"흐음 그럼 잘 보여야겠군요. 내가 여길 좀 지저분하게 쓰는 편이라서 말이지."

"마구 어질러 놓으셔도 돼요. 제가 깨끗하게 치워놓을게요."

"그래도 될까요?"

"그럼요. 제가 할 일인데요. 너무 깨끗하게 쓰시면 제가 할 일이 없어지잖아요."

"그러죠, 그럼."

"아, 그리고 편하게 대해주세요. 맹주님이 시녀에게 그런 말투를 쓰면 이상하잖아요."

"그럼…… 그럴까? 이름이……?"

"미미라고 해요. 남궁미미."

"아, 남궁미미. 좋은 이름이군. 집사에게서 무슨 말을 들었는지 모르겠지만 아무 때나 편할 때 와서 청소해도 돼. 굳이 내가 없을 때 오지 말고…… 와서 말동무도 좀 해주고. 그래 줄 수 있겠지?"

남궁미미는 제 귀를 의심했다.

"그래도…… 돼요?"

"그럼. 언제든 와. 아무 때나 예고 없이 방문해도 되니깐."

남궁미미는 파천이 너무 편하게 대해줘서인지 엉뚱하면서도 다소 당돌한 말을 뱉어내고 말았다.

"그렇게 한가하세요? 심심하실 때가 많은가 봐요."

파천은 웃었다.

"한가한 건 아닌데 심심할 때는 좀 있지."

"이상한 일이네요. 맹주님 같은 분은 할 일이 많아서 심심할 때가 없을 줄 알았는데 그게 아닌가 봐요. 저랑 똑같네요."

"하하하. 그러게 말이야."

"제가 처음 이곳에 왔을 때 저랑 한 번 스친 적이 있었는데 혹시…… 기억나세요?"

"아 그랬던가?"

"네. 그때 포승줄에 묶여 있어서 살이 쓸려서 정말로 아팠거든요. 맹주님이 아니셨으면 피멍이 들었을 거예요."

"도움이 되었다니 다행이군. 여긴 혼자 왔나?"

순간 남궁미미의 얼굴이 갑자기 어두워졌다.

"아뇨. 식구들하고 같이 왔어요."

"다른 식구들은?"

"다들…… 뿔뿔이 흩어져서 현재 어디 있는지는 정확하게 잘 몰라요."

"남궁미미라…… 혹시 남궁세가 출신인가?"

남궁미미는 참으로 천진난만했다. 그녀는 파천이 족집게처럼 알아내는 것을 오히려 신기해했다.

"맞아요. 어떻게 단번에 맞추시네요."

"남궁성이 강호에 흔한 건 아니니깐."

"안 그래도 맹주님이 사면령을 내려주셔서 다들 맹주님께 고마워하고 있어요. 제 큰오빠…… 일을 용서해 주셔서…… 저도 그렇게 생각하고 있고요."

"큰오빠가 무척 야속하겠네?"

"모르겠어요. 큰오빠가…… 무슨 일이 있었는지 모르지만…… 그럴만한 사정이 있었을 거라 생각해요. 그래도…… 한 번쯤은 가족들 생각을 했다면 좋았을 텐데…… 조금은 섭섭하기도 하고 그래요."

그녀는 남궁장천이 동생인 남궁영걸을 제 손으로 죽인 사실까지는 모르고 있었다. 만약 알았다면 표현은 달라졌을 것이다.

"셋째 오빠도 그럼 어디 있는지 모르겠구나."

"네. 셋째 오빠 걱정은 별로 안 해요."

"그건 왜 그렇지?"

"그야 영유 오빠는 어디 있어도 자기 앞가림은 하는 사람이거든요. 사실 오빠들 중에서도 할아버지들께서 가장 큰 기대를 했었던 오빠니깐…… 어디서든 잘 해낼 거라 믿어요."

"부모님도 이곳으로 오셨나?"

"네. 아버지 어머니도 이곳으로 오시긴 했어요."

"걱정은 안 되니?"

"사실 제일 걱정이 많이 되는 건 아버지예요."

파천은 미미의 그 말에 가슴이 덜컥 내려앉았다. 미미의 아버지는 파천에게도 생부가 되는 사람이었다. 그런 그를 저렇게 자연스럽게 '아버지'라고 부를 수 있는 미미가 부러웠다. 자신은 단 한 번도 저렇게 불러본 적이 없었다. 파천은 내심의 격정을 억누른 채 천천히 물었다.

"왜 그렇지?"

"아버지는…… 지금껏 세상과 담을 쌓고 사셨어요. 그래서 걱정이에요. 잘 적응할 수 있을지. 그리고 여기서는 세가에 있을 때처럼 마음껏 술도 못 드시는데…… 술에 많이 의존하시는 편이거든요. 혹 그 때문에 병이 생길까 봐 그게 걱정이에요."

자신을 숨기고 파천은 남궁미미와 많은 대화를 했다. 그녀는 파천이 예전에 어린 시절을 함께 보냈던 그 오빠라고는 생각지도 못하고 천진난만한 대화를 이어갔다. 그녀를 내보내고 나서도 파천은 한동안 천장에서 시선을 떼지 못했다.

'고작 술에 의지해서 세상과 벽을 쌓고 살았단 말인가? 자식과 부인을 버린 게 양심에 가책이 되어서 그랬을 리는 없을 것이다. 그랬다면 적어도 그 후에라도 찾는 시늉이라도 했을 테니깐. 그 사람은 겁쟁이였군. 자기가 저지른 일에 대해 책임도 못질만큼 소심한 사람이었어. 그런 사람이 내 생부라니……..'

*   *   *

백 명의 인재를 선별하는 작업이 완료되었다. 부모 자식처럼 한번 맺은 관계는 물릴 수도 없는 것이 사제간이다. 그런 일을 파천이 임의로 결정해야 하는지라 부담이 컸다.

그 이전에 눈에 봐뒀던 인재가 있다면 마땅히 택할 수 있도록 선처했지만 대다수는 아직 결정을 못 내리고 파천에게 일임한 상태였다. 집법청의 고수들 중에서 자원자를 먼저 택하고 후에 모자라는 인원수를 하나씩 채워갔다.

선별 작업이 끝나갈 때부터 이런 소문은 은밀히 정의맹도들에게 퍼져나갔는데 누구라도 거기에 뽑히고 싶지 않은 사람이 없는지라 맹 내에서 단연 화젯거리가 됐다.

세인들의 관심을 끈 건 집법청의 고수들 중에서도 현임 맹주를 길러낸 전대 천황 담사황과 천부의 선인들 중 두 수장인 일묘와 해명선인, 그리고 전대 맹주인 검성과 마도의 제일고수인 천마가 과연 누구와 인연을 맺게 될까에 대한 궁금증이었다.

삼군의 천호장이라도 그들 중 한 사람에게 한수를 배울 수 있다면 체면도 마다하고 절이라도 할 판이니 다른 사람들이야 오죽하겠는가. 특히 아직 덜 여문 젊은 축에서야 오죽 큰 경사가 아니겠는가.

일신의 영달은 둘째 치고 당장 목전에 닥친 전쟁에서 그만큼 활약할 가능성이 커지는 것도 무시할 수 없는 일이었다. 그리고 이왕 엎어져 죽는 판이라면 이름이라도 크게 날려 보고 싶은 욕망은 무인들이라면 모두가 가지고 있는 것이었다.

한 사람씩 맹주전으로 불려가 대회의청에 들고서야 누가 선택되었는지를 알 정도로 이번 일은 맹주를 비롯한 몇 사람만이 관여한 일이었다.

모용상인도 회의청에 들고서야 의형들과 동무들의 얼굴을 발견하고 반가워했다. 허나 자리가 자리인지라 서로 눈짓만 할뿐 소리 내 서로의 행운을 축하해 줄 형편은 못됐다.

만이천 명이 넘는 무사들 중에 백 명에 포함된다는 것은 개인으로 보나 문파로 보나 분명 축하받을 일이었다.

당장의 무공 성취도 중요하지만 그보다는 앞으로의 발전 가능성, 즉 재능을 더 따진다는 측면에서 이는 굉장히 어렵고도 난점이 많은 심사였을 것이다.

허나 고수들의 눈에는 초식 하나를 펼치는 것만 보고도 이놈이 어느 정도로 대성할 것이란 짐작은 가능한 일이니 이에 대한 불만들은 있을 수 없었다.

대개는 예상할 수 있는 인재들이 백 명에 포함되어 있었는데 그중 유독 낯설어 보이는 인물이 하나 껴 있어 모두를 의아하게 만들었다. 옷에 아무런 표식이 없는 것을 보니 평무사라는 소린데, 어찌 평무사 중에 뽑힌 이가 있을까 싶기도 했다.

한 사람씩 호명이 되고 가르칠 스승 앞에 서도록 했다. 모두의 낯이 밝았지만 유독 몇 사람이 호명될 때는 아쉬움과 반가움이 두드러졌다. 이는 바로 유독 관심을 집중시켰던 인사들의 제자가 호명될 때였다.

"모용상인."

"네, 중정군 백호장 모용상인 맹주님의 명을 받고 대령했습니다."

"네가 지금부터 새로운 스승으로 모셔야 할 분은 일묘선인이시다."

모용상인은 두 사람 중 한 분의 제자가 되길 희망했었다. 담사황과 검성. 두 사람은 맹주를 제외한 정의맹 내 최고의 강자들로 인정되는 사람들이었다.

물론 무공에 한해서였다. 천부의 선인들의 재주는 그것이 필경 강하고 위력적이긴 하나 배우겠다고 해서 막상 배울 수 있을지조차 매우 회의적이었다.

그럼에도 불구하고 파천은 백 명을 채우기 위함인지 천부의 선인들 중에서도 선택을 했다. 다른 사람들은 몰라도 파천은 확신하고 있었다.

기재들이 짧은 시간 안에 선술의 정수를 배우고 익히기엔 어림도 없는 일이겠으나 이미 무공의 기틀이 잡혀 있는 인재들을 도와 그 수준을 끌어올리는 데에는 오히려 천부의 선인들이 더 큰 도움이 될 수도 있겠다는 생각이었다.

과거 일양자를 만나면 밭고랑을 매던 촌부조차도 천하제일고수가 된다 하지 않았던가. 그처럼 선술과 무공의 조화는 예상을 웃도는 효과를 낸다.

모용상인은 천부의 제일 강자가 일묘선인이라 들어 알고는 있었지만 막상 자신의 스승으로 그가 호명되자 약간은 얼떨떨할 뿐이었다. 이걸 좋아해야 할지 섭섭해야 할지 모를 일이었다. 어쨌든 그는 얼굴 표정만으로는 반가워하며 일묘선인 앞으로 가 섰다.

"궁서린."

또 한 사람의 이름이 호명됐다. 그녀는 오늘 이 자리에 모인 인재들 중에서도 가장 어린 축에 속했다. 그럼에도 그녀는 오혈신교의 혈죽단의 단주요, 혈죽령의 영주로서 오혈신교를 대표하는 신진고수였다.

그녀는 과연 어떤 사람의 제자가 될 것인가? 모두들 관심을 기울이고 있는데 뜻밖의 인물이 호명되었다.

"검성께서 지목하셨소."

검성이 궁서린을 지목했다는 뜻이었다. 그가 왜 쟁쟁한 후기지수들을 젖혀두고 오혈신교의 제자를, 그것도 여자를 선택했을까? 게다가 궁서린의 장기는 검이 아닌 채찍이지 않던가. 궁서린은 기대 밖의 일이었던지라 떨리는 가슴으로 검성 앞으로 가 절을 올렸다. 정식으로 배사지례를 올릴 상황은 아니었지만 지금 그만큼 궁서린의 환희는 컸다.

현재 대회의청에는 집법청의 고수들만 있는 것이 아니라 정도 십성과 각파의 수장들도 결과가 어찌 되는지를 보려고 몰려와 있었다. 그들 중에 오혈신교 교주도 있었는데 얼마나 기쁘고 벅찼

던지 저도 모르게 손으로 입을 틀어막고야 말았다. 우연히 옆에 서 있던 걸왕이 그런 교주를 축하해줬다.

"축하하오, 교주. 귀교의 명성이 사해를 뜨겁게 달굴 날도 멀지 않았구려."

"감사합니다. 그저 감사할 따름입니다."

검성이 파천에게 패했다고 해서 그의 능력을 의심할 사람이 누가 있겠는가. 정의맹에 모여든 환혼자들 중에 담사황이나 천마를 제외하고는 그와 대적할 수 있는 실력자가 없다는 게 중론이었다.

재미있는 사실은 천마와 검성이 겨룬다면 검성이 이긴다는 쪽이 조금 더 우세했는데 그 이유는 단지 정파인들은 검성이 더 셀 것이라고 했고 마도 출신들은 천마의 우세를 점쳤는데, 정파인들의 수가 월등했기 때문에 나온 결과였을 뿐이었다.

이제 주요 고수들 중에는 천마와 담사황이 남았다. 천마 역시 이미 지목해둔 상태였고 담사황은 누구도 언급한 적이 없다. 사실 파천은 담사황을 대상에서 빼려고 했었다.

그에게 그런 부담까지 지우기가 싫었던 것이다. 게다가 그는 이미 파천이라는 걸출한 후대를 길러낸 상태였기에 또 다른 제자를 거둘 수 없는 처지였다. 그런데 천황은 한사코 자신도 한몫 거들겠다고 자청했다.

파천이 불사신마공을 완성한 이상 천황의 계율은 사실상 백지화 되었고 이후의 계율은 오직 파천의 뜻에 따라 새로워질 것이라는 게 그의 확고한 신념이었다.

그때 천마가 나섰다.

"내가 지목한 기재는 내 스스로 발표하겠다."

혈마는 눈살을 찌푸렸다.

천마는 다른 사람들의 표정이야 어떻게 변하든 제 뜻대로 했다. 그는 큰 소리로 말했다.

"무영존, 내 앞으로 오라."

각파의 수장들은 고개를 끄덕였다. 풍문에 따르면 천마가 환혼하고 나서 천마교 내의 젊은 인재들 중에서 추리고 추려 무영단을 만들고 그들을 직접 훈련시켰다고 했다. 그들 중에 가장 뛰어나고 강한 한 사람을 골라 무영존이라 칭했으며 그는 무영단의 단주로 임명됐다.

과거 파천과 천마, 혈마 일행이 황금루로 찾아갈 때 은밀히 수행했던 바로 그 장본인이었다. 그런데 천마의 지금 결정은 참으로 교묘했다.

그동안 자신이 수련을 시켜온 제자나 다름없는 자를 다시 선택했다는 것은 제 무공을 외부에 노출시키지 않겠다는 속셈인지 아니면 타 문파의 제자를 키우느니 자파의 제자를 완성시키는 게 낫다는 뜻인지 모를 일이었다. 어쨌든 그는 지금 회심의 미소를 짓고 있었다.

파천은 내심 고개를 젓고 말았다.

'하긴 마땅히 책잡을 만한 구석이 없는 뛰어난 인재임에는 사실이니…… 어쩔 수 없는 일이로군.'

파천은 미리 언질을 받고서 처음에는 황망해했지만 결국엔 인정할 수밖에 없었다. 늘 복면으로 얼굴을 가리고 있던 무영존이 처음으로 여러 사람에게 얼굴을 공개하는 자리기도 했다. 참으로 이상한 일이었다.

분명 영민하고 준수하게 생긴 외모인데 돌아서면 잊어버릴 것처럼 평범해 보이지 않는가.

그는 많이 되어 봐야 이십 대 중반쯤 되었을 것 같았다. 그 나이에 무영단을 이끄는 단주가 되었다는 것만 봐도 그가 얼마나 뛰어난 인재인지 알 것 같았다.

"교조님의 정식 제자가 되었으니 이보다 더 큰 영광이 없습니다."

"그래. 죽을 각오를 해라. 지금까지와는 차원이 다를 테니. 다른 놈들에게 뒤쳐지면 넌 내 손에 먼저 뒈질 줄 알아라."

"각골명심하겠습니다."

그간의 훈훈했던 분위기를 순식간에 엉망으로 만들어버리는 천마의 재주는 확실히 비상한 것이었다.

환혼자들이 천마의 말에 저마다 열띤 경쟁의식을 지니게 된 것만 봐도 알 수 있는 일이었다. 담사황이 그런 천마를 두고 혀를 찼다.

"저놈이 철이 들려면 대체 무슨 일이 벌어져야 할꼬. 쯧쯧."

아직 호명되지 않은 기재들은 고작 십수 명에 불과했다. 파천의 입에서 새로운 사람의 이름이 거론되었다.

"남궁영유."

백 명의 기재들이 이 자리에 모였을 때 가장 많은 시선을 한 몸에 받은 사람은 모용상인이 아닌 바로 남궁영유였다. 절반의 이유는 그의 영준함과 비범함 때문이었고 다른 하나는 그에 대해서 아는 이가 거의 없다는 사실 때문이었다.

그는 남궁세가에서 가장 큰 기대를 받았지만 실상 외부 인사들에게는 거의 알려져 있지 않은 잠룡이었다. 그의 소탈함이 가져온 결과였다. 게다가 현재 그는 평무사 복장을 하고 있었다. 그 때문에 다들 궁금함을 참지 못했던 것이다.

그런데 그의 성씨가 남궁인 것을 파천의 입을 통해서 듣고 나서야 다들 남궁세가의 사람이구나, 라는 표정들이었다.

정도십성의 일원으로 이 자리에 참석했지만 그 전과는 달리 별다른 주목도 받지 못하고 물에 뜬 기름처럼 한쪽에 가만 서 있던 남궁천은 손자의 이름이 맹주의 입에서 호명되자 가슴이 뛰기 시작했다.

'영유야. 이제 내가 걸 희망은 너뿐이구나. 다 무너져 버린 남궁세가의 명예를 네가 다시 세워주지 않으면 할아비는 죽어서도 눈을 감지 못할 것이다. 너라면 해낼 것이라 믿는다. 아암, 누가 있어 너보다 더 뛰어난 자질을 지녔으리. 지금 당장은 아니어도 후대에는 반드시 남궁세가가 너로 인해 다시 일어설 것이란 걸 믿고 있단다.'

남궁천은 기원하는 마음으로 다음 순간을 고대했다.

"남궁영유는 담사황 지휘사령의 제자로 결정되었소."

쿠쿵.

대회의청에 모인 사람들치고 놀라지 않는 사람이 하나도 없었다. 심지어 당사자인 남궁영유조차도 눈동자가 쉼 없이 흔들리고 있었다.

자신이 잘못 들은 것이 아니라면 이 자리에 불려온 일백 명의 기재들 중 최고의 행운아는 자신일 거란 확신이 들었다.

'내게…… 하늘이 기회를 주시는가. 내 길이 진정…… 이 길이라면…… 그래. 후회 없이 걸어 보자. 사내로 태어나서 한번쯤은 목숨을 걸고 도전해볼 일이 생길 거라고만 막연히 믿고 있었는데 막상 이런 큰 도전이 기다리고 있을 줄이야.'

다른 사람이었다면 남궁영유는 이렇게 흥분하지 않았을 것이다. 그는 이 자리에 모인 어떤 사람에게서도 흥미를 느끼지 못했다. 단지 두 사람. 그 하나는 맹주인 파천이었고 또 한 사람은 담사황이었다.

그 두 사람만은 솔직히 경외의 눈빛과 마음으로 바라볼 수밖에 없었다. 저들처럼 되고 싶다는 열망이 제 속에서 꿈틀거리는 걸 느끼자 그 자신도 제게 그런 열정이 있었는지를 처음 알았다.

남궁영유는 담사황 앞에 섰다. 그의 깊숙한 눈을 마주보더니 그 앞에 무릎을 꿇었다.

"제자 남궁영유, 사부님의 존안을 뵙습니다."

담사황도 이 순간 솔직히 놀람을 금치 못했다.

'이 녀석은 대기로군. 가히 파천에 필적할 만한 잠룡이다. 허허. 별 기대를 안했건만 말년에 또 이런 흥미로운 일이 생기다니.'

담사황은 흡족했다. 파천이 제몫으로 떠넘길 인재가 누구든 그는 별 기대를 하지 않았다.

그런데 파천은 담사황에게 마치 선물을 주듯 최고의 자질을 지닌 인재를 골라낸 것이다. 그런데 담사황의 마음에 걸리는 부분이 하나 있었다.

'이 녀석은 파천의 배다른 형이 아니던가. 녀석의 속마음이 무언지를 종잡을 수 없구나. 남궁세가가 다시 힘을 가져 예전의 성세, 아니 그 이상을 누리길 바라는가? 흐음, 모르겠어. 과연 네 마음이 향하고 있는 곳이 어딘지를.'

파천을 가장 괴롭힌 것은 과연 담사황의 제자로 누가 적당할까라는 부분이었다. 마지막 불꽃을 태우기 위해 목숨을 걸었고 제 걱정에 밤낮을 잊어버린 할아버지에게 의미 있는 새로운 즐거움을 드리고 싶었다.

파천은 천황을 이어받았지만 천황의 무공을 이을 순 없었다. 담사황은 불사신마공 외에는 익히지 못하게 했다. 고로 이대로라면 천황의 무공은 사장될 수밖에 없었다.

또한 역대 천황들 중에서도 단연 최강이라는 담사황의 공전절후의 무공마저 사라질 위기에 처해 있었다. 그래서 신중에 신중을 기했고 고민에 고민을 거듭했다.

최후 물망에 오른 사람은 모용상인과 남궁영유였다. 남궁영유는 세상에 드러나지 않고 감춰져 있었지만 파천의 눈을 속일 수는 없었다.

그는 지금 당장의 수준만으로도 오백후기지수들을 두 단계나 상회하는 실력을 지녔을 뿐만 아니라 그 천부적인 자질은 그 이상이었다. 결국 파천은 남궁영유를 최후낙점할 수밖에 없었다.

오늘의 이 결정이 어떤 결과로 다가올지는 파천도 담사황도, 그리고 남궁영유와 남궁세가 사람들도 아직은 모를 일이었다. 더 큰 비극이 될지 모두에게 행복한 결말을 안겨 줄지는 미지수였다.

*   *   *

　대회의청에서 큰 잡음 없이 마무리 된 후기지수 선발건은 그대로 끝나는 듯싶었다. 허나 그 파장은 한 곳에서만은 만만치 않은 반발을 불러왔다.

　제갈세가주를 비롯한 사대세가의 인물들은 그간의 불만이 있어도 대세에 따른다는 의지였든 약자의 설움이었든 간에 꾹 참았다.

　안 참는다 해서 도리가 없는 일이기도 했다. 무림은 그만큼 힘이 지배하는 세계이고 그 힘의 정점에 서 있는 파천의 뜻은 곧 무림의 새로운 율법일 수밖에 없었다. 그런데 이번 일은 사대세가의 수장들을 절망케 했고 또한 분노하게 만들었다. 무엇보다 앞으로도 영원히 남궁세가를 넘어서지 못할지 모른다는 초조감을 부추겼다.

　"남궁세가를 사면하는 일도 참았소. 그런데 참수했어도 아무 말 못했을 그 일족의 후예가 일백천위단의 한 사람이 되었고 그것도 환혼자 중 최강의 고수라는 담사황의 제자라니, 이게 말이나 되는 소리요?"

　"그 일족이 남궁장천의 일로 책임진 일이 무엇이, 과연 무엇이 있소? 일벌백계를 해도 모자랄 판에 이건 해도 해도 너무한 것 아니오? 이런 과분한 특혜를 베푸는 게 틀림없이 필유곡절이 있을 것으로 보오."

　"그리고 우리 일만 해도 그렇소. 천호장은 고작 제갈가주 한 사람뿐이고 우리 셋은 백호장이라니…… 망신도 이런 망신이 없소.”

천호장도 수치스러워하는 제갈세가주는 입을 꾹 다물고 다른 세 명의 가주 얘기에 귀 기울이고 있었다. 그는 이 사태를 어찌 풀어나가야 할지를 생각해 봤지만 막막하기만 했다.

처음 정의맹이 결성될 당시만 해도 검성의 지원을 등에 업고 있었기에 무서울 게 없었다. 지금은 사정이 다르다. 냉정하게 따져들면 그동안 자신들에게 집중되었던 특혜가 사라졌고 다른 문파들과 마찬가지로 공평해졌을 따름이었다.

'결과가 좋지 않았다.'

그의 심중 고백처럼 평의회가 사라진 이상 구파일방이나 오대세가, 오혈신교의 각문의 수장들이라 할지라도 정도십성을 제외하고는 모조리 삼군에 배속될 수밖에 없었다.

그렇다면 군장이나 부군장이 환혼자들로 채워진 이상 천호장이야말로 그들이 누릴 수 있는 최고의 직위였다. 그런데 천호장은 고작 열두 자리에 불과하다.

그 많은 사람들 중에 고작 열두 명만이 천호장이 될 수 있었다. 그렇게 따진다면 제갈세가주는 운이 좋은 편이라 볼 수 있었다. 나머지 세 가주는 백호장의 신세였으니 말이다.

오늘 먹을 양식이 풍족하다 해서 근심 없이 지낼 수 있는 사람이 얼마던가.

오늘 처지가 곤궁하다 해도 미래에는 더 나아질 것이란 희망을 좇아가는 게 사람이며 강호의 명문들이 목전의 수치를 참으면서도 후대의 번영을 위해 전력을 다하는 이유도 그런 맥락에서다.

그런 점에서 오늘은 틀림없이 후대의 주역을 가리는 자리나 다름없었다. 백 명의 인재를 선발해 그들에게 환혼자들의 제자가 되는 특혜를 준다고 했을 때부터 제갈세가주는 그렇게 단정 지었다.

게다가 그들은 곧 결성되는 맹주 친위대격인 일백천위단의 단원으로서 정의맹의 중심에 서게 될 것이다.

그런데 아쉽게도 사대세가에서는 우연의 일인지 의도적인 안배인지 문원 비율로 따지거나 후기지수로 선택된 수로 따져보아도 말도 안 되는 숫자가 선발되었을 뿐이었다. 이게 무엇을 뜻하는 걸까? 제갈세가주는 위기라고 생각했다.

"이대로 가면 사대세가는 이전에 없을 위기에 봉착하게 될게요. 오백후기지수에 사대세가는 서른 명을 배출했었소. 천마교와 혈마교, 오혈신교 등이 가세해서 대상인원이 늘었다고는 해도 이건 너무한 처사가 아닐 수 없소. 백번 양보해도 네 명은 나와야 정상이오. 그런데 고작 한 명이라니. 그 한 명도 오룡에 속한 덕분에 어쩔 수 없이 뽑아준 눈치가 역력하니 이를 잠자코 수용한다면 강호동도들이 우리를 비웃을 것이오. 우리 권리는 우리가 찾아야 하오."

제갈세가주의 아들인 제갈중양만은 이번에 백 명 가운데 포함되었다. 만약 그가 담사황이나 검성, 천마 등의 유력한 고수의 제자로 결정되었다면, 그랬다면 군소리 없이 지나갔을 것이다.

그런데 그는 집법청의 환혼자이긴 하나 여러 면에서 조금 처진다고 볼 수 있는 사망적소의 제자로 선택되었다. 사망적소는 옥기린 때문에 정의맹으로 온 것일 뿐 원래가 사파 출신이다. 그리고 무엇보다 그는 음공의 대가다.

제갈세가를 승계해야 할 아들이 이제부터 피리나 불게 생겼으니 제갈세가주가 화를 내는 것도 응당 이해 가는 일이었다.

사천당문의 문주가 제갈세가주의 의향을 물었다.

"어쩔 셈이오?"

"일단…… 맹주께 독대를 청한 뒤에 항의해 볼 생각이오. 그런 뒤에…… 결정하도록 합시다. 무언가 여기에 대한 해명이 있거나 시정조치가 없다면 이대로 당하고만 있을 수는 없소. 이는 명백한 사대세가에 대한 탄압이오."

지금까지 얼굴을 굳히고 있었지만 듣고만 있던 황보세가주가 처음으로 입을 열었다.

"이런다고 해서 달라질게 있을까 싶소. 게다가 우리 말고는 불만들이 없으니…… 그게 문제요. 모두가 공평하다고 하는데 우리만 불만을 제기해 봐야 공감을 얻어낼 수도 없을 터이고 결국 사대세가는 더 난처한 지경에 처할 수도 있소. 막말로…… 맹주가 작정하고 우리를 배척하기 시작한다면 그때부터는 이렇게 모여서 이런 얘기조차 하지 못할게요. 난 그게 두렵소."

하후세가주도 어느새 풀이 죽어 있었다.

"하긴 지금처럼 민감한 때에 자파의 안위나 따진다고 공박당하면…… 할 말이 없긴 하외다."

사천당문주가 슬쩍 발을 빼려는 두 사람에게 따지고 들었다.

"그래서 이런 대접을 받으면서 결국 이런 한심한 꼴로 참고 지내자는 게요? 큰소리 칠 입장이 못 되면 '악' 하고 죽는소리라도 내야 신경이라도 써주는 게요. 탁 까놓고 얘기해서 다 죽어가던 남궁세가가 남궁영유인가 그 자식새끼 하나 때문에 지금 손바닥에 새겨진 손금이 희미해지도록 축하받고 있는 걸 못 보셨소? 세상 이치가 그런 게요."

제갈세가주도 당문주의 의견과 같았다.

"만약 우리 사대세가의 후예들을 추가로 뽑고 재조정해 주지 않는다면 남궁세가의 남궁영유만이라도 탈락시켜야 하오. 그래야 우리가 사오. 만약 이대로 방치했다가 남궁세가의 전력이 우리 사대세가의 합한 전력보다 우세해진다면 후에 그 뒷감당을 어찌 하려고 그러시오?"

결국은 그게 무서웠던 것이다. 이들의 근심의 원천은 남궁세가를 적대해서 아예 재기불능으로 만들려고 했다는 점이었다.

그런 시도를 해서 성공했으면 모를까, 실패한 이상에는 언제든 후환을 걱정해야 하는 처지가 된 것이다.

강호에서 원한을 쌓으면 대를 이어서라도 언젠가 한번은 불거지게 마련이다. 지금 잠자코 있다고 해서 저들이 잊어버렸다고 생각하면 오산이다.

그런 강호의 생리에 철두철미한 사대세가의 수장들은 남궁세가의 저력이 두렵고 무서웠기에 이리 불안해하는 것이었다.

거기에다 남궁세가의 저력에 날개를 달아주는 대사건이 벌어졌으니 그 두려움이 더 커진 것은 당연한 일이었다.

제 5 장 종적을 감춘 사황천사

파천이 사황천사에게 준 보름간의 말미 중에 이제 이틀이 남았을 뿐이었다. 이틀이 지나도록 아무런 통보가 없으면 정의맹의 전 병력은 사사혈맹을 치기 위해 항주를 떠나 진군하게 될 것이다.

　그 사실을 모르는 사람이 없어서인지 정의맹 총단 내의 기류도 서서히 긴장감으로 고조되고 있었다. 이길 수 있다는 필승의 자신감이 있었지만 사사혈맹의 전력도 만만치 않은 건 사실이었다. 다시 돌아오는 길에 멀쩡히 살아 돌아올 사람의 수가 얼마나 될지 모르니 다들 저리 절로 긴장하게 되는 것이리라.

　초경 무렵 사사혈맹이 도사리고 앉은 무창에서도 그와 비슷한 긴장감이 흐르고 있었다. 파천이 염려했던 것과는 달리 사황천사는 도주해 잠적할 생각이 없는 것인지 아니면 아직까지도 결정을 못 내린 건지 자신의 침소에서 도무지 밖으로 나올 생각을 않고 있었다.

사황천사는 마혼과 독대하고 있었다.

사황천사는 다른 수하들을 불러서도 의견을 물어본 바가 있었지만 그들의 의견들은 참고할 만한 것들이 못됐다. 원래가 능력이 없는 위인들은 아니나 그의 심중을 시원하게 긁어줄 사람은 없었다.

그래서 마혼을 다시 불러 한동안은 말없이 차만 들이켰다. 찻물 따르는 소리가 조용한 실내를 울리는 동안 사황천사는 제가 지금까지 걸어온 길을 되짚어보고 있었다.

사람들은 사황천사가 지금껏 단 한 번도 패배하지 않고 실패도 하지 않은 줄 안다. 그러나 그건 사실이 아니었다. 사황천사는 한 번의 실패를 경험한 바 있었다.

사황천사란 외호를 지니기도 전이었고 젊었을 때의 일이라서 알려지지 않았지만 당시의 패배로 그는 죽을 뻔했다. 패주하다 도무지 생로를 찾지 못해 민가의 뒷간에 숨어서 위급함을 면한 적이 있었다. 빛 한 점 들어오지 않는 똥통 속에서 그가 다짐한 건 다시는 패배하지 않겠다는 각오였다.

"패배는 쓰라린 것이지. 나보다 강한 사람이 단 하나라도 있을 때는 강호로 나오지 않겠다는 다짐을 했던 적이 있었지. 그리고 자신감이 생겨 나와 보니 역시 삼 초를 받아내는 사람이 없더군. 거칠 것이 없었지. 그러다 환우마종을 만났어. 나는 그를 이길 수 없었지만 지지도 않았네. 당금 시대에 환혼자들이 모두 모여들었네만…… 그들 중에서도 나를 이길 자는 없을 거라 확신했지. 계혼에 들 당시에 나는 이미 더 이상 오를 수 없는 곳에 다다라 있었으니깐. 자네는 무도에 끝이란 게 있을 거라 생각하나?"

마혼은 이런 걸로 고민해본 적이 없다. 그래서인지 답은 간단했다.

"저는 무도는 모릅니다. 그저 사람 죽이는 기술을 터득했을 뿐이지요."

"자네는 못 죽일 사람이 없다고 생각하겠군."

"그랬었습니다. 적어도 강호로 나오기 전까지는. 죽일 수 없는 사람은 하늘 아래 존재하지 않는다. 단지 운이 좋은 사람이 있을 따름이다. 지금도 그 생각에는 변함이 없지만 조금 수정된 게 있습니다."

"어떻게 말인가?"

"죽일 수 없는 사람은 없다. 허나 내 능력으로 죽이기 불가능한 사람은 존재한다, 로 바뀌었습니다."

"그게…… 천황 파천인가?"

"현재까지는…… 그 한 사람만이 예외대상일 따름입니다."

"그럼 자네는 나도 마음만 먹으면 죽일 수 있다고 생각하겠군."

"쉽지는 않은 일이지만 시일에 제한을 두지 않는다면 불가능하지는 않으리라 봅니다."

사황천사의 얼굴이 잠시 굳었지만 이내 허허롭게 웃고야 말았다.

"그래. 자네라면 그런 말을 할 자격이 있지. 파천 말일세. 그는 자네 말대로 무척…… 강하더군."

"강하지요."

"그의 수하들 중에 몇 사람은 천 초식을 교환해야만 승부를 결할 수 있는 사람도 여럿 보이는 것 같았고."

"담사황은 어떻게 보셨습니까?"

"그는…… 환우마종이나 불사천존보다도 더 신비로운 사람으로 보였네. 어찌 그럴 수 있었는지 이해가 안 갈 정도로 말일세."

"승부를 예측할 수 없겠군요."

"그렇다고 봐야겠지."

"이젠 어쩌실 셈입니까?"

"자네가 나라면 어쩌겠는가?"

"저라면 알맹이만 거둬서 때를 기다릴 겁니다."

"나더러 숨으란 소린가? 이 사황천사더러?"

"그 길 외에는 없지 않습니까?"

"없지. 안 그럼 고개를 숙이고 들어가야 하는데…… 난 또 한 번의 실패는 곧 내가 죽을 때 뿐이라고 다짐한 사람이거든."

마혼은 의외라고 생각했다. 사황천사는 이 정도에서 포기할 사람이 아니었다. 실력으로 안 된다면 암계를 쓰는 한이 있더라도 최후의 승리를 거머쥐고자 할 사람으로 보였던 것이다.

"난 이미 발을 뺄 수도 없는 상황이네. 다음 기회를 노리자고 하면 나는 스스로 패배를 자인하는 꼴이 되고 마네. 다른 사람들이야 모르겠으나 환혼자들이 과연 그런 나를 끝까지 따라 줄 리가 없지 않겠는가. 그들은 생애 마지막 불꽃을 태우고자 환혼한 사람들일세. 모두가 한 번씩은 뜻을 꺾은 사람이고 욕심을 비운 사람들이지. 제 자신의 능력이 이 시대를 책임질 정도가 못되었다는 결과를 이미 손 안에 받아 쥐고 있는 사람들이지. 그 다음 남은 건 뭐가 있겠는가. 명예를 지키는 일일세. 내가 끝까지 싸우겠노라 한다면 저들은 한 사람이 남을 때까지 싸우다 죽을 걸세. 그것만은 확실하네. 허나 내가 등을 보이는 순간 저들은 발길을 떼어 파천에게로 갈 걸세."

"확신하시는군요."

"나라도 저들의 처지라면 그랬을 걸세."

"그럼 뭘 망설이시는 겁니까? 답은 이미 내려져 있지 않습니까? 죽기를 각오하고 싸우거나 머리 숙이고 들어가거나. 둘 중 하나를 선택하면 되는군요."

"어느 쪽도 쉽지 않은 결정일세. 아쉬움이 남네. 죽기를 각오하고 싸운다 해도 이길 수가 없고…… 머리 숙이고 들어간다는 건 죽기보다 싫으니 말일세. 허허허허."

마혼은 속으로 사황천사를 욕했다.

'욕심 많은 늙은이 같으니. 역시 태존은 이런 자들의 마음속을 정확히 꿰뚫고 있어.'

사황천사의 눈빛이 묘하게 변했다. 마혼 너만은 답을 알고 있지 않느냐, 라는 속내를 담고 있는 것 같았다. 마혼의 예상은 정확했다.

"그래서 내린 결론은…… 자네가 가진 답으로 대신해볼 생각일세."

"제게 묘책이 있다고 여기시는군요."

"아마도 있을 걸세. 그렇지 않고는 내게로 왔을 까닭이 없으니깐. 자네 뒤에 버티고 있는 태존이 보유한 전력이 얼마나 되는가? 여기로 함께 데려온 자들이 전부는 아닐 터. 어차피 내가 공으로 정의맹에 전력을 털어 넣어줘 버리면 자네나 태존도 낭패를 보기는 마찬가지. 어떤가? 이쯤에서 서로 거래를 해보는 것이."

"거래라 함은 마땅치 않으시오. 나야 가진 밑천을 다 내보인 터이고 태존이 얼마나 숨긴 전력이 있는지는 애당초 모르는 바이오."

"어허 이거 왜 이러나! 정말로 달리 내게 전할 말이 없단 말인가?"

사황천사는 태존이 이쯤에서 한 번쯤 수작질을 해올 거라 짐작하던 터에 넌지시 운을 떼 보았음에도 마혼이 고개를 횤횤 내젓는 시늉이자 그간 제 혼자 엉뚱한 기대를 품었나 싶었다.

그런데 기실 마혼은 태존으로부터 비밀리에 사황천사와 만남을 주선하란 지시를 하달 받은 상태였다. 이를 숨긴 건 마혼이 다른 생각을 품었기 때문이었다.

"생기 없이 늙어 죽은 고목에 거름을 넣는다 하여 살아날 것이 아니고 시든 꽃에 비를 뿌린다 한들 다시 필 리가 만무하오. 맹주의 속마음을 그대로 드러내보자면 현재의 판세를 보면 대강은 짐작이 가는 터에 제 가슴에 비수를 박아 넣을지도 모를 태존의 밑천이라도 끌어내어 당장의 위기를 면해보자는 것 같소만…… 후에 당할 위기는 그때 가서 해결하겠다는 것이 아니고 무엇이겠소. 내 솔직히 말하리다. 맹주는 태존과 면대하면 둘 중에 하나가 될 수밖에 없소."

'옳거니 그래도 뭔가 언질이 있었던 게로군.'

"둘 중에 하나라…… 그것이 무엔가?"

"필시 태존의 종이 되거나 죽어 시체가 될게요."

"허!"

사황천사는 마혼이 무리를 이끌고 투신할 때부터 그의 인물됨이 범상치 않고 그 솜씨가 예사롭지 않은 것을 알고 다른 수하들과는 달리 예우를 다해 왔는데 이제 와서 이놈이 맞먹자고 덤비는 게 아닌가, 그런 생각이 들 정도로 마혼의 말은 사황천사의 심사를 뒤틀리게 했다.

"내가 그리 만만하게 보였나?"

"맹주께서는 대단하신 분이오. 사파 출신의 환혼자들 중에는 가히 대적할 자가 없음은 불문가지외다. 허나…… 태존은 제가 전력을 다해 암습을 한다 해도 열에 한 번 피부에 생채기를 내는 일조차 쉽지 않은 위인이오. 천황 파천과 더불어 죽이는 일은 고사하고 암습할 엄두조차 못 내게 하는, 격이 다른 사람이란 말이오."

사황천사는 마혼의 그 말만 믿고서 당장에 수를 내기도 힘든 판에 이쯤에서 포기할 순 없었다.

"일단 만나게만 해주게. 그 다음은 내 요량대로 알아서 할 터이니."

"이래 죽으나 저래 죽으나 마찬가지라는 뜻으로 도모하시겠다면…… 그리 해주겠소. 허나 나라면 그리 하지 않소. 차라리 파천과 자웅을 결해 보고 그에 못 미치면 그 앞에 엎드려 승복하시오. 그러면 최소한 일신의 안위만은 근심할게 없지 않겠소? 게다가 환혼한 목적을 이루자면 그 수가 최선으로 보이는군요."

"그런데 자네는 이해하지 못할 사람이로군. 평소부터 그런 의문을 지니고 있었네만 어찌 태존의 수하에 있으면서 그를 이롭게 할 생각은 않고 자네 고집대로만 하는가. 그런 자네를 또 태존은 무얼 믿고 수하들에 대한 통솔권을 맡기었는지 도통 모를 일이군."

"그러게 말입니다. 태존의 자만심이지요."

마혼은 사황천사의 앞을 물러 나오면서 자신이 애초에 작정한 바대로 하지 않고 왜 갑자기 심사가 뒤틀렸는지 이해할 수 없었다. 그래도 이상하게도 속은 시원하였다.

마지막에 사황천사가 자신을 물릴 때 태존의 뜻이 어긋나리라는 걸 직감할 수 있었다. 사황천사가 끝내 태존과의 면대를 요청했다면 그리 해줄 심산이었지만 사황천사는 마혼의 경고가 심상치 않은지라 확실치도 않은 도박을 할 생각은 잠시 접은 것같이 보였다.

*   *   *

약조하였던 날이 밝았다.

사사혈맹의 전 무사들은 성문을 나서서 항주를 향해 길을 잡고 전력을 다해 진군했다. 그들의 선두를 이끄는 사람은 뜻밖에도 혈수천자였다.

사사혈맹의 맹주이자 사파의 조종인 사황천사는 코빼기도 보이지 않는 것이 무슨 사단이라도 난 듯싶었다. 그리고 마혼의 무리도 행렬에는 빠져 있었다. 어찌된 일인지는 항주에 도착해봐야 알 일이었다.

정의맹이 눈뜬 봉사노릇을 면한 게 고작 닷새 지났지만 호북성에서 사사혈맹의 주력이 기동하여 채 백 리를 내달리기도 전에 전서구가 날았다.

사사혈맹의 무사들이 말을 타고서 전력으로 항주로 달려오고 있다는 전갈이 정의맹의 집법청으로 날아들었고 이내 맹주전으로 전달된다. 맹주전에서는 삼군에 명을 내리고 집법청의 고수들을 모아들여 전장으로 나갈 차비를 했다.

사사혈맹의 진영 중에 정작 맹주인 사황천사의 모습이 보이지 않는다는 것까지는 아직 전해지지 않은 까닭에 이 진군이 정의맹과 일전을 벌이고자 준마를 재촉하는 것인지 아니면 몸을 굽히고 명을 따르고자 함인지 파악이 안 된 상태였다. 어쨌든 파천은 일전을 치를 준비를 서둘렀다.

선두에 집법청의 고수들을 세우고 이내 삼군의 정예들을 차례로 늘어세우니 가히 백만 대군의 기세를 능가한다. 맹주의 출군 명령이 떨어지는 순간 맹렬한 함성과 함께 나팔 소리와 북소리가 무사들의 투지를 더 한층 뜨겁게 만들었다.

항주를 벗어나 동려(桐廬)쯤에 이른 순간 새로운 급보가 전달되었다. 사사혈맹의 진군 선두에 백기로 된 깃발이 수십 개가 펄럭이기 시작했다는 소식이었다.

사사혈맹이 아무 표식도 그려져 있지 않은 백기를 상징으로 삼았을 리가 없으니 필경 이는 항복하러 오는 것이리라. 파천은 도무지 믿기 힘들었다.

한 번 용이라도 써보고 주저앉을지언정 이대로 고스란히 전력을 넘길 리 없다 믿었기 때문이었다. 대권에 도전한 이가 패배가 결정되기 전까지 제 뜻을 꺾기란 참으로 힘들고 어려운 일임은 누구나 아는 사실이지 않던가. 파천은 정의맹의 진군을 멈추게 하고 진영을 갖춰 적당이 될지 동지가 될지 모를 사사혈맹의 병력을 기다렸다.

　사사혈맹의 전력은 본진에 오천이요, 후에 거둔 녹림맹을 포함한 흑도의 무리들이 삼천이라 합이 팔천 명을 헤아렸다. 정의맹의 만이천 명이 넘는 인원을 합쳐 자그마치 이만 명의 무사들이 한곳에 집결한 것이다.

　무림사에 이와 같은 장관은 드물었다. 물론 인원으로야 이보다 많이 참전한 전투도 필경 있었겠지만 일류고수 이상만으로 정예화 된 전 무림의 고수들이 모조리 모인 예는 단연코 처음이었다. 그러다 보니 사뭇 기세가 삼엄한데다 절로 투지가 일어 명이 떨어지기도 전에 벌써 몸을 들썩이는 자들이 있을 정도였다.

　여기서 여차 잘못하면 군령이 잘못 하달돼 엉뚱한 사고라도 날 판이었다. 허나 그런 염려는 할 필요가 없었다. 사사혈맹의 군영에서 삼십 기가 넘는 무사들이 백기를 앞세우고 본진에서 출발하여 빠르게 달리지도 않고 느리지도 않은 속도로 정의맹 측으로 다가서고 있었기 때문이다.

　그 선두에는 혈수천자가 긴장 어린 안색을 하고 말안장에 앉았는데 말이 발굽을 내딛어 거리가 가까워질수록 그 표정은 점차 암울해져가기만 했다.

　사사혈맹의 총단을 떠나기 전까지만 해도 별반 다른 명이 없기에 죽기로 작정하고 싸우리라 다짐했는데 떠나기 전에 환혼자들을 불러 모은 사황천사는 뜻밖의 명령을 내린 것이었다.

무조건 항복! 사황천사의 결정에 환혼자들은 침묵으로 대신했을 뿐이었다. 그간 사황천사가 했을 고민의 무게를 그제야 조금은 실감할 수 있었다. 그는 비감 어린 어조로 말한 것도 아니고 인생의 종착지에 선 듯싶은 다 죽어가는 노인의 모습도 아니었다.

혈수천자는 마지막 사황천사의 말을 잊을 수가 없었다.

"천황은 보름간의 말미를 주었지만 그 시간이 오히려 우리의 결기를 꺾어버릴 줄이야 누가 알았으리요. 이미 우리는 싸우기도 전에 패할 것을 기정사실화하고 있으니 이보다 허망한 싸움이 어디 있겠는가. 나 하나 죽는 것은 두렵지 않으나 무림의 정기와 장차 있을 대란을 대비할 전력이 훼손당한다 생각하니 잠을 이룰 수가 없었다. 오늘 새벽에서야 깨달았다. 본좌가 여기서 물러섬이 마땅하도다. 그러니…… 본좌의 이런 뜻을 조금이나마 헤아린다면 항명하지 말고 저들에게 가서 복속하고 장차 있을 대란을 대비하라."

사황천사는 이내 쓸쓸한 뒷모습을 보인 채 다시는 돌아보지 않을 사람처럼 먼 데를 바라보고 있었다. 그를 홀로 사사혈맹에 남겨둔 채로 이들은 이곳으로 떠나온 것이었다.

그 모든 사실을 혈수천자는 빼지도 더하지도 않고 파천에게 고하고 처분을 기다렸다. 혹 받아들이지 않는다면 이곳에서 뼈를 묻으면 그만이라 담담하게 생각했다.

담담한 혈수천자의 시선에서 싸우고자 하는 열의 따위는 조금

도 보이지 않는다. 그걸 확인한 파천은 잠시 집법청의 지휘사령
들을 한자리에 소집해 간략한 회의를 했는데 거기서 혹 다른 암
계나 있는 것이 아닌가를 걱정하는 소리도 있었지만 대개는 순수
하게 받아들이는 눈치였다.

  파천은 이내 혈수천자를 다시 사사혈맹의 군영으로 보내 그를
앞세우고 먼저 항주로 진군케 했고 정의맹은 마치 그 뒤를 포위
라도 하는 듯 감싸면서 따라갔다.

                    *   *   *

  사사혈맹의 항복! 이는 격전을 예상했던 정의맹 무사들을 맥
빠지게 하는 소식일 수도 있었지만 사실 그들 중에 이런 반전을
반기지 않는 이는 드물었다.

  사사혈맹이 전멸을 각오하고 마지막 한 명이 남을 때까지 악착
같이 싸웠다면 아무리 우세한 전력인 정의맹이라 해도 생존자는
반수가 못됐을 것이다. 죽어 갈까마귀의 주린 배를 채워주고 싶
은 이가 얼마나 되겠는가.

  별 피해 없이 사사혈맹의 전력을 수습하게 된 정의맹 수뇌부
역시 이를 반기는 분위기였다.

  사사혈맹의 전력을 그대로 흡수해 기존의 삼군에 나누어 배속
시켰고 환혼자들은 집법청 소속이 되었다. 여기서 문제점이 불거
졌다. 천호장과 그와 동급인 감군사령 이하에서는 별 문제가 없
었다.

  환혼자들이 대거 포진하고 있는 군장과 지휘사령, 부군장과 참

군사령간의 모호한 직제를 개편해야 한다는 소리가 흘러나온 것이다. 군장과 부군장은 그나마 나았다. 참군사령에 비해 지휘사령의 수가 너무 많았고 검성이 맹주로 있던 당시에 기준 없이 맹주와 그 측근들에 의해 임의적으로 조치한 것이라 여러 가지 문제점들을 노출한 것이다.

실제로 참군사령보다 약한 지휘사령도 다수 있었고 삼군의 군장보다 뛰어난 참군사령도 있는 실정이었다. 게다가 당시와는 달리 환혼자들의 수가 대거 늘어난 상황인지라 그들 간의 직제를 확실히 해두지 않으면 상급자의 지휘권이 제대로 발동되지 않아 혼선이 빚어질 수도 있는 일이었다.

환혼자들 모두가 인정하고 받아들일 수 있는 새로운 서열구성이 필요하다는 건의사항을 파천은 긍정적으로 받아들였고 바로 검토에 들어갔다.

그는 예전 혈마가 낭인무사들 간의 서열을 정할 때 썼던 방법을 그래도 차용했다. 집법청과 삼군의 환혼자들을 대상으로 임의로 서열을 정하고 거기에 불만이 있는 사람은 상위자에게 도전할 수 있도록 했다.

"지휘사령은 열 명으로 제한한다."

파천이 공표한 새로운 직제의 핵심은 맹주를 보좌하는 지휘사령의 권한을 확대하는 것에 초점이 맞춰져 있었다. 이는 두 가지 노림수가 있었다.

맹주가 직접 처리하고 결정해야 할 사안이 많아 제 완성을 위한 시간을 내기 힘들다는 점을 개선하고자 함이었고 또 하나는 맹주 부재 시에도 이 조직이 원활하게 기동할 수 있도록 체질을 바꾸는 것이었다.

파천이 공표한 열 명의 지휘사령 중 서열 일위는 담사황이었다. 그 뒤를 이어 검성과 일묘선인, 해명선인, 천마, 혈마, 옥기린, 혈수천자, 천무태공, 묵령이 차례로 결정됐다. 이들 십 인이야말로 파천이 생각하는 최강자들이었다.

그때부터였다. 지휘사령에 포함되지 못한 참군사령들이 이의를 제기하며 한 사람씩 자기보다 높은 상위자들에게 도전하기 시작했으며 지휘사령들 중에서도 서열에 불만이 있는 사람이 나왔다.

혈수천자가 옥기린에게 도전한 일은 파천도 예상한 바였지만 천마가 해명선인에게 도전한 건 뜻밖의 일이기도 했다. 그리고 의외로 검성은 담사황에게 도전하지 않고 순순히 받아들여 다른 환혼자들로 하여금 담사황의 실력을 다시 한 번 입증하는 계기가 되었다.

담사황과 검성이 나란히 파천의 처소를 찾았다. 담사황은 오늘따라 우아한 한 마리 학이 산정에 솟은 소나무 가지를 딛고 선 것처럼 범접치 못할 고고함을 풍기고 있었다.

그에 반해 검성은 무슨 수심이 그리 많은지 얼굴 반편에 그늘이 가득했다. 두 사람은 여기 오기 전에 한 차례 논의를 거친 후였다.

"차후의 일은 우리 두 사람에게 맡기고 맹주께서는 연공에 매진하시지요."

담사황은 사사혈맹의 잔여병력이 무조건 항복을 선언한 그날부터 파천이 손자임에도 불구하고 공식적인 자리거나 다른 이가 동석하는 자리에서는 공대를 하기 시작했는데 처음엔 어색했던 파천도 이제는 차츰 익숙해져 갔다.

검성도 담사황과 같은 말을 했다.

"이제 잡다한 일은 저희들에게 맡기고 맹주님께서는 장차 있을 대란을 대비해 스스로를 완성하는 일에 주력하십시오. 그 시간을 아까워하시면 아니 됩니다."

파천은 웃으며 제 관심사인 비무결과에 대해 물었다.

"어찌 돼가고 있습니까?"

"현재 여러 곳의 연무관에서 서열에 이의를 제기한 사람들끼리 모여 비무를 시작했습니다. 이의 제기를 하지 않은 환혼자들이 참관하고 있으니 공정성을 문제 삼지는 않을 것입니다."

검성은 이후 정의맹이란 이름도 바꿔야 하지 않겠느냐고 넌지시 운을 뗐고 담사황도 그 의견에 동조하고 나섰다. 검성이 '무림맹'이라 칭하면 어떻겠느냐는 말에 담사황은 맞장구를 쳤다. 파천은 두 사람이 서로를 인정하고 의견충돌 없이 원만하게 지내는 것이 무엇보다 마음이 놓이고 보기 좋았다.

파천은 상위자들의 서열이 결정 되는대로 신속하게 처리해야 할 일들을 하나, 하나 짚어나가기 시작했다. 그가 먼저 언급한 것은 아직까지 입맹하지 않은 환혼자들에 대한 처리건이었다.

사사혈맹에 의탁하고 있다가 잠적한 환혼자들을 비롯해 거동이 수상하거나 적대할 의사를 분명히 하고 있는 환혼자들은 일단은 끝까지 추적해 포섭해 보는 방향으로 하되 불가능하다 판단될 시에는 척살하는 쪽으로 가닥이 잡혀갔다. 검성은 그 부분에 대해서만은 일체의 양보도 없이 강경했다.

"사황천사만 해도 그렇습니다. 그자는 겉으로는 대의에 따르는 것처럼 자신을 포장했지만 속을 들여다보면 전혀 그렇지가 않습니다. 정의맹 결성 전에 그를 만나 불가침 협정을 제안하고 맺은 적이 있습니다만…… 그 당시 그에게 받은 인상과 지금의 결정과는 상당한 차이가 있습니다. 그자는 저나 현재 이곳에 있는 환혼자들과는 달리 일신의 능력이 맹주께 모자란다고 해서 승복할 사람이 아닙니다. 당장에 수가 안 나니 일단은 잠적한 것으로 보이지만 그자는 언제든 화근이 될 수 있는 자입니다. 사사혈맹의 전력을 보내 무조건적인 복속을 하게 한 이유를 저는 본맹의 추살을 따돌리자는 목적으로 보았습니다. 아무래도 지금은 시기적으로 사황천사의 추살을 명할 수는 없는 일일 테니 말입니다. 우리 측 명분을 약화시켜 잠시 눈을 돌리자는 수작을 한 것만 보아도 그가 마음속에 어떤 생각을 품고 있는지 알 수 있는 대목입니다."

담사황의 내심에는 사황천사보다는 태존과 그 무리들에 대한 경계심이 크게 도사리고 있었다.

"사황천사는 그 혼자지만 태존은 본맹에 타격을 줄 수 있을 정도의 전력을 보유한 아주 위험천만한 자입니다. 세 종족과의 대결 이전에 그와 무리를 이룬 하속들을 모조리 가려내 제거해야 합니다. 그리고 새외의 하늘이라는 잠마지존의 근황도 하루 속히 파악해야 합니다. 최악의 경우 그 둘과 사황천사가 힘을 합한다면 본맹에도 적지 않은 위협이 될 것입니다."

파천이라고 그걸 모를 리가 없었다. 현재 무림 전력의 구 할 이상이 하나로 합쳐졌다고 안심할 수 없다는 충언은 그래서 파천이

귓등으로 흘릴 수 없는 말이기도 했다. 그러나 문제점도 적지 않았다.

"태존이 웅크리고 있는 본진을 캐내지 못하고서야 어찌 함부로 일을 도모할 수 있겠습니까. 그들의 본거지를 캐내고자 본맹의 전력을 분산시켰다가는 쓸데없는 희생이 따를 것은 자명한 일. 그들이 숨기고 있는 속내를 드러낼 때까지 기다리는 것도 좋은 방책일 수 있습니다."

검성은 맹주가 그 말을 할 줄 알고 있었다는 듯이 파천의 말이 떨어지기가 무섭게 입을 열었다.

"그 일은 제게 맡겨 주십시오. 하늘 아래 사람 머리 두엇쯤 숨길 데는 무수히 많사오나 기천이 넘는 인원을 흔적 없이 숨길 곳은 많지 않습니다. 또한 그들이 무슨 일이든 도모하자면 외부로 왕래하는 일도 잦을 터이니 짐작되는 곳에 미리 이목을 숨겨둔다면 멀지 않아 포착되리라 봅니다."

검성은 믿음직해 보였다. 파천은 그의 마음을 얻은 것이 참 다행이란 생각이 들었다. 파천은 검성의 청을 오래 생각하지 않았다.

"그리 하십시오. 단, 조건이 있습니다. 만약 태존이 본거지로 삼고 있는 곳을 찾게 되면 반드시 제게도 알려주셔야 합니다."

혹시 검성이 무리하게 소탕을 명해 일을 그르칠까 싶어 미리 못을 박아둔 것이었다. 검성이 눈치가 없는 사람이 아닌 이상 맹주의 근심이 무언지 모를 까닭이 없었다.

"염려 마십시오. 맹주님의 재가가 없이 제 독단으로 일을 도모할 만큼 어리석은 사람은 아닙니다."

검성이 웃는 낯으로 그 말을 하고는 몇 가지를 더 논의하고서 파천의 앞을 빠져나갔다.

혼자 남게 된 담사황이 검성을 가리켜 말하길,

"검성이 네게 패한 뒤로 새로운 심득을 얻은 게 분명하구나. 몸에서 뿜어지던 무형지기를 자유자재로 갈무리하는 것도 그렇거니와 눈빛이 예전에 비해 더욱 부드러워지고 짙겨진 것이 예사롭지가 않구나."

담사황이 그런 얘기를 꺼내자 파천은 자못 흥미로워했다.

"자신의 바닥을 보았기 때문이라 생각합니다. 이미 완성된 탑에 새로운 탑을 쌓기란 힘이 들지만 허물고 그곳에 새로이 더 큰 탑을 쌓는 일은 처음보다도 오히려 더 빠르고 수월할 수도 있지요."

"네가 공표한 서열에 불만을 가진 자들이 적지 않은 걸 보면 네가 일부러 그리 한 것 같은데, 내 말이 맞느냐?"

"제가 정한 서열에 문제가 있다고 보십니까?"

담사황은 빙긋 웃었다.

"네놈이 이제는 나까지 속이려 드느냐?"

파천도 마주 웃었다.

"역시 다른 사람은 몰라도 할아버지께서는 제 의도를 훤히 들여다보고 계셨군요."

"그런데 문제는 천마가 그런 네 깊은 속을 헤아릴 만큼 생각이 깊지 못하다는 점이지. 그 녀석이 휘젓기로 작정하고 나섰으니 어떻게 대책은 세워두었느냐? 가장 손쉬운 방법은 그에게 네 속을 내보이고 도와달라고 청하면 간단할 것을."

무슨 소리일까? 두 조손만이 아는 이야기는 점차 실체를 드러내기 시작했다.

"그렇게 해서는 두고두고 말썽이 생길 것입니다. 검성과 일묘, 천마, 그 세 사람은 누가 더 강하다고 할 수 없을 정도로 성취가 극에 다다라 있습니다. 천마의 성미가 화급하고 남과 잘 화합하지 못하는 것이 약점일 뿐 그게 아니었다면 검성과 자리를 바꾸어도 전혀 문제될 게 없습니다. 제가 부탁을 한다면 천마가 물론 당장에는 따르겠지요. 허나 그렇게 해서는 천마가 진심으로 서열을 인정하고 검성이나 일묘선인 등의 지시를 따를 수 있겠습니까?"

"흐음, 그럼 너는 천마가 해명선인을 못이길 거라 본단 말이냐?"

"차라리 일묘선인이나 검성을 천마가 누른다면 저는 전혀 놀라지 않을 겁니다. 그 세 사람은 그날의 운에 따라 승부가 뒤집어질 만큼 별 차이가 없으니 말입니다. 허나 해명선인은 지휘사령들 중 누구도 이길 수 있다고 장담할 수 없지만 그 누구에게도 지지 않을 사람입니다. 해명선인의 선술은 방어에 특화돼 있고 그 두터운 방어벽을 무력화시킬 수 있는 사람은 고작 할아버지 한 분뿐이십니다."

"호, 나를 그리 높게 보았더냐?"

"왜 이러세요. 저까지 속이려 드시니 섭섭한데요."

"껄껄껄. 그래서 너는 해명선인을 천마 앞에다 두고 그 녀석의 손발을 묶어 버린 셈이로군."

"그렇지요."

"이걸 그 녀석이 안다면 기가 차 하겠군."

"현재의 서열이 가장 이상적입니다. 물론 참군 사령들 사이에서는 순위가 뒤집히기도 하겠지만 그건 별로 문제될 게 없습니다."

"그건 그렇고, 삼군의 수장인 군장 세 명에 대해서는 아직 결정된 게 없느냐?"

"세 사람을 염두에 두고 있습니다. 각각 정파와 사파, 마도의 대표자 격인 세 사람이야말로 적격이라고 보았습니다."

담사황은 파천의 그 말만 듣고서도 대충 짐작 가는 사람들이 있었다.

"정파라면 단연 검성이겠고 마도라면 천마, 사파라면 혈수천자겠군."

"잘 보셨습니다. 그 삼 인이 각각 중정군과 좌의군, 동평군의 군장으로 최적임자지요. 그리고 이후로 집법청은 할아버지께서 인솔해 주셔야 합니다. 또한 부군장의 수를 군단마다 셋을 두어 총 아홉 명까지 늘일 생각입니다."

"그건 좋은 생각이다."

먼 날을 대비하여 작은 것 하나조차 놓치지 않고 꼼꼼하게 계획을 짜놓은 파천을 보는 담사황의 입가에는 연신 흐뭇한 미소가 떠날 줄을 몰랐다.

'이렇게까지 자랐구나. 인간과 세상에 대한 불신으로 그 모두에 대한 증오심에 불타오르던 어린 소년이 어느새 이런 거인으로 성장했어. 나도 감당이 안 될 거인으로 말이지. 허허허.'

*　　　*　　　*

　　비무결과는 파천의 예상을 크게 벗어나진 않았다. 특히 지휘사
령들 간의 비무는 파천의 짐작대로였다. 혈수천자는 옥기린에게
아슬아슬한 차이로 패했고 천마는 해명선인과 반나절이 넘어 가
도록 대결을 벌였지만 끝내 그를 제압할 방도를 찾지 못했다.

　　천마는 사실 다른 사람들한테는 별 관심이 없었다. 검성과 자
웅을 결해 그보다 자신이 강하다는 사실을 입증하고 싶었을 따름
이었다.

　　그런데 그렇게도 별러왔던 그 길이 원천적으로 봉쇄당한 것이
었다. 비무가 끝나자 천마는 힘 빠진 목소리로 해명선인을 가리
켜 누구도 이길 수 없을 거라며 변명처럼 투덜댔고 그 말을 듣고
혈마는 천마를 비웃으며 타박했다.

　　어떤 기준도 없이 일방적으로 매겨진 서열은 아니었다. 파천의
계획대로 서열에 불만을 품은 환혼자들이 상위자에게 도전을 하
면서 환혼자들 간의 실력 차가 드러나기 시작했고 그로 인해 좀
더 공정한 서열이 확립될 수 있는 길을 터줬다.

　　비무결과는 현재 자신의 실력이 어느 위치에 있는지 한 치의
거짓도 없이, 타협의 여지도 없이 냉엄한 현실을 가르쳐줬다. 눈
앞에 드러난 결과마저 승복하지 않는 사람은 없었다.

　　도전했다가 진 사람이라 할지라도 좌절감보다는 오히려 속 시
원하다는 표정이 더 많은 걸 보면 파천이 예상치 못했던 소득까
지도 얻은 셈이었다. 결과가 집계되고 더 이상 서열에 이의를 제
기하는 사람이 없게 되자 서열이 확정되었고 공표되었다.

그 뒤에 곧바로 삼군의 수장이 새로 결정됐다. 중정군 군장에 검성이, 좌의군 군장에 천마가, 동평군 군장에는 혈수천자가 각각 임명되어 삼군의 위상이 한층 높아졌다.

파천은 담사황과 검성의 충고를 받아들여 만사를 젖혀두고 개인연공에 돌입했다. 모든 공무에서 일시적으로 손을 떼었고 그를 귀찮게 하거나 괴롭히는 사람은 아무도 없었다. 파천은 맹주전과 연무관을 오가며 주로 지냈다. 단지 가끔 인적이 뜸한 야심한 시각에 맹 내를 돌아보는 게 유일한 일탈이었다.

다른 사람들이 보기에는 무료하고 단순해 보이는 파천의 일상이었지만 사실 그의 생애 그 어느 때보다 더 치열하고 고통스러우며 때때로 위험천만한 순간을 수시로 겪고 있었다.

황제가 남긴 양피지대로 체내의 기력을 완벽하게 분배하기 위한 도전은 때때로 생사를 걸어야 할 만큼 험난한 도전일 줄 시작했던 당시에는 상상조차 하지 못했던 일이었다.

부족한 것을 보충한다, 그런 가벼운 마음으로 시작한 일이 이제는 생사의 경계를 수시로 넘나드는 정도까지 이르게 될 줄 어찌 알았으랴.

기진맥진해서 침대로 기어들어간 순간 자고 있던 일리아나가 그런 파천의 등짝을 후려치며 장난스럽게 말했다.

"초주검이 따로 없군. 대체 뭘 하기에 하루가 다르게 몰골이 그따위로 변해가는 거지? 이러다 산송장 치우겠는걸."

일리아나는 파천이 제 몸을 학대하는 것처럼 보일 정도였다. 파천은 대답할 기력도 마음의 여유도 없었다. 순식간에 코를 골면서 곯아떨어지는가 싶더니 한 시진도 안 돼서 벌떡 일어나는 것이었다. 온몸은 땀에 흠뻑 젖어 있었는데 옷을 벗겨 짜면 땀이 뚝뚝 떨어지지 않을까 싶을 정도였다. 일리아나는 일어나 앉은 파천을 멍하니 바라보더니 한숨을 폭 쉬었다.

"적당히 해. 네가 꽤 위험한 도전을 하고 있다는 건 알겠는데…… 그러다 하늘에 닿을 만한 근심은 누구에게 떠맡기려고 그래?"

동경 앞에 서서 머리를 세차게 흔든 파천은 다시 결의에 찬 모습으로 밖으로 걸어 나갔다. 막 문 밖으로 벗어나기 전에 파천은 짧게 말했다.

"시작했으니 끝을 봐야지."

일리아나는 살짝 궁금했다. 지금까지는 파천이 연무관으로 향해도 호기심은 들었지만 굳이 따라가 볼 생각을 못했다. 근래 일리아나는 새로운 일에 골몰하고 있었기에 파천이 연무관에서 혼자만의 외로운 사투를 벌이고 있다는 사실을 애써 외면해 왔는지도 모르겠다. 요즘 온통 일리아나의 관심을 끌어당기고 있는 것은 파천이 먼 훗날을 위해 양성하기 시작한 백 인의 인재들이었다.

일리아나는 무공이 어떤 식으로 전수되고 또한 그들이 수련을 해 가는지를 유심히 살펴보는 중이었는데 무척 흥미로워했다. 파천이 지하세계에서 요정들의 술법에서 깊은 인상을 받은 것과 같은 맥락이었다.

과거 황제시대에 초석이 잡혔던 무공이 현재에 이르러 어느 정도로 다양하게 분화되고 발전되었는지를 살펴보는 것도 재미있었고 그 각각의 정수와 위력을 가늠해보는 것도 새로운 흥밋거리였다.

그러던 일리아나는 이미 정점에 올라 그녀 수준에서도 가늠이 안 되는 파천이 또다시 한계를 뛰어넘고자 애쓰는 모습을 보며 공감은 하면서도 한편으로는 애처롭게 여겨진 것도 사실이었다. 그래서 일부러 더 외면했는지도 모르겠다. 그런데 파천의 상태가 예상했던 바를 넘어서가자 그녀로서도 슬슬 걱정이 앞서기 시작한 것이다.

'저러다 요왕과 맞서기는커녕 그 전에 자멸하는 게 아닐까? 뭐든 지나치면 좋지 않은 법인데.'

그런 걱정마저 든 것이다. 그래서 일리아나는 처음으로 파천의 뒤를 밟았다.

연무관 가운데에 좌정한 파천의 주위로는 아지랑이 같기도 하고 뱀의 형상 같기도 한 붉은 기운이 몸을 타고 똬리를 뜬 채 풀무질한 불꽃의 형세처럼 강해졌다가 은은해지기를 반복하고 있었다. 점차 그의 몸은 불꽃이 타오르는 것처럼 붉게 변해갔는데 주변 공기와 경계한 부분에 테두리가 생기며 환하게 빛나고 있었다.

일리아나는 파천의 몸이 두둥실 떠올라 오르락내리락 하는 것을 주의 깊게 살피고 있었다.

파천의 얼굴이 시간이 갈수록 일그러진다. 피가 섞였는지 아니면 겉으로만 그리 보이는지 피처럼 보이는 땀이 전신의 땀구멍에서 샘솟듯 솟아나고 아직은 괴로움이 덜한지, 아니면 참을 만한지 옅은 신음을 꽉 다문 이빨 사이로 흘려내고 있었다. 그것도 잠시일 뿐 괴로움은 커져만 가고 신음소리 역시 덩달아 고조됐다. 가쁜 숨을 토해내는데 마치 난산하는 산모가 숨을 헐떡거리는 것 같았다. 피부에 깃든 빛 무리가 붉은 빛깔에서 푸른 빛깔로 바뀐 다.

일리아나는 제가 지닌 방대한 지식으로도 파천이 현재 겪고 있는 현상을 이해할 수 없었다.

'고통스러워 보인다. 자신을 완성시켜 가는 길이 얼마나 힘든 일인지는 나 또한 겪어봐서 안다. 허나…… 저런 모습은 마치 사트바로 각성한 자가 원념을 극복하지 못하고 타마스가 되는 것처럼 보이지 않는가. 위험해 보인다.'

일리아나는 내심으로 슬며시 고개를 쳐드는 불안감을 억누르며 좀 더 지켜보기로 했다. 현재로서는 그녀가 도움을 줄 만한 일이 아무것도 없기 때문이기도 했지만 그것보다는 도움을 준답시고 나섰다가 오히려 해가 될까 두려웠기 때문이다. 섣불리 나설 일이 아니었다.

"끄으으윽. 흐흐흐윽……."

폐부에서 쥐어짜내는 것 같은 파천의 신음은 듣는 이의 모골을 송연하게 만들 정도로 음산하기까지 했다. 맹주전에서 가장 가까운 이 연무관은 현재 파천을 제외하고는 누구도 드나들 수 없도록 차단돼 있었고 근처 십여 장 인근에는 경비무사들이 밤낮을 가리지 않고 지키고 섰다.

연무관 안에는 현재 파천과 일리아나 외에 또 다른 존재가 있었다. 연무관의 입구통로 쪽에 숨어 있는 일리아나를 지켜보는 눈길이 있었지만 일리아나는 그런 느낌을 전혀 받지 못했다. 그도 그럴 것이 그는 다름 아닌 요사였기 때문이다.

요사는 스스로 제 자신을 드러낼 생각이 아니라면 누구에게도 발각되지 않는다. 요사는 자오신검에서 떨어져 나와 삼 장쯤 떨어진 곳에 설치돼 있는 병기 진열대 앞에 서 있었다. 요사는 파천의 저런 모습을 하루 이틀 보는 것이 아니기 때문에 일리아나처럼 근심이 서려 있는 얼굴은 아니었다.

요사의 시선은 파천을 거쳐 일리아나에게로 향했다. 요사는 일리아나에 대한 기억이 선명하게 떠올랐다. 아버지였던 요왕 사르곤이 신임하고 한편으로는 의지하기까지 했던 측근들 중에 하나인 그녀를 기억 못할 리가 없었다.

측근들이 하나 둘씩 자취를 감추자 요왕은 무척 괴로워했다. 자신을 이해하지 못하는 그들을 원망하기보다는 그들에게 끝까지 믿음을 주지 못한 제 부족함을 자책했던 것이다.

적어도 수하들에게는 그런 모습을 보이지 않으려 애썼던 요왕도 일리아나마저 떠나자 세상이 무너진 것처럼 허탈해 했고 괴로워했다.

'당신은 예나 지금이나 달라진 게 하나도 없군요. 당신의 배신이 그를 더 난폭하게 만들었음을 안다면 당신도 무척 괴롭겠지요.'

요사는 일리아나 근처로 이동했다. 그녀의 모습은 여전히 아름다웠다.

'당신은 여전히 아름다운데 눈에는 예전엔 없던 슬픔이 가득하군요. 당신 역시 그간 괴로움이 컸겠죠.'

잊고 있던 빛바랜 기억들 속에서 일리아나와 관계된 것들을 조금씩 꺼내보다가 요사는 희미한 미소를 지었다. 요사가 황제라는 운명을 만나기 전에, 그를 만나 자신의 삶이 통째로 바뀌기 전에 알았던 일리아나는 함께하는 이를 늘 유쾌하게 만들었다.

일리아나는 행복을 전염시키는 기이한 능력을 지니고 있었다. 마음속의 고민이나 괴로움 따위는 전혀 가지고 있지 않은 것처럼 늘 웃고 다녔고 장난스럽기 그지없었다.

일리아나는 모두가 두려워하고 어려워했던 사르곤을 유일하게 편하게 대했던 존재였다. 사르곤을 골려주는 일을 취미로 삼았고 제 장난에 스스로 신이 나서 깔깔대던 모습은 확실히 요사에게도 무척 인상 깊었던 것이다.

요사는 순간 일리아나 앞에 자신을 드러내고 싶은 충동을 느꼈다. 그것이 서로에게 좋을지 아니면 그 반대일지 따질 겨를도 없이 요사는 충동을 이기지 못하고 결국 자신을 드러내고 말았다.

일리아나는 처음에 제 눈을 믿지 못했다. 파천과 자신의 중간쯤에 갑자기 아무런 기척도 없이 무언가가 나타났을 때는 소스라치게 놀랐지만 그것이 요사의 모습이라는 걸 깨달은 순간 그녀는 얼어붙고 만 것이다.

"요…… 사……."

둘은 서로를 응시한 채 한동안 시간의 흐름도 잊고 석상처럼 미동도 없었다. 한참 뒤에 요사가 생긋 웃으며 말했다.

"제사장님 오랜만이네요. 이렇게 다시 보게 될 날이 올 줄은 몰랐어요."

일리아나는 요사의 음성이 뚜렷하게 제 귀를 두드리는 순간에야 이것이 꿈이 아니고 현실임을 자각했다. 일리아나 역시 요사의 혼이 황제의 검 안에 봉인됐다는 건 알고 있었다.

그렇지만 저렇게 뚜렷하게 자신을 형상화시킬 수 있는, 살아있는 존재라고는 한 번도 생각해 보지 않았다. 어찌 저럴 수 있는가에 대한 의문도 잠시, 일리아나의 눈에 저도 모르게 눈물이 차올랐다.

"그래. 오랜만이네."

"제사장님이 황제의 후예를 돕고 있다는 사실을 안다면…… 그가 어떤 표정을 지을지는 생각해 보셨나요?"

일리아나의 마음을 사정없이 후벼 파는 잔인한 말이기도 했다. 요사는 일리아나를 괴롭히고 싶은 생각은 전혀 없었다. 단지 그녀의 마음을 확실히 알고 싶었을 뿐이다.

일리아나는 쉽게 대답을 못했다.

"생각 안했나 보군요. 저도 그렇지만 제사장님 역시 매우 위험한 선택을 하셨군요."

일리아나는 부정했다.

"아냐, 그런 게. 나는 파천의 편에 서서 사르곤과 싸울 생각이 전혀 없어."

"정말 그럴까요? 제 눈에는 그리 보이는데요."

"오해야. 나는…… 그래서도 안 되고…… 그럴 용기도 없어. 단지…… 지켜보고 싶었어. 오해가 커져 증오가 되고 다시 그 증오가 쌓여 서로의 존재를 인정하지 않는 이 극단적인 대립을 끝내줄…… 그런 기적 같은 존재의 등장을 내내 기다려 왔으니깐."

"그게 파천이라고 확신하나 보죠?"

"가능성을 얘기했을 뿐이야."

"하지만 제사장님이 파천 옆에 있다면, 그가 후에 이 사실을 알게 된다면 증오는 더 커질걸요. 하긴…… 이제 와서 그런 일 따위야 소용없어졌지만요……."

요사의 심상치 않은 말에 일리아나는 자신이 모르는 뭔가가 더 있나 싶었다.

"무슨 뜻으로 하는 소리지?"

"그가 스스로에게 채워두었던 족쇄를 풀어버렸어요. 우려하던 일이 벌어졌죠. 한계를 넘어버렸으니."

"한계라면…… 혹시……."

"네. 그 역시 아쉽게도 특별한 존재는 못됐던 거예요."

요사는 끝까지 사르곤을 아버지라 부르지는 않았다. 요사는 간략하게 자신이 알고 있는 사실을 털어놨다. 일리아나의 얼굴은 현실에서 일어나서는 안 되는 사건을 목격이라도 한 것처럼 창백하게 질려갔다.

그녀는 주문이라도 외는 듯이 혼잣말을 하기 시작했는데 요사는 그녀가 하는 말을 하나도 알아들을 수가 없었다. 하지만 그녀의 얼굴만 보아도 지금 그녀가 얼마나 큰 충격 속에 빠져 있는지는 짐작이 갔다.

일리아나는 이곳까지 온 목적마저 잊어버린 채 뭔가에 홀린 것처럼 비틀거리며 연무관을 떠났다. 파천은 특별히 황금성의 요정들이 따로 머물도록 배려해줬는데 일리아나는 독립된 별관으로 들어설 때까지도 정신을 수습하지 못하고 있었다. 그녀는 연신 똑같은 말만 되풀이하고 있었다.

"아흐리만…… 아흐리만을…… 그가…… 아흐리만을…… 어찌……."

평소와는 달리 무언가에 큰 충격을 받은 것처럼 보이는 일리아나의 모습이 심상찮았던지 황금성주인 아바주 마르시온은 다른 요정들을 한자리에 불러 모았다.

요정들은 인내심을 갖고 일리아나가 마음을 다스리고 진정할 때까지 기다렸다. 한참 뒤 그들의 바람대로 일리아나는 정신을 차렸지만 흥분을 가라앉히지는 못했다. 그녀는 떨리는 목소리로 다짜고짜 마르시온에게 명령하듯 단호하게 지시를 내렸다.

"내단을 구해와. 내단, 내단이 필요해! 내단을 구해와, 어서!"

마르시온은 일리아나가 왜 저리 흥분하는지부터 알아야 했다.

"무슨 일 때문에 그러십니까?"

"내단, 내단이 필요해. 막아야 해. 요왕을, 아흐리만을 막아야 해. 이대로 있다가는 모두가, 이 세계가 끝장이 난단 말이다. 어서 내단을 구해와."

일리아나가 급하게 쏟아낸 말들 중에 마르시온이 제대로 알아들은 단어는 '요왕'과 '아흐리만'이었다.

어린 요정들이 커나가면서 제일 먼저 듣는 얘기는 정령계와 요정에 대한 것들이었다. 지상으로 쫓겨난 요정들에게 아이온의 십이 정령은 미화의 대상이 아니다. 물론 기본적인 지식 정도는 가르치지만 많은 걸 들려주지는 않는다.

오히려 그들보다는 악령으로 내몰린 타나토스의 정령들이 그들에게는 더 친숙할 정도였다. 그렇지만 금기된 이름이 하나 있었고 그 이름은 은밀하게 전해졌다. 어떤 위대한 술사도 그의 이름을 태연한 신색으로 언급하지 못했다.

그는 정령계가 생기기 이전부터 존재해 왔으며 이 세계에서 마지막까지 존재할 유일한 이름으로 여겨졌다. 그 아흐리만의 이름이 요왕과 결부된 채로 일리아나의 입에서 흘러나왔다는 것은 아바주 마르시온에게 매우 불길하게 생각됐다.

아니나 다를까, 일리아나로부터 자초지종을 듣게 된 마르시온은 경악을 감추지 못했다. 그 역시 도무지 침착함을 유지하지 못했다.

문제는 거기서 끝난 게 아니었다. 냉정을 되찾은 일리아나가 진심을 담아 요정들에게 지시를 내렸기 때문이다.

"지하세계로 가서 내단을 구해와라. 많으면…… 많을수록 좋다."

그녀가 그걸로 무얼 하려는 건지는 굳이 설명하지 않아도 알 일이었다. 그녀는 더 이상 방관자로 있을 수 없다고 느꼈고 자신의 안내자였던 요왕과 싸우기로 작심한 것이다. 그러자면 그녀에게 지금 필요한 것은 내단이었다.

마르시온이 다시 한 번 확인했다.

"각성을 시도하실 생각이십니까?"

일리아나는 대답 없이 고개만 끄덕거렸을 따름이었지만 마르시온은 그녀의 눈빛에 담긴 확고한 의지를 읽을 수 있었다. 마르시온은 일리아나가 그런 결정을 내린 이상 거부해서도 말려서도 안 된다는 걸 알고 있었다.

"그리 하겠습니다. 사르곤이 엔키의 가슴에 비수를 꽂은 이상…… 그는 저주받아 마땅합니다."

강해지는 일이라면 그 무엇도 마다하지 않을 요정과 용과 마족의 루갈들조차 아흐리만과 결부되는 걸 원치 않는다. 그들은 감히 그런 생각조차 하지 못한다. 그렇게 될 수도 없을뿐더러 설사 가능하다 해도 그 결과가 곧 자신뿐만 아닌 종족의 파멸을 불러올 것임을 알기에 시도조차 하지 않는 것이다.

그런데 요왕은 어찌 그런 시도를 했으며 어떻게 성공할 수 있었을까? 마르시온과 요정들이 실내를 빠져나가는 걸 보면서 일리아나의 결론은 한 가지로 모아졌다.

"그의 자만이 결국은 모두를 파멸시키고야 말겠구나. 아흐리만을 굴복시킨다는 것은 불가능한 일. 요왕은 아흐리만의 종이 될 것이고 그는 이 세계를 파멸로 이끌고 말 것이다. 그는 제 신념과 자유를 걸고서 너무도 무서운 도박을 하고야 말았어."

일리아나는 괴로웠다. 그리고 이내 그녀의 눈앞에는 곧 벌어질 참상들이 펼쳐지기 시작했다.

'이렇게 끝나고야 마는 것인가?'

요왕의 울부짖음이 들리는 것 같았다. 요왕의 소행은 용서가 안 됐지만 그가 애처로워지는 건 어쩔 수가 없었다.

세워진 두 무릎이 다시 덜덜 떨리기 시작했다. 일리아나는 현실을 부정하기라도 하려는 듯이 두 팔로 떨리는 무릎을 꽉 끌어안았다. 일리아나의 볼을 타고 뜨거운 눈물이 하염없이 흘러내린다.

                    *   *   *

사사혈맹에 홀로 남았던 사황천사는 그 길로 곧바로 무창을 떠났다. 야욕이 꺾였다고 이대로 산으로 들어가 은거라도 할 사람은 아니다. 그를 조금이라도 겪어본 사람이라면 그에게 포기란 곧 죽음이라는 사실을 알고 있다.

그는 마지막 승부수를 준비하고자 떠났다. 환혼하고 나서 그간 닦아왔던 사파의 기반이 모두 무너져 맥이 빠졌지만 차라리 지금은 홀가분한 심정이었다.

그대로 안 될걸 알면서도 백척간두의 승부를 결했다면 그에겐 영영 기회는 다시 오지 않았을 것이다.

사황천사는 기억을 더듬으면서 산을 올랐다. 무창에서 남서 방향인 이곳은 호북과 호남의 경계가 가까운 지역으로 통성(通城)이라고 한다.

통성의 동북변을 병풍처럼 둘러싼 그림 같은 자그마한 산이 하나 있는데 통천산(通天山)이라 했고 인근의 주민들은 부벽산(扶壁山)이라고 불렀다. 이곳엔 기경이라 할 만한 것도 없었고 유명한 명승도 없었지만 딱 하나 유명한 게 있었다.

그것은 다름 아닌 부벽산에는 자연적으로 생겨난 동굴들이 숱하게 많았는데 그 근처에 희귀한 약초들이 곧잘 눈에 띄곤 했다. 사방 천리 이내에서 이곳으로 약초를 캐러오는 사람들이 많아 산 주변에 크고 작은 마을들이 십여 개나 생겨났을 정도였다.

부벽산은 그리 깊은 산도 아니고 가늠하기 힘들만큼 우람한 산세를 자랑하는 곳도 아닌지라 사황천사는 헤매지 않고도 그가 목표한 곳을 어렵지 않게 찾아갈 수 있었다.

허름한 초옥 한 채가 양광 아래 고즈넉하게 자리 잡고 있었고 오른편에는 삼밭이, 뒤편으로는 십여 장에 달하는 절벽이 버티고 있다. 낙석의 위험 때문에 절벽 바로 아래에 집을 짓는 경우는 드물다. 그런 점을 감안하면 이 집을 지은 사람은 그런 것에 무신경하거나 괴벽이 있는 사람일 가능성이 컸다.

집은 비어 있었다. 사황천사는 초옥 앞마당에 통나무를 잘라 만들어 놓은 의자에 엉덩이를 붙이고 앉았다. 사황천사는 그곳에서 집주인이 돌아올 때까지 기다릴 작정이었다.

하루쯤은 시간 가는 줄도 모르고 지냈다. 그는 담담한 신색이었지만 머릿속으로는 온갖 번잡한 생각들이 떠오르고 지워지곤 하느라 혼란스러웠다.

'지금으로서는 기다리는 것은 하책이다. 종족간 전쟁이 시작되고 나면 그 결과가 어떻게 되든 기회를 잡기는 힘들어진다. 더군다나 전쟁을 함께 겪지 않은 자를 지도자로 받아들일 사람은 없다. 그 전에, 그 전에 수를 내야 한다.'

사황천사는 어떤 수단을 쓰든 파천을 제거하지 않고서는 제 숨통이 트이지 않는다는 사실만은 인정했다.

정면승부를 결해서 이길 자신이 서지 않았다. 잠시 본 파천의 신위였음에도 불구하고 그는 상대의 위력을 충분히 절감하고 있었던 것이다.

'담사황이라면 한 번쯤 운명을 결해볼만 하겠으나 파천은……현재로서는 역부족이다. 그를 제거하자면 완벽한 함정과 암수가 필수다. 수를 내야 한다.'

사황천사는 무작정 기다렸다. 배가 고프면 가져온 육포를 조금씩 찢어 먹었다.

사흘째가 되어도 사황천사는 초조한 기색조차 없었다. 지금 자신이 만나고자 하는 위인이 워낙에 바람 같은지라 미리 전갈을 넣을 방법도 없거니와 운이 닿지 않으면 몇 달이 지나도 만나지 못할 것쯤은 이미 각오하고 온 터였다. 나흘째부터는 집에만 있지 않고 주변을 돌아다녔다.

산마루에 올라 좌정하고 운기행공을 하거나 이 산에 유독 많다는 천연적인 동굴들을 뒤지고 다녔다. 어쩌다가 약초꾼을 만나는 경우도 있었는데 그들과 스스럼없이 어울려 술을 나눠 마시기도 했다. 그러길 아흐레가 지나고 나서야 그토록 기다렸던 장본인이 나타났다.

발밑으로 메마른 먼지를 푸석푸석 일으키며 걸어오고 있는 사람의 행색은 상거지 꼴이나 다름없었다. 땟국에 절은 시커먼 누비옷을 걸치고 대나무를 쪼개 만든 방갓의 절반은 풀어져 대살이 삐죽삐죽 튀어나왔다.

손에 소나무를 대충 깎아 만든 비뚜름한 지팡이를 들었는데 얼마나 오래됐는지 손때가 묻어 반들반들 윤이 날 정도였다.

집 마당으로 들어서며 대뜸 한다는 소리가,

"어허 이놈 보게. 꼴이 아주 가관이로구나. 하늘이라도 주저앉혀 깔고 앉을 것 같던 기세는 어디가고 어깻죽지가 축 늘어진 꼴이 길 잃고 산속을 헤매는 열흘 굶은 봉사 꼴이로구나. 어쩐 일이냐? 내 집에 그 귀하신 몸을 다 들이고."

사황천사는 빙긋 웃는 초로인의 면상이 못마땅했던지 얼굴을 한편으로 돌리고 뒷짐을 지고 대꾸했다.

"네놈의 도움이 필요하다."

걸인은 손을 귀에다 갖다 대고는 안 들린다는 시늉을 했다.

"뭐라고?"

"네 도움이 필요하다고 했다."

"뭐라고, 크게 얘기 해봐라."

사황천사는 버럭 고함을 질렀다.

"이놈이 가는귀가 먹었나! 수작질 하지 말고 이리 앉아 봐라. 너랑 농이나 하고 있을 정신이 아니다."

사황천사는 걸인을 나무의자에 끌어 앉히고는 자신도 그 앞에 앉았다. 그는 진지했지만 그 앞의 걸인은 여전히 장난스러운 모습이었다.

"소문은 대충 들어서 알고 있으니…… 하고 싶은 얘기가 있으면 해봐라."

"도와다오. 네놈이 진작부터 날 도왔으면 이런 사단이 일어나지도 않았을 거다."

"허허, 이놈 말하는 것 좀 보게. 네가 못한 일을 난들 수가 있겠느냐. 욕심 버리고 이참에 눌러 앉아라. 네 용력으로 안 되는 일임을 깨달았다면 이쯤에서 포기하는 것이 최선이다."

"그럴 수 없다. 태을! 도와주게! 자네와 내가 힘을 합한다면 세상에 두려울 게 뭐가 있겠나."

걸인의 정체는 태을도조(太乙道祖)였다. 환혼은 하였으되 천하인 앞에 자신을 드러내지 않아 많은 이들이 궁금해 하는 사람이기도 했다.

사황천사와 함께 천외사신 중의 일인이었으며 무림사에서 빼놓고 얘기할 수 없는 도맥의 태산 같은 거목이었다.

태을도조는 사황천사의 속마음을 꿰뚫어보고 있다는 듯 빙긋 웃으며 말을 이어갔다.

"나라고 그놈을 보지 않았겠는가. 너나 나보다는 한참은 윗자리야. 하루가 다르게 달라지는 녀석을 무슨 수로 잡누. 다 쓸데없는 짓이지."

사황천사는 바싹 다가앉으며 태을도조의 손을 움켜잡았다. 사황천사의 깡마른 손은 뜨거웠다.

"그럼 네가 지니고 있는 천잠보의만이라도 내게 다오."

이제야 사황천사가 이곳을 찾은 목적이 드러난 셈이었다. 그는 태을도조가 제 제안을 거절할 것을 예상하고 있었다. 태을도조는 속을 알 수 없는 사람이었다.

도사 흉내를 내며 평생을 살았지만 그가 닦은 도는 그저 남들 눈을 속이는 방편이었을 뿐 제대로 도사였던 적이 한 번도 없다는 사실을 사황천사라고 모를 리가 없었다. 그렇다고 야심이 크냐면 그도 아닌 것처럼 보였다.

무슨 생각으로 환혼을 했는지조차 사황천사는 헤아릴 수가 없었다. 그는 그저 천하가 좁다 하고 돌아다녔을 뿐이었고 그런 모습이 사황천사의 눈에는 한심하게 보였다.

태을도조는 사황천사의 갈고리 같은 억센 손을 뿌리치며 차갑게 냉소했다.

"네놈의 심보가 아주 고약하구나. 용기의 탈과 영사신편만으로도 모자라 내 마지막 밑천이라 할 수 있는 천잠보의까지 노리더냐?"

"그럼 묻자. 넌 천하를 도모할 생각도 없이 그 진귀한 보물을 썩혀 둘 셈이더냐? 쓸 일도 없으면서 나주기는 아깝더냐?"

"누가 쓸 일이 없어. 잘만 쓰고 있고만. 엄동설한에도 엉덩이만 붙이면 한데서 자도 추위를 느끼지 못하고 혹 얼음이 깨져 물에 빠진다 해도 한기를 못 느끼는 귀물이거늘. 그뿐이더냐? 여름 땡볕에 똥밭을 구르고 다녀도 벌레나 모기 물릴 걱정도 없다. 더울 땐 시원하지, 추울 땐 따듯하게 감싸주니 늙은 몸뚱이에 이만한 호사가 어디 있다고."

사황천사는 기가 막힐 따름이었다.

"고작, 고작 그런 시답잖은 말 따위를 늘어놓다니…… 네가 지금 나를 놀리는 게 틀림없구나. 관두자. 하나뿐인 벗이라고 찾아왔더니 한다는 소리가……."

사황천사는 체념한 듯 길게 한숨을 토해냈다. 태을도조는 화가 났는지 입을 꾹 다물고 있는 사황천사를 실눈을 뜨고서 쳐다보며 넌지시 운을 뗐다.

"천잠보의만 있으면 그놈을 죽일 수 있다고 보느냐?"

사황천사의 굳었던 얼굴이 그 소리에 슬며시 풀리는 것이 아닌가.

"확답은 못해도 한 가지는 틀림없다. 적어도 그놈에게 치명적인 한수를 먹일 기회는 잡을 수 있을 것이다. 내게 천잠보의가 있다는 사실을 모를 테니 한 번의 기회는 잡을 수 있겠지. 그럼 그놈이 동피철골 아니라 금강신을 이루었다 해도 승기를 잡을 수 있다."

"네 몸을 던져 한수를 벌겠다는 게로군. 하긴 용기의 탈에 천잠보의, 거기다 영사신편까지 지녔다면…… 해 볼만 하지."

사황천사의 얼굴이 확연히 밝아졌다.

"그럼, 암 그렇고말고."

"그런데 그놈은 어찌 끌어내려고? 지금 그놈 주위에 천하의 고수들이 구름처럼 운집해 있거늘 너 혼자서 무슨 수로 그놈을 엮어볼 생각이냐?"

"그건…… 차차 수를 내봐야지."

"그러지 말고 확실히 하려면 태존과 손을 잡아 보지 그래."

"태존과? 그것보다 네놈이 태존을 어찌 아느냐?"

"내가 괜히 할 짓 없이 천하를 쏘다니기만 했겠느냐."

사황천사 역시 그 생각을 안 해본 건 아니었다. 허나 제 처지가 달라졌고 그와 거래를 하자는 생각은 잠시 접어 둔 상태였다. 천잠보의가 수중에 들어온다면 차라리 태존을 유인해 제거하는 쪽이 더 이득이 클 것 같았다.

태존의 전력은 아직까지 천하에 다 드러난 것이 아니었다. 그 세력을 거머쥔다 해도 정의맹의 견제를 받을 일이 없으니 그보다 더 좋은 일이 없었다.

혈혈단신인 지금에 와서 태존과의 대등한 거래는 사실상 실현 가능성이 없었다.

"내가 다리를 놓아줄까?"

사황천사는 겉으로 내색은 않았지만 속마음은 태을도조에 대한 놀람과 의심이 동시에 고개를 쳐들었다.

'이놈 보게. 이놈이 여태 태존과 손을 잡았더란 말인가?'

그런 의심이 들 수밖에 없는 발언이었다.

"태존을 만난 적이 있느냐?"

"있지."

"그와 무슨 거래를 했느냐?"

"거래는 무슨. 내가 가진 게 뭐가 있다고 거래를 해! 그자와 비무를 했었다."

"비무를? 결과는?"

"이길 수 없는 상대였어. 그에게 패한 뒤로 낙심하고 한동안 그 사실을 인정하기 힘들었지. 시간이 지나니 어쨌든 환혼한 목적은 이룬 셈이니 그걸로 됐다 싶더구나. 나보다 강한 자가 있는 것을 알았으니 괜히 나서서 망신을 자초할 이유가 없겠더군. 그 뒤로 숨죽이고 있는 게 상책이다 싶어 이처럼 천하를 주유하면서 지내고 있지."

"그가 순순히 널 보내줬다니…… 의외로군."

"진심으로 승복하지 않으면 자기 사람이 아니라고 믿는 것 같더군. 자기를 주군으로 섬기거나 아니면 다시는 제 눈에 띄지 말라고 하더라. 클클."

"으음."

"이런 꼴을 당하려고 환혼한 것은 아닌데 말이지."

"그럼 태존이 어디에 웅크리고 있는지도 알겠군."

"그건 알 길이 없지만 그와 만날 방도는 알고 있지. 가르쳐 주랴?"

사황천사는 고민했다.

'이놈이 제 입으로 졌다고 말할 정도면 나라고 해서 이긴다는 보장이 없지 않은가?'

사황천사의 고민이 깊어졌다. 그가 쉽사리 대답을 못하자 태을도조는 가만 기다렸다.

'그래. 일단 만나보고 나서 결정하자. 마혼의 충고가 걸리긴 하지만…… 만나본다 해서 크게 달라질 건 없지 않겠는가.'

사황천사는 마음을 굳혔다.

"좋다. 그를 만나려면 어찌 해야 하지?"

태을도조는 자세하게 가르쳐 주었다.

사황천사는 태을도조와 함께 그곳에서 사흘을 더 머물렀고 천잠보의를 끝내 얻어서 초옥을 떠날 수 있었다. 사황천사가 이곳으로 올 때는 콧잔등에 암운이 두텁게 걸려 있었다면 떠날 때는 구름 한 점 없이 쾌청했다.

그의 내일은 아직까지는 그 무엇 하나 확실한 것이 없었지만 적어도 한줄기 희망의 빛은 손에 거머쥔 것이다. 비록 그것이 자기 눈에만 보이는 착각일지언정 위안이 됐다.

*   *   *

담사황도 무척 바쁜 나날을 보내고 있었다. 수탉이 홰치며 울기도 전에 일어나서 집법청에 나가 공무를 보기 시작하는데 검성이 중정군의 군장이 된 덕분에 더 바빠진 셈이었다.

집법청에 보고되는 사안은 아주 사소한 것에서부터 중원 각지의 문파들이 정기적으로 보내오는 무림 각처의 동향에다가 최근 입맹하지 않은 환혼자들에 대한 추적에 대한 건까지 무더기로 올라오고 있었다.

그 모두를 담사황이 도맡아 처리하는 건 아니지만 그중의 일부는 맹주의 결제가 필요한 일도 허다했다.

현재 파천은 연공에 집중하느라 다른 공무에서는 손을 떼다시피 했기에 그 모든 일은 결국 담사황의 몫일 수밖에 없었다. 그의 생애에 책상에 앉아서 서류나 뒤적이고 있을 날이 올 줄은 몰랐을 것이다.

그 일이 끝나고 나면 바로 삼군의 군장과 부군장들과 회동하고 훈련상황과 항주 일대의 경비를 점검한다. 여기서 또한 갖가지 건의사항이 나오기 마련인데 서로 머리를 맞대고 그 자리에서 결정을 내려줘야 한다.

정의맹에서 무림맹으로 이름이 바뀌고 나서 수뇌들이 처리해야 할 일도 더불어 늘어났다.

중원 전역의 정파와 사파, 마도의 문파 정예들의 대부분이 이곳 항주에 모여 있지만 나머지 문원들은 여전히 자파를 지키고 있는 상태였다.

그러다 보니 문파 간 갈등이나 소소한 다툼이 생기면 해당 문파의 수장을 호출해 서로 간에 오해가 생기지 않도록 깔끔하게 처결해 주는 일도 수뇌들의 몫이었다.

정오가 가까워져서야 담사황은 그날의 첫 식사를 하곤 했다. 오후에는 특별한 일이 없으면 새로 제자로 거둔 남궁영유를 가르치는 일에 몰두하는 편이었다.

담사황은 눈코 뜰 새 없이 바쁜 와중에도 남궁영유를 가르치는 일에 소홀한 법이 없었다. 남궁영유가 워낙에 영특하고 재질이 비범하여 새로운 걸 가르치면 즉시 요체를 깨닫는데다가 워낙에 집념이 강하고 게을리 하지 않는지라 하루가 다르게 실력이 늘어나고 있었다. 그러다 보니 자연히 담사황도 열심히 가르칠 수밖에 없었다.

　남궁영유는 오늘도 어제와 다름없이 제게 배정된 연무실에서 담사황이 지시한 동작을 소화하고 있는 중이었다. 담사황은 남궁영유가 못미더웠던지 아니면 남다른 신념 때문인지는 모르지만 다른 이들이 보았다면 고개를 갸웃거릴 만한 수련법을 일관되게 고집하고 있었다.

　담사황은 검을 쓰는데 있어 가장 기본적인 동작 서른여섯 가지를 추려 해가 떠올랐다가 질 때까지 그것만 반복하게 했다. 기절초풍할 신공절학을 기대했던 남궁영유로서는 실망이 될 법도 한 일이었지만 결코 거기에 대해 묻지 않았다.

　하지만 그보다 더 답답한 것은 자신에게 이런 기초적인 수련이 왜 필요한가에 대한 의문을 해결할 길이 없다는 점이었다. 그런데도 아무 소리 않고 묵묵히 스승이 시키는 대로 어김없이 시행할 뿐만 아니라 요령 피우지 않고 성심을 다했다.

　남궁영유는 검을 찔렀다 빼면서 손목을 꺾어 원을 그리며 회전하는 다섯 번째 동작으로 이어가고 있었는데, 움직이고 있는 것이 맞는가 싶을 정도로 그는 느릿느릿 시전했다. 담사황이 지시한 핵심은 바로 그 부분이었다.

　"네가 스스로 느끼기에 움직이지 않는다고 느낄 정도로 천천히 이동하되 한순간도 진기의 흐름이 끊어져서는 안 되고 흔들림이 없어야 한다."

　요체를 이해했다고 해서 그대로 시행할 수 있다는 말은 아니다. 정말이지 죽을 만큼 힘들었다.

처음엔 별로 대수롭지 않게 생각했다가 막상 반나절도 안 돼서 전신을 부들부들 떨어 댔을 뿐만 아니라 진기가 이어지지 않고 끊어지는 순간이 잦아 스승의 꾸중을 들었을 때에야 마음 한구석에 남아 있던 자만심을 비워낼 수 있었다.

지금껏 무공을 익히면서 이렇게 힘들었던 때가 있었던가 싶게 고통을 절감하고 있었다.

오늘도 어김없이 밤이 되고 잠자리에 들게 되면 틀림없이 뼈마디가 쑤시고 근육이 경련을 일으킬 것이 틀림없으리라. 남궁영유는 그런 생각을 하면서도 잠시도 소홀하지 않기 위해 다시 제 몸의 변화에 집중했다.

그는 의식적으로 시선을 검극과 검면과 손과 팔, 그리고 몸의 전체를 마치 뒤에 멀리 떨어져서 살피는 것처럼 보는 훈련도 병행해야만 했다.

제 몸의 동작이 정확한지 아닌지, 제대로 동작을 하고 있는지 아직 확신이 서지 않았다.

신기한 것이 남궁영유가 한순간이라도 마음이 산란하여 흐트러지면 담사황은 귀신같이 알아채고는 호통을 치는 것이었다.

때로는 호통만 치는 것이 아니라 진기로 남궁영유를 후려치는데, 그것이 또 신기한 게 무방비 상태로 진력에 정통으로 얻어맞았음에도 불구하고 몸이 밀려나거나 흔들리지 않고 단지 내부에서 움찔 몸을 떨 정도의 자극만 있다는 점이었다. 그럼 발끝에서부터 머리끝까지 찌릿한 게 찬물을 뒤집어쓴 기분이 들고는 했다.

남궁영유의 몸짓을 가만 지켜보고 있던 담사황은 고개를 끄덕였다.

'이 녀석은 확실히 천재라고 해야 할 정도로 뛰어난 녀석이로구나. 최소 한 달 이상은 예상했는데 열흘도 안 돼서 다음 단계로 넘어가야 할 것 같다.'

속성으로 무공의 수준을 높이는 길은 많지만 그중 가장 손쉬운 방법은 역시 신공절학의 요체만을 습득시키는 것이리라.

수십 년간 몸에 익히고 마음으로 깨달은 요결 중에서 핵심만 간추려 체득하게 한다면 전부를 습득하지는 못한다 해도 일부분은 제 것으로 만들 수 있을 것이다.

그 다음은 부단한 수련으로 부족하고 서툰 부분을 채워나가면 되는 것이다.

그런데 담사황은 이런 일반의 상식을 따르지 않고 그만의 신념대로 차근차근 가르치고 있는 것이다. 기초가 부실하면 그 위에 아무리 뛰어난 신공절학을 가르친다 해도 극의에 가까워져 갈수록 허점이 커진다는 것이 그의 판단이었다.

두 사람은 수련이 시작되고 나서 처음으로 몸짓이 아닌 말로 대화를 풀어나갔다.

"내가 왜 네게 이런 수련을 시키는지 그 연유를 짐작하겠느냐?"

"스승님의 깊은 뜻을 다 헤아리지는 못하나 대강 짐작하기로는…… 모든 무공은 결국 몸짓이라는 점입니다. 거기에 진기가 실리고 현묘한 초식이 덧입혀진다 해도 결국은 몸짓에서 시작해 몸짓으로 끝나는 것이니 제 몸의 움직임을 정확하고 완벽하게 제

어하는 것이 가장 중요하기 때문이 아닐는지요."

담사황은 내심 감탄을 하며 칭찬을 아끼지 않는다.

"잘 말했다. 덧붙이자면 원래는 풀잎으로 시작해서 회초리로, 다시 손가락 굵기 만한 목검으로 하다가 나중엔 이백 근이 넘는 철검으로 차례대로 무게를 늘여가야 하지만 네가 기본이 튼실하여 그 과정은 생략했다. 네가 방금 말했듯이 검은 몸의 연장일 뿐이다. 이 무렵에 아무리 쉬운 초식일지언정 완벽하게 펼칠 수 있는 사람은 많지 않다. 같은 초식을 펼쳐도 아침에 펼치는 것이랑 저녁에 펼치는 것이 다르고 화창한 날과 흐린 날이 또한 다르다.

일찍 일어난 날과 늦게 일어난 날이 다를 수 있으며 마음이 슬플 때와 기쁠 때가 다른 법이다. 이런 일이 생기는 이유는 두 가지 때문이다. 하나는 환경의 변화이고 다른 하나는 네 마음의 변화다. 궁극의 검도는 검로를 이해하는 데서 시작하고 또한 완결된다. 네 마음이 가고자 하는 길을 네 몸과 네 손에 들린 검이 완벽하게 이행할 때 거기에 바로 궁극의 검도가 있다.

이것은 상승으로 갈수록 더 심해져서 완벽하게 검로를 이해하고 펼칠 수 있는 사람의 검과 그렇지 않은 사람의 검은 하늘과 땅처럼 큰 격차가 벌어지게 되는 것이다. 그러니 괜한 조바심이나 의심으로 네 수업을 더디게 해서는 안 될 것이다. 알겠느냐?"

"네, 스승님. 명심하겠습니다."

훗날에 가서야 남궁영유는 스승의 이런 가르침이 왜 필요했는가를 절절히 깨닫게 된다. 아직은 그 말이 완전하게 마음에 와 닿지는 않았다.

그렇지만 그는 스승의 말씀처럼 의심하지 않고 검도수업에 매

진하기로 했고 그렇게 마음을 정하고 나니 한결 마음이 홀가분해
졌다.

　남궁영유가 담사황이 이끌어주는 상승 검도의 길로 가기 위한
초석을 다지고 있던 때에 정파 출신의 또 한 명의 기대주이자 후
기지수들 중에서도 발군인 모용상인도 예상치 못했던 기연을 맞
닥뜨리고 있었다.
　일묘선인이 모용상인을 대하고 가장 먼저 한 일은 그가 지닌
무공의 수준을 알아보는 것이었다.
　스승 앞에서 제 가진 재주를 마음껏 뽐내었지만 도무지 일묘선
인은 흡족해하기는커녕 고심에 빠진 듯 심각한 모습이지 않은가.
밑천을 거의 털어냈는지라 더 이상 펼칠 무공이 없을 때였는데,
모용상인은 무슨 생각에서였는지 저도 모르게 미완의 가전무공
을 펼치게 됐다.
　과거 소림사에서 남궁장천에 맞서다가 불귀객이 되고야 만 숙
부가 마지막 순간에 펼쳤던 무공이기도 했다. 모용세가의 비전무
공 중 위력 면에서는 가히 겨룰 수 있는 것이 없을 정도로 으뜸이
었으나 미완의 무공이기에 모용상인의 관심에서도 서서히 멀어
지고 있던 것이기도 했다.
　생사결(生死訣)의 도법이 펼쳐지기 시작하자 생명 없는 바위처
럼 변화조차 없던 일묘선인의 얼굴이 처음으로 바뀌었다. 처음엔
이채를 띠는 정도였으나 시간이 갈수록 격정에 사로잡히는 것이
었다.
　그런 스승의 변화가 얼른 이해되지는 않았지만 모용상인은 어

쨌든 최선을 다해 생사결을 펼쳤다. 일묘선인은 어느새 자기도 모르게 앉은 자리에서 엉거주춤하게 몸을 일으켜 세우고 있었다. 일묘선인은 다급하게 물었다.

"그걸 누구에게 배웠느냐?"

"가문에 대대로 내려오는 비전무공입니다. 생사결이라 이름 하옵고 전반부의 심법이 해독이 안 되어 후반부의……."

"되었다. 되었다. 그거면 되었어!"

어찌 알았으랴. 모용상인이 생사결을 펼침으로써 그의 운명이 이 순간 또 한 번 큰 전기를 맞고 있음을.

스승의 이해할 수 없는 말과 태도에 어안이 벙벙해져 있는 모용상인에게 일묘선인은 간략하게 설명했다.

"본파의 선조 중에 가장 위대한 선인이 한 분 계셨으니 그분의 도호는 대찰력이라 불리었다."

대찰력이라면 천부가 호파와 웅파로 나눠지게 한 장본인이며 실용적이고 살상 위주의 선술을 창안하여 방어적인 선술의 흐름에 일대 전환기를 맞게 했던 사람이었다.

천부 사상 가장 위대했던 대찰력과 백염선인에 대한 얘기는 스승을 두 번째 대면했을 때 이미 한 차례 들은바 있지 않던가. 모용상인은 갑자기 호파의 개파조사라고 해도 과언이 아닐 대찰력의 이름이 스승에게서 튀어나오자 그의 의문은 점점 깊어져만 갔다.

"그분이 말년에 이르러 세 종족을 살피러 가신다면서 산을 떠나셨는데 아마 그때 네 선조와 인연이 닿았었나 보구나. 네가 방금 펼쳐 보인 무공은 그분의 선술 중에서도 가장 위력이 뛰어난 생사결이었다. 비록 위력이 현저히 떨어지고 핵심적인 비술이 빠져 있어 흉내 내는 정도에 불과하지만 그건 틀림없는 생사결이 분명하다. 혹 그 비술을 구전으로만 전수 받았느냐?"

일묘선인에게는 무척 중요한 문제이기도 했다. 생사결은 사실상 천부 내에도 남아 있지 않았다. 왜냐하면 세 종족을 보러 간다며 떠났던 그가 영영 돌아오지 못했기 때문이었다. 대찰력의 제자들 중에 생사결의 비결을 완벽하게 이어받은 이가 하나도 없었던지라 안타깝게도 세월이 흐르면서 본래의 요체는 사라지고 말았다.

모용상인은 품속을 뒤져 양피지를 엮어 만든 책을 꺼내들었다.

"원래는 죽간에 기록해 전해지던 것인데 이것은 소지하기 편하게 묶어 놓은 것입니다. 그 내용을 전부 담고 있습니다."

일묘선인은 떨리는 손길로 양피지 책자를 손에 잡더니 꼼꼼하게 살펴나가기 시작했다.

모용상인은 모용상인대로 제 집안에 전해져오던 비전무공에 그와 같은 엄청난 사연이 깃들어 있다는 것이 도무지 믿어지지 않을뿐더러 얼마간은 뿌듯하기까지 했다.

'아, 만약 스승님을 좀 더 일찍 만났더라면 숙부님은 비명에 가시지 않아도 좋았으련만. 본가에 이처럼 위대한 무공이 전해지고 있었을 줄이야.'

"오! 참으로 놀랍도다."

일묘선인은 양피지의 내용을 더듬어 가면서 연신 감탄했고 눈을 지그시 감고 머릿속으로 무언가를 상상해보는 기색도 보였다.

결국 일묘선인은 그 책의 내용을 완전하게 소화하는데 하루가 꼬박 걸렸고 그동안에는 잠을 자지도 먹지도 않았고 심지어 몸을 움직이지조차 않았다.

그 바람에 모용상인은 뜻하지 않게 스승 앞에서 벌을 서는 꼴이 되고야 말았다.

일묘선인은 고행을 오랜 세월 해온 사람인지라 그쯤은 아무것도 아닌지 몰라도 모용상인에게는 그야말로 이보다 더 힘든 고역이 어디 있으랴. 나중에는 절로 몸이 배배 꼬일 지경이었다.

일묘선인은 스스로 해독한 전반부의 내용을 몇 번이나 되짚어 보았다.

문제점이 없다고 생각한 일묘는 그 뒤로 모용상인에게 강론을 하기 시작했다.

앞의 내용을 이해는 하지 못하지만 완벽하게 암기하고 있었고 또한 후반부는 완벽하게 익히고 있기 때문에 그가 받아들이는 속도는 엄청났다.

일묘선인의 가르침이 끝나고 혼자 연무실에 남게 된 모용상인은 벅차오르는 가슴을 좀체 주체할 수 없었다.

'이는 내가 알고 있는 그 어떤 무공보다 위대하다. 또한…… 이걸 완벽하게 내 것으로 소화한다면 나는 단번에 환혼자들에 못지 않은 강자가 될 수 있다. 어찌 이런 무공이 존재할 수 있단 말인가.'

모용상인은 일묘선인이 제 스승으로 배정된 것이 얼마나 다행이었던가를 다시 한 번 절감했다. 이는 마치 돌아가신 숙부께서 보살펴 주신 것 같은 기분까지 들었다.

다른 환혼자들은 생사결을 보았어도 그것이 무언지도 몰랐을 터였고 선인들 중에서도 대찰력의 직계인 일묘선인을 제외하고 다른 선인이었어도 마찬가지였을 것이다.

그날부터 모용상인의 가슴 속에는 좀 더 구체적이고 뚜렷한 목표가 하나 생겼다.

'생사결을 완벽하게 내 것으로 만들자. 그럼 앞으로는 파천에게 짐 같은 존재가 아니라 한 손을 거들 수 있는 믿음직한 친우가 될 수 있을 것이다. 생각만 해도 뿌듯하구나. 잊지 않겠다. 나는 자랑스러운 모용가의 가주로서 장차의 전쟁에서 혁혁한 공을 세우고야 말겠다. 두고 보아라. 그동안 본가를 멸시하고 무시했던 중원의 무가들에게 반드시 보여주고야 말리라.'

제6장 천라지망(天羅地網)

사람이 사람을 대면하지 않고 산다는 것만큼 괴로운 일도 드물다. 이 세상천지에 자기 혼자라는 사실이 마음속을 후비고 뼈를 저미는 외로움을 준다는 사실은 그런 상황에 처해보지 않은 사람은 도저히 이해할 수 없는 일이다.

 마혼은 이 세상 누구보다 그 심정을 잘 이해하고 있는 사람이었다. 눈을 떠서 사방을 둘러봐도 살아 있는 생명체라고는 자기 혼자뿐인 생활을 자그마치 십 수 년 넘게 해온 사람이었다.

 말을 걸 사람도 들어줄 사람도 없는 곳에서 마혼은 외로움을 뿌리치기 위해서 그가 할 수 있는 유일한 일을 했다.

 자신을 그곳에 가둔 사람은 마혼이 이 세상에 단 하나뿐인 완벽한 살인병기가 되길 원했다. 비결과 수련할 수 있는 방법들과 환경을 만들어 두고 가끔씩, 아주 가끔씩 찾아오곤 했던 것이다.

마혼은 철이 들면서부터 제 의지로 수련을 거부하겠다고 다짐하고 반항했던 적이 있었다. 그러나 그 결심은 얼마가지 않아 무너지고 말았다.

태존이란 사람이 자신을 이런 상황에 처하게 만든 원흉이자 또한 제 욕심을 채우기 위한 도구로 자신을 사용하고자 하는 원수임을 알고 있음에도 불구하고 가끔씩 찾아오는 그마저 오지 않는다면 마혼은 견딜 수 없을 것 같았다.

또한 태존이 제 수련의 성과가 흡족하지 않아 영영 찾아오지 않고 잊어버린다면 마혼은 늙어 죽을 때까지 그곳에서 벗어날 수 없었다. 그때부터 마혼은 미친 듯이 자신을 단련했고 강해지고자 노력했다. 그리고 언젠가는 태존의 목마저 제 손으로 베어 버리고 말 것이라 다짐했다.

그런 두 사람이 한 공간에 있을 때는 그래서 그런지 다른 사람들이 견디기 힘든 긴장감과 압박감이 흐르기 마련이었다. 태존은 다른 사람들을 모두 물러가게 한 다음에 가느다란 눈을 더욱 가늘게 만들며 마혼을 노려봤다.

태사의에 앉은 태존의 이 장 앞에 굳센 반석처럼 흔들림 없이 서 있는 마혼의 눈에서도 연신 차가운 살기가 흘러나온다. 두 사람은 말없이 서로를 노려보고만 있다.

태존은 지금 굉장히 화가 나 있었다. 마혼이 제 지시를 일방적으로 어기고 전력을 회수한 채로 돌아왔기 때문이다. 서늘하게 가라앉아 있는 마혼의 눈을 똑바로 바라보며 태존이 천천히 입을 열었다.

"네가 무엇을 잘못했는지는 알 것이고…… 왜 그랬느냐? 그리고 너는 그간 어디 가 있었기에 이제야 기어 들어온 거지?"

마혼은 수하들을 태존의 본거지로 보낸 후에 그 혼자 복귀하지 않고 있다가 오늘 아침에서야 아무 일 없었다는 듯이 태연한 신색으로 돌아왔다.

그의 곁에는 늘 그랬듯이 사라가 동행하고 있었다. 태존이라면 꿈속에 슬쩍 비치기만 해도 이를 갈아붙이는 마혼이고 보면 대답이 얌전할 수가 없었다.

"애초에 성공하지 못할 걸 알고 있었지 않은가. 내 손에 파천이 죽었다면 당신 역시 지금처럼 살아 숨 쉬고 있지는 못했을 거야."

"변명치고는 궁색하군."

"변명이 아냐. 나는 최선을 다했지만 보다시피 결과가 좋지 않았을 뿐이다. 사사혈맹과 함께 정의맹과 부딪혔다면 간신히 나 혼자 살아 돌아왔을지도 모르지. 그것보다는 지금의 결과가 더 낫지 않은가?"

기가 막힌 대답이었다.

"좋아. 그건 그렇다고 해두자. 그럼 왜 이제야 돌아온 건지 그간 무얼 했는지 정도는…… 나도 알아야 하지 않겠느냐!"

마혼은 조금의 망설임도 없었다.

"별일 아냐. 잠시 주변을 둘러보고 왔을 뿐이야. 얼마 뒤면 없어질지도 모를 풍경을 마음껏 내 눈에 담아두고 왔다."

"사라…… 그 계집년의 청이었느냐?"

태존의 그 눈빛은 명백한 살기였다. 마혼은 처음으로 가슴이 섬뜩했다. 자신에 대한 위협 때문이 아니라 태존이 지금 하고 있을 생각을 알아챘기 때문이었다.

"그녀와는 상관없어. 언제나 그랬듯 내 결정이었어."

"마혼. 계약이 만료되기 전까지는 넌 내가 시키는 대로 하겠다고 했다. 네 입으로 한 말이다. 벌써 잊어버렸느냐?"

"아니. 기억하고 있어. 그랬으니 이 지긋지긋한 곳으로 다시 돌아왔겠지."

"잊지 마라. 네게 자유는 없다. 모든 결정은 내가 한다. 넌 그저…… 줄에 묶인 인형처럼 내가 흔드는 손짓에 따라 움직여주면 된다. 그 사실을 잊어버리는 순간…… 넌 영원히 인형으로 살거나 아니면 비참하게 버려지게 될 것이다."

이번에는 마혼도 대답하지 않았다. 그도 알고 있었다. 태존은 자신에게 이런 말을 해도 될 만한 능력자라는 사실을.

태사의에서 몸을 일으킨 태존이 이번에는 아주 친근한 미소를 입가에 떠올리며 마혼의 곁으로 다가왔다. 그는 마혼의 주변을 한 바퀴 돌더니 그의 뒤에 가서 섰다. 마혼이 제 뒤에 누군가 서는 것을 병적으로 싫어한다는 사실을 알면서도 대담하게 이런 짓을 할 수 있는 사람도 태존 밖에 없을 것이다. 그의 한 손이 마혼의 단단하게 여문 어깨를 툭툭 쳤다.

"너는 이 길로 다시 나가 내 명을 완수해라. 파천을 죽일 마지막 기회를 만들어 주지. 이번에 그를 죽이지 못하면 영원히 네 손으로 그를 죽일 기회는 찾아오지 않을 것이다. 최선을 다해라. 이번에도 실패하면…… 넌 폐기처분 당할 수도 있을 테니. 기회는 자주 오는 것이 아니다. 특히나 살수에게는."

마혼은 이를 악물며 대답했다.

"그를 죽이는 건 불가능해. 당신과 함께 한다면 모를까 그 전에는……."

"말 잘했어. 바로 그거야. 그렇게 해주지. 그 자리에 나도 있겠다. 파천을 완벽하게 고립시키는 일은 내가 할 터이니…… 너는 내가 이르는 곳에 미리 숨어 있다가 그의 숨통을 끊어놓으면 된다. 모든 계획은 완벽하다."

태존은 이어 마혼이 놀랄만한 계책을 속삭였다. 마혼은 듣는 내내 심장이 쿵쾅거리고 전신이 떨려왔다.

'이대로만 진행된다면…… 파천은 죽는다. 그도 사람인 이상…… 죽을 수밖에 없다. 그런데 어찌 사황천사까지 이자의 손에 놀아나고 있단 말인가. 그가 결국 내 충고를 무시하고 태존과 손을 잡고야 말았던가. 어리석은 사람 같으니, 끝내 자멸의 길을 걷고 마는군.'

마혼의 생각처럼 사황천사와 태존은 만났다. 거기서 파천을 끝장낼 계략이 완성되었고 이제 실행만 남겨 두고 있었다. 만에 하나를 대비한 핵심적인 역할을 할 마혼이 돌아오지 않아 지금까지 태존이 애태웠던 것이다.

"자, 어떠냐? 이만하면 그놈이라도 죽을 것 같지 않은가?"

"확실히…… 완벽하긴 하군. 그자도 사람인 이상에는 함정을 빠져나가지 못하겠어. 만에 하나 빠져나간다고 해도 제이 제삼의 살수가 도사리고 있으니. 그가 신이 아닌 이상에는…… 죽을 일만 남았군."

"그래, 잘 보았어. 마혼 명심해라. 이번에 실패하면 네 앞날이

어찌 될지 장담 못하는 건 둘째 치고 네가 그렇게 아끼고 사랑하
는 사라도…… 내 손에 비참하게 죽을 것이다."

마혼은 벼락이라도 맞은 사람처럼 소스라쳤다.

"사라를 빼돌렸나?"

"안심해. 그 아이는 아직까지는 매우 안전하니깐."

마혼은 치를 떨었다.

"그녀의 손끝이라도 다치면 당신과의 계약은 거기서 끝난다."

태존은 능글맞게 대꾸했다.

"알지, 아주 잘 알지. 네게 중요한 계집이니 내가 함부로 대할
까닭이 있느냐. 단지 네가 어디로 튈지 안심이 안 돼서 잠시 보호
하고 있을 뿐이야. 시킨 대로 잘 수행한다면 그 아이는 무사할 테
니 걱정하지 않아도 돼. 자, 이 길로 너는 나가서 그들과 합류해.
나도 곧 뒤따를 테니."

"그런데 한 가지 부탁을 하면 안 될까? 사라의 오빠를 이 일에
굳이 끌어들여야 할까?"

"빼달라는 건가? 흐음. 그가 아직 덜 여물긴 했지만…… 파천
을 치는데 그를 이용하면 더없이 효과가 크지. 더 완벽한 기회를
보장받을 수 있는 길을 마다하라고? 율극은 파천이 가장 아끼는
사람 중에 하나임을 너도 알지 않느냐?"

"그가 없어도 이 계책은 완벽하다. 오히려 그 때문에 일을 망칠
수도 있어. 그가 현재 어떤 상태인지는 모르지만 만에 하나 그 때
문에 일을 그르친다면 그때 가서 뭐라 할 작정이지?"

태존은 한참을 홀로 생각에 잠겨 있었다. 확실히 마혼의 그 말
은 일리가 있었던 것이다. 율극의 상태는 아직 불안정했다. 지금

단계에서 파천을 만나게 되면 무슨 일이 일어날지는 그 자신도 장담할 수 없는 일이긴 했다. 고민을 하던 태존은 결국 마혼의 뜻에 따르기로 했다.

"그럴지도 모르겠어. 좋아. 그 문제는 네 원대로 따라 주지."

팩 돌아선 마혼은 돌아나가다가 잠시 멈춰 섰고 뒤로 돌아 태존을 집어삼킬 듯이 노려봤다. 마혼의 살기 가득한 눈을 부드럽게 받아넘긴 태존은 개의치 않고 마치 내가 네 머리꼭지 위에 앉아 있다는 느긋한 표정이었다.

*   *   *

집법청의 환혼자들이 담사황의 명을 수행해 항주를 떠나는 일이 잦아졌다. 파천은 오랜만에 집무실에 들러 그런 소식을 알게 되었다.

집법청이 요즘 주력하는 일이 아직 무림맹에 입맹하지 않은 환혼자들의 거취를 확인하고 파악된 자들을 대상으로 회유하고 설득하고 있음을 아는지라 그에 대한 심려는 하지 않아도 좋았다. 담사황이 직접 처리하는 일이라 빈틈이 없었고 환혼자들이 맹을 나갈 때도 꼭 몇 명씩 무리지어 움직이게 했다.

파천의 현재 마음속은 묶인 매듭을 풀지도 못하고 자르지도 못해서 애를 쓰고 있는 형국이었다. 내단의 힘을 완벽하게 제어해 전신에 골고루 배분해가는 일은 생각보다도 더디고 고통스러운 수련이었다.

무엇보다 원념의 방해를 등에 업은 자오신검과의 대립이 파천을 힘들게 했다. 지금 파천은 황제가 남긴 수련법을 익혀갈수록 제 힘이 늘어나고 그와 비례해 자오신검의 압박이 거세진다는 사실에 근심이 깊어져갔다.

'자오신검은 나를 꺾으려고 하고 나는 그를 완벽하게 복종시키려고 한다. 처음엔 그의 힘이 세서 내가 끌려가는 상태였지만 지금에 와서는 팽팽하게 대립할 수 있을 정도다.'

하지만 그렇게 됨으로써 문제가 발생했다. 자오신검이 파천의 능력이 황제를 넘어서서 자신을 대적하는 지경까지 이르자 본격적으로 파천을 압박하기 시작한 것이다.

현재는 어느 쪽이 더 우세하다고 할 수 없을 정도로 치열하게 대치하고 있었다. 힘의 균형은 현재로서는 완벽했다. 파천이 발휘할 수 있는 위력만 따진다면 현재의 상태가 가장 이상적일 수 있겠다 싶을 정도였지만 이 팽팽한 균형 상태는 언제든 무너질 수 있었다.

'내가 다스리기 힘들 정도의 힘이 내 안에서 뿜어져 나오는 경우가 잦아지기 시작했어. 그걸 다스리지 못하면 난 자멸하고 만다.'

파천은 어젯밤에도 연무관에서 수련하던 중에 내부에서 폭발적으로 새어나오는 힘을 다스리지 못해 몰래 연무관을 빠져나갔었다.

그는 인적이 드문 야산으로 가서 결국 폭발시키고야 말았는데 그 힘이 얼마나 대단했던지 수십 리 밖에서도 폭발음을 들을 수 있을 정도였다.

산 하나가 평지가 될 정도의 힘을 인간의 몸에서 뿜어낼 수 있다는 것을 과거에는 도저히 상상조차 하지 못했던 일이었다. 파천은 이제 스스로가 두려워지기 시작했다.

이런 파천의 일련의 과정들을 온전히 파악하고 있는 유일한 존재인 요사가 대낮임에도 불구하고 파천의 정신을 두드려 깨우며 참견했다.

"고민해봤자 답은 한 가지야. 지금 자오신검도 발악하고 있는 거야. 아흐리만에게서 살아남기 위해서 널 완전히 굴복시키려 하고 있고 너는 너대로 그런 자오신검에게 지지 않기 위해서 사력을 다하고 있지. 그에게 굴복당하면 아흐리만을 앞세운 요왕의 위협에 대항할 수 있는 최적의 상태를 만들 수 있을지 모르지만 넌 너를 잃어버리고 그저 파괴를 위한 수단으로 변질되고 말겠지. 그런 네가 차후에는 살아남은 사람들에게 더 큰 위협이 될 것이고."

"그 반대의 상황이라면?"

"과연 그런 일이 가능할까? 반대의 상황이면 가장 좋지. 넌 원하는 걸 모두 이룰 테니. 그런데 너도 겪어봤겠지만 그건 만에 하나 꿈결에서나 움켜쥘 수 있는 행운이지. 일말의 가능성이라도 기대하려면 힘의 배분 점을 삼백서른다섯 개로 완벽하게 나누면 돼. 황제는 완전한 인간이란 표현을 썼지만…… 그 위력은 누구도 몰라. 인간의 몸은 정령과 다른 종족들에 비하면 가장 연약하지만 그 무한한 가능성과 잠재력만 따지면 이 세계의 완전성에 가장 근접해 있거든."

파천은 머리를 세차게 흔들었다.

"지금껏 한 번도…… 그래, 한 번도 포기하겠다는 생각은 해보지 않았는데 어제 처음으로 이쯤에서 관두는 것도 괜찮겠다는 생각이 들더군. 차라리 자오신검에게 내 의지와 몸을 맡겨 버리는 게 어떨까 하고. 그럼 모든 게 잘되지 않을까?"

"너를 버리겠다고? 착각하지 마. 넌 올 때까지 왔어. 네 의지로 올 수 있는 마지막 순간까지 닿은 거야. 나도 네가 여기까지 온 것만으로도 대견하다고 생각해. 차라리 지금 상태로 싸워. 더 이상 욕심 부리지 말고."

"이 상태로 요왕을 이길 수 있을까?"

"모르지…… 그건."

"앞으로 더 나갈 수 있는데…… 저기 눈앞에 마지막 고지가 보이는데 포기해야 한단 말이로군."

"너와 이 세계를 지키자면. 더 가려고 하다가 자오신검의 종이 되면 넌 너 자신도 잃고 이 세계도 잃을지 몰라."

"그래. 나도 그게 두려워. 자오신검은 또 그런 나를 충동질해서 끝까지 가게끔 유도하고 있어."

"그도 아는 거야. 네가 약해져가고 있다는 사실을. 견고했던 벽에 조금씩 실금이 가는걸 보고서 재촉하는 거지."

"나는 내가 두렵다."

"나도 두려워, 네가."

바로 그때였다.

똑똑똑.

집무실 문을 누군가가 두드렸다.

"맹주님, 저 미미인데 들어가도 될까요?"

남궁미미가 찾아온 것이다. 요사의 웃음소리가 파천의 귓가로 스며들었다.

"호호. 네 귀염둥이 동생이 찾아왔군."

파천의 굳어 있던 얼굴이 살짝 펴졌다.

"어, 그래. 들어와라."

문이 열리며 구름에 가려있던 해가 모습을 드러낸 것처럼 눈부신 얼굴이 살짝 드러났다.

"헤, 계셨구나. 정말 바쁘신 거 아니죠? 괜히 저 때문에 방해받는 건 아니시죠? 바쁘시다면 돌아갔다가 나중에 올게요."

"아냐, 들어와. 봐, 나 아무것도 않고 이렇게 빈둥빈둥 놀고 있잖아."

파천은 일어서서 두 팔을 들어 보이며 너스레를 떨었다. 그제야 안심이 된 남궁미미가 안으로 조심스럽게 들어온다. 그녀는 비록 돋보일 것 없는 평범한 옷을 걸치고 눈을 현혹하는 화려한 치장도 없었지만 파천의 눈에는 세상에서 비할 바 없이 아름답고 또한 사랑스런 존재였다.

조금 전까지만 해도 하늘에 닿을 정도의 근심이 파천의 얼굴을 무겁게 짓누르고 있었는데 지금은 언제 그랬던가 싶게 맑게 개어 있었다.

가까이 다가온 남궁미미는 한 걸음 크게 뛰어 파천의 등 뒤로 가서 서더니 수줍게 말했다.

"어깨 주물러 드리고 싶은데…… 그래도 돼요?"

파천은 웃었다.

"하하. 왜, 네 눈에도 내가 피곤에 찌들어서 곰삭아 보이느냐?"

"아뇨. 그런 건 아니지만 많이 지쳐 보이시긴 해요."

"그래. 어디 그럼 미미의 안마실력이 어느 정도인지 한번 볼
까?"

미미는 생긋 웃더니 예전에 두 분 할아버지의 사랑을 독차지
했던 비결 중 하나였던 안마실력을 유감없이 발휘하기 시작했다.
양손에 힘을 주고 꼼꼼하게 주무르는 솜씨가 예사롭지 않다. 그
녀는 힘든 기색 없이 밝게 웃으며 말했다.

"요즘 걱정거리가 많으신가 봐요."

"그렇지. 나야 늘…… 근심을 달고 살아야 하니깐."

"그래도 가끔은 모든 것을 잊어버리는 것도 좋아요. 할아버지
께서 그러셨거든요. 비워야 더 채울 수 있다고. 자꾸 꾹꾹 눌러
담기만 하면 더 많이 담을 수 있을 것 같지만 실상은 사람의 마음
이란 자꾸 비워낼수록 그릇이 커지고 넉넉해진다고 하셨어요."

"그래. 네 말이 맞다. 잘 비울 수 있어야 잘 채우는 법이지. 미
미는 요즘 걱정거리 없어?"

"저요? 없어요. 할아버지들도 건강하시고 아버지 어머니도 처
음과는 달리 잘 적응하고 계시고. 아 맞다. 그저께 오빠를 만났는
데요. 물론 시간이 없어서 얘기는 얼마 못 나눴어요. 근데 오빠가
그랬어요. 요즘처럼 행복한 적이 없다고. 이상한 일이죠. 막내 오
빠가 뭔가에 이처럼 열의를 다하는 건 처음 봐요. 미친 사람 같아
요."

"오빠 이름이 남궁영유였던가?"

"네. 어머 맹주님도 아시네요?"

"그럼. 담사황 지휘사령의 제자가 되었잖아. 맹 내에서도 기대
가 매우 크다."

"그래요? 맹주님은 어떠세요?"

"뭘?"

남궁미미는 잠시 머뭇거렸다. 그렇지만 천성적으로 뭔가를 오랫동안 마음속에 담아두거나 숨기는 성격이 못되는 남궁미미는 결심이 섰는지 조심스럽게 입을 연다.

"할아버지께서 그러셨거든요. 장차 막내 오빠로 인해 세상 사람들이 놀라게 될 거라고 하셨어요. 본가의 위명을 떨칠 거라고 철석같이 믿고 계세요. 맹주님 생각도 그런지 궁금해서요."

만약 파천이 남궁미미와 아무런 관계가 아니었다면 참 맹랑한 아이구나, 라고 생각했을 것이다. 그러나 파천은 남궁미미의 이런 당돌함까지도 귀엽기만 했다.

"글쎄다. 남궁영유가 비범하다는 말은 담 지휘사령께도 들은바 있지만 직접 겪어본 것이 아니라서 뭐라고 단정 지을 단계는 아닌 것 같구나."

"흐음, 그렇구나. 제가 괜한 걸 물어서 맹주님을 난처하게 만들었나 봐요."

"아냐. 그렇지 않아."

두 사람 사이에 잠시 대화가 끊어졌다. 잠시 뒤 침묵을 못 견뎌 하는 남궁미미가 다시 입을 연다.

"맹주님 어린 시절이 궁금해요. 어렸을 때 어땠어요?"

무심코 던진 말이었지만 파천의 심장은 덜컹 내려앉고 말았다. 파천의 등 뒤에 있어 남궁미미는 그 얼굴의 변화를 살피지 못했지만 파천의 얼굴이 살짝 일그러졌다가 펴진다. 그는 평온을 되찾으며 회상에 잠기듯 천천히 말을 이어갔다.

"몇 살인지 잘 모르지만…… 내 기억에 남아 있는 가장 오래된 순간은…… 아주 큰 집에 살고 있었어. 철없는 아이임에도 그것이 내 집이라는 생각에 매우 뿌듯해하고 자랑스러워했던 거 같아. 여기저기 아무 데나 막 돌아다녔는데 그런 나를 막거나 나무라는 사람은 없었어. 그런데 그 집의 본채로 자주 들락거리게 되었는데 그게 문제가 되었지. 어느 날인가 난 발가벗겨져서 혹독한 매질을 당해야만 했어. 나는 영문도 모르고 울기만 했지. 그 뒤로 본채 쪽으로는 발길을 향할 엄두도 못 냈지."

"어머, 세상에나……."

"좀 더 지나서 나는 그 집이 내 집이 아니고…… 난 거기서 일하는 하인들과 마찬가지로 그 집 주인들의 눈에 별나게 보여서는 안 된다는 사실을 알게 됐지. 있어도 없는 듯…… 한동안은 어른들 눈을 피해 다녔어. 그러다 알게 된 사실이 있지. 내게도 아버지가 있었던 거야. 나와 어머니의 곁이 아니라 그 집의 본채, 그것도 가장 화려한 곳에 계시는 분이 내 아버지란 사실을 우연히, 정말 우연히 알게 됐지."

남궁미미는 파천의 그 말에서 언뜻 파천의 어린 시절이 매우 불행했을 거란 생각이 들었다. 그녀는 파천의 이야기에 깊이 몰입해 마치 제 자신이 그런 일을 겪고 있는 것처럼 슬퍼하고 또한 안타까워했다.

"그 집에 아이들이 있었는데…… 나와는 어머니가 다르지만 아버지가 같다는 사실도 알게 됐고…… 그래서였을까? 먼발치에서만 바라보아야 했는데 나도 모르게 자꾸 그들에게 가까이 접근하게 되더군."

미미는 파천의 이런 얘기를 처음 들었다. 그녀는 파천이 받았을 차별에 대해서는 감히 짐작가지도 않았다. 미미는 용기 내어 궁금한 걸 물었다.

"그럼 맹주님의 형제들도 맹주님과 한 핏줄이란 사실을 알고 있었나요?"

"그건 나도 정확하게 모르겠는걸. 그중에 둘은 내게 잘 대해줬어. 내 처치에 비하면 과분할 정도로. 그에 반해 둘째 형은 무척 못되게 굴었지. 그리고…… 그들의 어머니는 정말이지 지독하게 날 괴롭혔어. 시녀들을 시켜서 못살게 굴 때가 많았거든."

"어쩜…… 아주 못된 사람이네요."

"못살게 굴었지만 그래도 그 집안에 있을 때가 행복했었던 거 같아."

"정말요?"

"응. 거기에서 쫓겨나고 얼마 되지 않아 어머니까지 돌아가시고…… 아무도 보살펴주는 이 없는 세상에서 혼자 살아남는다는 건 꽤 힘든 일이었거든."

파천이 간략하게 얘기했지만 그럼에도 남궁미미는 그가 어린 시절 겪었을 불운과 고통이 상상이 됐던지 절로 그 큰 눈에 눈물이 맺혔다.

"그럼 지금은 그들이 어디 사는지 아세요?"

"물론, 잘 알고 있지."

"그들도 맹주님을 알아요?"

"아니 몰라."

"복수하고 싶지 않으세요? 저라면 옛날에 당한 일을 앙갚음이라도 할 것 같은데."

"어떻게?"

"맹주님이 그때의 그 아이였다는 걸 밝히기만 해도…… 그것만 해도 얼마나 큰 복수가 되겠어요. 헤."

심성 착한 남궁미미가 생각하는 복수란 그저 그런 것 정도였다. 파천은 피식 웃고 말았다.

"그런데 맹주님도 참 대단하시네요. 그런 역경을 이기고 지금처럼 크고 훌륭한 인물이 되신 거잖아요. 게다가 보통의 사람들이라면 어떤 식으로든 과거를 보상받고 싶어 할 텐데 맹주님은 그럴 생각도 없으신 것 같고."

"한때는…… 복수를 생각했던 적도 있었지. 그런데 시간이 흐르면서 무뎌졌는지 아니면 다 부질없는 일이라 생각해서인지 몰라도 점차 과거의 아픔이 희미해져 가더군. 그리고 좋든 싫든 그들은…… 나와 핏줄을 나눈 사이니 해코지를 할 순 없었고."

"하긴 저라도 그랬을 것 같아요. 아 맞다. 맹주님 말씀을 들으니 저도 생각나는 게 하나 있어요. 사실 이런 얘기 하는 거 할아버지들께서는 무척 싫어하시는데…… 저희 집에도 비슷한 일이 있었어요. 제가 워낙에 어려서 잘 기억은 안 나는데 제게도 맹주님과 비슷한 처지에 있던 오빠가 한 명 있었어요. 나중에 들은 얘기지만 그 오빠가 절 무척 귀여워했대요. 저도 어렴풋이 절 업어줬던 오빠가 기억이 나지만 그게 네 살 때의 일이라 맞는지는 모르겠어요."

파천은 남궁미미가 별안간 그 얘기를 꺼낼 줄은 상상도 못하고 있다가 저도 모르게 몸을 움찔 떨고 말았다. 그게 이상했던지 남궁미미가 어깨를 주무르다 말고 멈췄다.

"맹주님 어디 편찮으세요?"

"아냐. 얘기 계속해."

"그러고 보니 맹주님 얘기랑 너무 비슷하네요. 후에 작은 오빠한테 들은 얘기지만 아버지가 저희 어머니와 결혼하시기 전에 이미 서로 사랑하는 연인이 있었나 봐요. 그 당시 이미 부부처럼 지내던 두 사람의 관계를 묵인해 주는 조건으로 할아버지께서 아버지를 사위로 들이셨대요. 엄마는 그런 사실을 전혀 모르시고 있다가 셋째 오빠를 낳고 사 년 뒤쯤엔가 첩에게서 아들이 하나 태어났는데, 그때에야 어머니는 아신 거죠. 난리가 났죠. 심지어 자살한다고 약을 먹은 적도 있었을 정도니."

"그래서 어떻게 됐어?"

"그 뒤로는 잘 몰라요. 제가 태어나고 네 살 좀 지나서 모자가 집을 나갔다고 들었어요. 그 뒤로 소식이 없으니…… 어딘가에서는 잘 살고 있겠죠."

"궁금하지 않아?"

"궁금해요. 그분들을 찾을 수만 있다면 찾고도 싶어요. 할아버지가 그분들이 집을 나가고 나서 바로 찾아봤는데 끝내 못 찾았다고 했어요."

파천은 충동적으로 '내가 바로 그 오빠다.' 라고 말하고 싶었다. 그러나 그럴 수는 없었다.

'아직은, 아직은 때가 아니다. 언젠가는…… 어떤 식으로든 관계를 정리할 때가 오겠지.'

부정하고 애써 무시하려던 마음은 남궁미미를 곁에 두면서부터 많이 옅어져 있었다. 그녀의 착하고 천진한 마음씨가 제 미움을 조금씩 허물고 있다는 것은 파천도 눈치채지 못하고 있었다.

두 사람이 정다운 얘기를 나누느라 시간 가는 줄 모르고 있는 중에 옥기린이 찾아왔다. 그는 광마존과 함께 파천의 가장 가까운 곳에 항상 머물고 있었다.

맹주전의 경비책임자이기도 한 옥기린은 한동안 파천이 신경쓸 만한 말을 하지 않았는데 오늘따라 그 표정이 상당히 상기돼 있었다.

"등 지휘사령, 무슨 일이오?"

옥기린은 곧바로 본론을 얘기했다.

"태을도조를 자처하는 분이 맹주님을 친견하겠다고 합니다."

"태을도조께서 오셨단 말이오?"

"네, 제가 잠깐 만나본 바로는 본인이 맞는 것 같습니다."

"이런 반가운 일이. 어서 들이세요. 만사 젖혀두고라도 만나봐야지요."

환혼자가 입맹하겠다고 찾아오면 파천은 연공을 잠시 중단하는 한이 있어도 그를 먼저 만나보곤 했다. 그만큼 한 사람의 환혼자라도 더 확보하는 것이 파천에게는 중요한 관심사였던 것이다. 옥기린이 집무실을 나가고 나자 남궁미미도 이만 가보겠다며 운을 뗐다.

"중요하신 분을 만나셔야 하나 봐요. 저는 이만 가볼게요."

"그래라. 내일 또 보자꾸나."

"네, 맹주님. 내일은 정말, 정말 재미있는 얘기 해드릴게요."

"호, 벌써부터 기대되는걸."

"헤……."

남궁미미가 나가고 한식경쯤이 지난 후에 옥기린이 다시 들어왔다. 그의 뒤에는 상거지 꼴을 한 태을도조가 지팡이를 손에 쥔 채로 어떤 의미인지 모를 은근한 눈길로 파천을 바라보고 있었다.

두 사람 사이에 형식적인 인사가 오가고 남궁미미가 차를 소반에 받쳐 들고 들어왔다. 옥기린은 나가지 않고 한쪽에 서 있었다. 태을도조가 먼저 입을 열었다.

"역시 인물됨이 남다르군."

태을도조는 처음부터 하대했다. 하긴 그럴 만도 했다. 사황천사도 그렇지만 천외사신 중 하나였던 그들에게 현재 환혼한 자들 중에 존대를 해야 할 어려운 사람이란 없었다.

천황의 스승들이었던 환우마종과 불사천존이 태을도조에게는 벗이나 다름없었으니 이런 태도가 예의에 어긋나는 건 아니었다. 그럼에도 옥기린의 얼굴에는 언뜻 불쾌해하는 기색이 떠오르곤 했다. 파천은 개의치 않고 처음과 마찬가지로 반갑게 대했다.

"과찬의 말씀이십니다."

"그래. 자네가 불사천존과 환우마종의 후예란 말이지?"

"네. 그렇다고 할 수 있습니다만 안타깝게도 그분들의 진전은 잇지 못했습니다."

"흠. 소식은 나도 들어서 대강 알고 있네만 천황이란 외호를 처음 들었을 때 아주 고약하고 괘씸하단 생각도 들더군. 하긴 외호에 '신'을 갖다 붙이는 치들에 비하면 양호한 수준이지만. 껄껄껄."

파천은 뭐라 대꾸할 말이 없어서 그저 미소만 지었을 뿐이다.

"본도가 맹주직을 내달라고 하면 그리 할 수 있는가?"

대꾸할 가치도 없는 말이었지만 파천은 시종일관 흐트러짐 없이 침착하게 응수했다.

"그만한 능력이 된다면 맹주는 누구나 될 수 있습니다. 도조께서도 예외는 아니겠지요."

"호, 그래? 자네를 이겨 누르기만 하면 이 거대한 세력을 한 손에 움켜쥘 수 있다는 게로군."

"물론입니다. 해보시겠습니까?"

태을도조는 손사래를 쳤다.

"관두세. 내가 그리 멍청해 보이는가? 내가 비록 거지꼴을 하고 천하를 주유하는 신세라지만 시세판단쯤은 할 수 있는 사람이야. 자넬 이기자면 아마도 나 같은 사람 서너 명쯤은 필요하겠지. 내가 잘못 본 게 아니라면 그 정도는 있어야 할게야. 껄껄껄."

이번에는 파천도 겸양하지 않았다. 사실을 얘기하자면 어느 순간부터 스스로도 제 능력의 한계를 알 수 없게 되었다.

"여러 가지 일로 바쁜 자네를 붙들고 쓸데없는 얘기나 늘어놓자고 온 사람은 아니니 본론만 얘기함세. 듣기로 현 무림맹의 직제가 아주 엄격하다고 들었어. 본도가 입맹하기로 작정하고 여길 온 건 맞네만 체면상 한참 후대의 아이들을 상급자로 모시기엔 여러모로 껄끄럽단 말이지. 어떤가. 내 서열을 자네 바로 밑으로 해 줄 수 있는가?"

말도 되지 않는 요청이었다. 옥기린은 그런 생각이 들었던지 얼굴부터 구겼다. 그걸 못 보았을 리 없는 태을도조는 거기에 대

해서는 가타부타 얘기가 없었다. 그저 파천의 다음 말을 학수고
대하며 기다리고 있을 따름이었다. 파천은 여전히 부드러운 어조
로 제 뜻을 밝혔다.

"도조님을 지휘사령으로 임명하는 것은 마땅한 일이고 또한 다
른 사람들이 보기에도 부당하지 않은 일로 비쳐질 것입니다. 허
나 지휘사령간의 서열은 제가 임의로 결정할 수 있는 게 아닙니
다. 오직 본신의 실력으로만 입증할 수 있습니다."

태을도조의 얼굴이 편치 않아 보인다.

"흐음 그래? 그렇다면 자네는 나를 서열 몇 위에 올려둘 생각
인가?"

파천은 망설이지 않고 대답했다.

"다섯 번째 자리가 적당할 것 같습니다."

다섯 번째 자리라면 해명선인 다음 자리다. 파천이 굳이 그 자
리를 언급한 건 그가 보기에 그리 썩 친화력이 좋아 보이지도 않
을뿐더러 오히려 내부기강을 흩어놓을 우려가 엿보였기 때문이
었다.

태을도조가 이런 인상을 남긴 건 파천으로서도 매우 뜻밖이라
할 수 있었다. 태을도조는 파천의 말이 떨어진 순간부터 심기가
편치 않은지 얼굴색까지 변해 있었다.

"그렇군. 사황천사가 끝내 자취를 감추고 입맹을 거부한 연유
를 알 것 같군."

"본맹의 지휘사령과 참군사령, 감군사령 간에는 서열변동이 가
능합니다. 언제든 바로 위 서열에게 도전할 수 있습니다."

"좋네. 자네 말대로 실력으로 입증해 보이면 되겠구먼."

"그럼 입맹하시는 걸로 결정하신 겁니까?"

"그러지. 나도 뭔가 보탬이 되려고 환혼까지 했으니 여기 말고는 대안이 없지 않은가. 구차하더라도 내가 참아야지 어쩌겠나."

"등 지휘사령."

파천은 다짜고짜 옥기린을 불렀다. 가까이 다가온 옥기린이 깊이 허리를 숙이며 대답했다.

"네, 말씀하십시오."

"새로운 지휘사령께 거처를 정해주고 본맹의 규율에 대해서 상세히 알려 주시오. 그리고 앞으로 할 일에 대해서도 빠짐없이 지도해 주도록."

"명을 받들겠습니다."

파천의 태도가 달라진 것은 둘째 치고 옥기린이 태을도조를 재촉하는 말조차 은근히 강압적이었다.

"저를 따라오시지요."

얼떨결에 집무실을 나온 태을도조는 맹주전의 복도를 어기적거리며 걷다가 툴툴거렸다.

"어허 이 사람들 어지간히도 빡빡하게 구는군. 여기가 군대라도 되는 것 같군. 껄껄껄."

그 순간 옥기린의 말투가 싸늘해졌다.

"앞으로 맹주님께 그런 불손한 말투는 용납되지 않소. 처음이라 그냥 넘어가지만 그런 태도는 속히 고치는 게 좋을 것이오."

태을도조의 눈썹이 꿈틀 물결쳤다.

"대단하군. 대단한 위세야."

"도조님."

옥기린의 표정은 매우 심각했다. 그에 반해 태을도조는 여전히 절반쯤은 장난기가 가득했다.

"왜 그러나?"

"여기에 모인 환혼자들 중에 천하를 호령하지 않았던 자가 없었고 최고의 자리까지 오르지 못한 사람이 하나도 없습니다. 모두가 자신이 최고라고 믿고 있던 사람들입니다. 그런 사람들이 한데 모여 자존심을 뭉개면서까지 자신을 낮추는 이유가 무엇이라 생각하십니까?"

"그야 천하의 안위를 위해서겠지."

"맞습니다. 그리고 맹주님은 모든 환혼자들이 절대적으로 신임하고 인정하는 분이십니다. 도조님께서는 아직 겪어보지 않아 이해 못하시겠지만 그분의 신위를 한 번이라도 보고 겪게 된다면 생각이 많이 달라질 것입니다."

"그런가? 뭐, 그럴 수도 있겠지."

"산중 호랑이의 위엄은 그 강력함에서 나옵니다. 여우의 꾀가 호랑이만 못하겠으며 늑대의 표독함이 호랑이만 못하며 날쌔기로는 다람쥐를 따르기 힘이 들 겁니다. 그런데도 뭇 짐승들이 호랑이만 보면 꼬리를 감추는 연유는 호랑이가 산중에서 절대강자이기 때문입니다."

"흐음, 그러니 나더러 알아서 기란 소린가?"

"그게 싫으시면 입맹을 철회하시면 됩니다."

"그런가? 허허허. 그렇지. 내 잠시 잊고 있었네. 강호는 강자존의 법칙이 유일무이한 도덕이요 윤리였다는 사실을. 산중의 호랑이라…… 모두가 그리 인정했다니 나도 따를 밖에."

옥기린은 더 이상의 언급은 피했다.

'다른 환혼자들과 마찬가지로 당신 역시 곧 맹주님의 거대함에 숨이 막혀 오금이 저릴 때가 올 것이오.'

파천은 나날이 달라지고 있었고 그런 변화는 환혼자들 정도의 고수들이라면 알고 싶지 않아도 저절로 느끼고 있는 바였다. 최근 인근의 야산들에서 기이한 사건들이 연달아 벌어지고 있었는데 그 역시 집법청에 속속 보고되고 있었다.

그런데도 조사관조차 파견하지 않은 데에는 다 이유가 있었다. 그것이 누구의 소행인지를 알기 때문이었다. 가깝게는 백 리 내에서, 멀게는 오백 리를 넘는 곳의 야산에서 벌어진 사건들에 대한 약초꾼들과 인근을 지나던 사람들의 목격담은 대동소이했다.

하늘에서 불벼락이 떨어져 산이 무너지고 초토화 됐다는 것이었다. 비처럼 내리는 불덩이들을 보았다는 사람도 있었고 불 바람이 거세게 휘몰아쳐 모든 것을 날려버렸다는 얘기도 전해졌다.

*　　　*　　　*

평온한 나날이었다. 무림맹은 겉으로 보기에는 확실히 평온해 보였다. 그렇지만 속을 들여다보면 마냥 그런 것만은 아니었다. 정파와 사파, 마도와 흑도의 무리들이 한 우리 안에 섞여 있는데다 다른 누군가에게 지시나 명령을 받아본 적이 없는 사람들이 많은지라 그들 간에 알게 모르게 갈등이 내재돼 있었다. 그런데도 별다른 문제점이 표출되지 않는 건 다들 무언가에 눌려 있기 때문이었다.

절대적인 권위. 그런 것이 과연 있을 수 있을까를 의심하는 사람이 있다면 무림맹에서 하루만 지내보면 인정할 수밖에 없게 된다.

당금 무림의 강자들은 역대 무림사의 초강자들이었던 환혼자들에게 눌려 있었고 그런 환혼자들은 무림의 유일무이한 절대자 파천에게 눌려 있는 형국이었다.

만약 누군가가 이런 무림맹을 와해시킬 목적이라면 가장 간단한 방법은 정점에 있는 파천을 제거하면 될 것이다. 그것이 가능한가 불가능한가의 문제는 차치하고서라도 그 방법이 가장 간단하면서도 완벽하게 무림맹을 뒤집어엎을 수 있는 열쇠가 된다는 사실만은 분명했다. 그 열쇠를 따내려는 시도가 어디서부터인가 시작되려 하고 있었다.

집무실로 옥기린이 들어섰다. 파천은 이제 그의 얼굴 표정만 보아도 그가 지금 무슨 말을 하려는지 알 수 있을 것만 같았다.

"등 지휘사령, 무슨 문제라도 있소?"

"저 그것이…… 저도 이걸 맹주님께 아뢰어야 할까를 고민했습니다만…… 일단은 보고를 해야 할 것 같아 왔습니다."

"무슨 일인데 그러시오?"

"저 혹시 악다문이라고 아십니까?"

파천은 무심코 고개를 끄덕였다.

"잘 알고 있소. 내 유일한 친우이기도 한 모용상인의 의형인 사람이오만…… 왜 그러시오?"

"중정군의 백호장으로 백인의 기재에 선발되어 현재 칠절서생의 제자로 있습니다. 그 아이가 한사코 맹주님을 뵈어야 한다고

하기에 그 연유를 물었더니 맹주님께 직접 아뢰겠다고 고집을 부리고 있는지라……."

무슨 일인지는 모르지만 보지 않았어도 파천은 어떤 상황인지를 대강 짐작할 수 있었다. 악다문이 비록 천하에 드문 기재로 정파 후기지수 오룡 중 일인이었고 현재는 환혼자를 스승으로 둔 일백기재 중 하나라지만 그래도 맹주를 독대하자면 분명한 사유가 있어야 한다.

옥기린이나 광마존이 그 점을 추궁했을 것은 분명했다. 그런데도 대답은 않고 맹주님을 뵙게 해달라고 고집을 부렸으니 매질을 당하지 않은 게 그로서는 행운이라 할 수 있을 정도였다.

파천은 궁금했다. 악다문이 자신을 만나 은밀히 전해야 할 이야기가 과연 무엇이 있을까를 생각해봤지만 도무지 떠오르는 게 없었다.

"들이시오. 얘기나 들어봅시다."

"네, 알겠습니다."

악다문이 들어왔다. 그는 맹주전의 집무실에 처음 들어와 봤고 근처에 서 있는 옥기린이나 광마존의 기에 눌려서인지 얼굴이 해쓱해져 있었다. 악다문은 부동자세로 서서 큰 소리로 외쳤다.

"중정군 청룡대 소속 백호장 악다문입니다. 맹주님의 존안을 뵙게 돼 무한한 영광으로 생각합니다."

두 사람이 처음 대면했던 날을 생각하면 그때와 지금은 처지가 달라도 너무 달라진 것이었다. 그때만 해도 모용상인의 의형으로서 악다문은 파천을 그다지 어려워하지 않아도 좋았다. 그랬던 것이 지금은 감히 눈을 맞추지도 못할 정도로 변한 것이다.

파천은 부드럽게 미소 지으며 자리를 권했다.

"자, 이리로 와서 앉지."

"괜찮습니다."

"사양하지 말고 이리 와서 앉게."

"존명!"

파천은 살짝 얼어 있는 악다문을 배려하고자 주변에서 호랑이 같은 눈길로 내려다보고 있는 옥기린과 광마존을 물러가게 했다. 두 사람이 집무실 밖으로 나갔는데도 불구하고 악다문의 태도는 달라진 게 하나도 없었다.

"허, 이래서야 어디 대화라도 제대로 하겠는가. 그래 무슨 일로 날 보자고 했는가?"

그때 문이 살짝 열리며 남궁미미가 차를 가져왔다. 그녀는 집무실에 손님이 올 때면 늘 이렇게 다실에서 찻물을 달여서 소반에 받치고 들어온다.

그녀를 제지하는 경비무사는 물론 단 하나도 없다. 사실상 맹주 집무실에 별 제지 없이 들어올 수 있는 몇 안 되는 사람 중에 하나였다. 그녀가 찻잔을 내려놓고 나간 뒤에도 악다문은 좀체 부동자세를 흐트러뜨리지 못했다. 그걸 본 파천이 차를 권했다.

"차라도 한잔 들면서 얘기해 보지. 그동안 잘 지냈는가? 불편한 데는 없고?"

"없습니다. 맹주님의 하해와 같은 돌보심 아래 불편함 없이 무사히 지냈습니다."

파천은 절로 머리를 짚었다. 자신이 아무리 편하게 대해주려고 해도 상대가 받아들이지 않으니 소용없는 일이었다. 그래도 파천은 이런 어색한 관계가 싫었던지라 명령하듯이 차를 권했다.

그러자 악다문은 어쩔 수 없었던지 그제야 손을 뻗어 찻잔을 집었다. 그 순간이었다. 무심코 찻잔을 향했던 파천의 눈에 이채가 서렸다. 그것은 악다문의 손목을 보고 나서였다.

'손목의 붉은 사마귀!'

사라가 했던 두 가지 경고 중에 하나가 번쩍 떠오른 것이다. 공교롭게도 악다문이 찻잔을 집고자 손을 뻗은 순간 손목에 손톱만한 큼지막한 붉은 사마귀가 눈에 띈 것이다.

사라는 몇 번이나 경고하지 않았던가. 손목에 붉은 사마귀가 있는 사람을 믿지 말라고. 그자는 파천을 해롭게 할 자이며 함정에 빠트릴 사람이라고. 파천은 사라의 경고를 떠올리며 난감함을 금치 못했다.

'이자는 모용상인의 의형이고 또한 정파의 후기지수다. 허, 이걸 어찌 받아들여야 하나?'

다른 사람의 요청이었다면 파천은 대수롭지 않게 생각하고 넘어갔을 것이다. 그렇지만 그런 요청을 한 이가 사라라면 얘기가 달라진다.

그녀의 예지력은 지금껏 틀린 적이 없었고 어떨 때는 귀신같다는 생각이 들 정도로 파천을 오싹하게 만들지 않았던가. 허투루 들을 게 아니었다. 어쨌든 조심해서 나쁠 건 없었다.

단숨에 뜨거운 차를 삼켰기 때문인지 악다문의 얼굴은 잠시 붉게 상기되었다. 그러다 그는 안정이 됐는지 제가 여기 오게 된 목적을 털어놨다.

"시간을 다투는 일입니다. 지금 처리하지 않으면 큰 변란이 일어납니다."

다짜고짜 한다는 소리가 큰 변란이 있을 거라니. 파천의 미간
이 절로 찌푸려지는 것도 무리는 아니었다.

"무슨 사정인지 자세히 얘기할 수 있는가?"

"죄송합니다만…… 제 설명을 듣는 것보다는 이걸 보시는 게
훨씬 이해가 빠를 것입니다. 한 가지 분명한 건 이건 천하의 안위
가 달린 일입니다. 제 스승이신 칠절서생께서 이 서찰을 전하라
하셨습니다."

그가 내민 서찰을 펼쳐 든 파천은 천천히 그 안의 내용을 읽어
나갔다. 악다문이 전한 서찰에는 놀라운 내용이 담겨 있었다. 편
지의 내용은 사사혈맹에서 투항한 환혼자들에 대한 언급으로 시
작되고 있었다.

그들 중에 대다수가 지금까지 사황천사와 연락을 하고 지내며
때를 기다리고 있다는 것이었다.

사황천사는 현재 잠마지존 나극찰, 태존과 연합한 상태이며 그
들이 무림맹을 칠 때에 사사혈맹 출신의 환혼자들이 무림맹 내부
에서 내응하기로 했다는 내용이었다.

지금 칠절서생과 제운수는 환혼자들을 추적하다가 그 사실을
알게 됐으며 사황천사의 거처를 확보한 상태에서 이 서찰을 보냈
다는 것이었다.

칠절서생과 제운수는 현재 무림맹에 없었다. 그들은 다른 환혼
자들을 추적하는 임무를 부여받고 맹 밖으로 나가 있는 상태였
다.

그런 그들이 집법청에 소식을 전하지 않고 믿을 수 있는 제자

에게 서찰을 보내 맹주에게 전갈을 보낸 것은 일면 납득이 가는
일이었다.

"스승님께서 제게 보낸 서찰에 의하면 현재 집법청의 환혼자들
중에 흑백을 가려내기가 힘이 드는 실정이라 했습니다. 간세가
누구인지 모르는 상태에서 집법청에 소식을 전하면 곧바로 저들
에게 전해질 것을 염려하셨습니다."

있을 수 있는 일이었다. 만약 사라의 충고가 없었다면 파천은
지금 악다문이 한 말을 곧이곧대로 믿었을지도 모른다.

'함정이란 말이지? 나를 끌어내 치겠다는 수작인가?'

그것이 함정이든 아니든 파천에게는 그것보다 더 신경 쓰이는
부분이 있었다. 서찰의 내용처럼 사사혈맹에서 투항한 환혼자들
이 사황천사의 명령을 받고 있느냐 하는 부분이었다.

칠절서생이 보낸 서찰의 내용은 현재 혼자 있는 사황천사를 먼
저 제압하고 후에 접촉할 잠마지존이나 태존 등을 차례로 진압하
면 변고를 미리 방지할 수 있다는 의견으로 마무리되고 있었다.

사황천사가 혼자 있는 것이 사실이고 칠철서생 등이 아직 발각
된 게 아니라면 그들 말마따나 파천이 혼자 가서 처리하는 것이
가장 손쉬우며 완벽했다. 시간을 다투는 일이란 악다문의 말도
틀린 게 아니었다.

파천은 심사숙고했다. 지금 파천의 머릿속에서는 자주 찾아오
지 않을 이 완벽한 기회를 어떻게 반전시켜서 적을 소탕할까에
골몰하고 있었다.

만약 이 함정을 파놓고 파천이 오길 기다리고 있을 사람들이
이런 사실을 알았다면 뒤로 까무러치고도 남을 상황이었다. 결심

을 굳힌 파천이 악다문에게 말했다.

"야음을 틈타 나 혼자 그곳으로 갈 것이니 자네가 미리 전갈을 넣게."

"존명."

"그리고 이 사실은 다른 누구도 알아서는 안 되니 신중에 신중을 기하도록."

"명심하겠습니다."

악다문의 얼굴에도 절로 긴장의 빛이 서렸다. 악다문을 보내고 난 뒤 파천은 일어나 창가로 걸어갔다. 팔짱을 끼고 생각에 잠겨 있던 파천이 잠시 후 옥기린을 불렀다.

"담 지휘사령과 검성께 비밀리에 전갈을 넣게. 누구 눈에도 띄지 말고 이리로 오셔야 할 테니 특별히 조심하라 이르고."

뭔지 모르지만 심상치 않은 일이 벌어지고 있다는 걸 직감한 옥기린의 얼굴에도 절로 긴장의 빛이 떠올랐다.

"명심하겠습니다."

                    *   *   *

담사황과 검성과 옥기린, 광마존이 파천과 함께 집무실에 모여 있었다. 파천으로부터 대강의 전말을 들은 이후였다. 검성이 조심스럽게 제 사견을 밝혔다.

"적도들을 한 번에 소탕할 기회이긴 하나 맹주님의 계획은 너무 위험합니다. 맹주님의 안전이 확보되지 않은 상태에서 이런 작전을 감행했다가는 돌이킬 수 없는 후회를 남길지도 모릅니다."

검성이 무얼 염려하는지 모르는 파천이 아니다. 파천은 빙그레 웃었다.

"염려 마십시오. 저를 믿으셔도 됩니다. 그렇게 허무하게 저들에게 당할 만큼 약하지 않습니다."

"그건 그렇지만……."

담사황의 머릿속도 지금 복잡하긴 마찬가지였다.

"칠절서생과 제운수에 대해 아는 바가 있소?"

옥기린에게 물은 것이었다. 대답은 파천이 했다.

"예전 악다문 등의 배후에서 무공을 전수했다는 인물이 바로 그 두 사람으로 밝혀졌습니다."

그때 광마존이 엉뚱한 얘기를 해서 분위기를 환기시켰다.

"주군, 그런데 좀 이상합니다."

"뭐가 말이냐?"

"당시 제가 알고 있기로는 칠절서생과 제운수는 태을도조를 따르는 환혼자로 분류돼 있었습니다. 그동안 그들 간에 접촉이 없어 별 관심을 두지 않았지만 그들이 태을도조의 사람임은 틀림없는 사실입니다. 그런 그들이 사황천사와 내통해 이런 계략을 꾸몄다면 태을도조도 의심해야 하지 않습니까?"

옥기린이 맞장구치고 나섰다.

"그러고 보니 아귀가 맞아떨어지는군요. 그동안 종적조차 묘연했던 태을도조가 하필이면 이런 시기에 입맹한 것부터가 수상한 일이지 않습니까?"

담사황은 상황을 정리해 의견을 보탰다.

"그럼 이렇게 하지요. 확실하게 믿을 수 있는 환혼자들만 모아서 절반은 무림맹 내부에서 혹 일어날지 모를 소요를 감시하게 하고 절반은 맹주를 따라서 작전에 투입하는 걸로."

여러모로 보나 지금은 그게 최선일 듯싶었다. 검성은 아직까지도 우려를 떨쳐내지 못했다.

"적의 전력이 어느 정도인지를 모르는 상태에서 맹주님이 앞서 가신다면 저들이 원하는 대로 함정에 빠지겠다는 것과 진배없습니다. 그런데다가 저들의 전력이 예상을 상회하기라도 한다면 저희가 수습하는 데 걸리는 시간도 만만치 않게 길어져 자칫하면 계획에 차질을 빚게 됩니다. 아무래도 저는 그 부분이 걱정스럽습니다."

파천이 대답했다.

"하지만 달리 선택의 여지가 없습니다. 저들도 이런 계책을 꾸미고 실행할 때는 본맹의 움직임을 살피고 있음이 틀림없습니다. 만약 저와 여러분들이 함께 움직인다면, 또한 삼군 중 하나를 기동하기라도 한다면 저들이 어찌 할 것 같습니까? 의심을 덜어내려면 따로 움직이는 수밖에 없고 전력을 최소화해서 저들의 눈에 띄지 않아야 합니다. 그래야 일망타진할 수 있습니다. 제가 먼저 맹을 떠난 후에 여러분들은 제 지시대로 정면이 아닌 배후로 돌아서 이동하십시오. 감시자들의 눈길을 속일 수 있느냐 없느냐가 이번 작전의 승패를 가름하는 관건이 될 것입니다."

파천은 이어 이번 작전에 동원할 환혼자들을 일일이 거명하기 시작했다. 그 가운데에는 사사혈맹 출신의 환혼자들은 몽땅 빠져 있었다. 그리고 맹주전의 집무실에서 시작된 이 작전은 집법청에서도 눈치채지 못할 만큼 은밀하게 진행되기 시작했다.

파천은 무림맹을 떠나기에 앞서 지시를 받고 사사혈맹에 투신해 있다가 현재는 집법청에 소속돼 있는 일도향 도중현을 비밀리에 접촉했다.

그는 아무것도 모르고 있었다. 사황천사와 사사혈맹의 환혼자들 사이에 그간 은밀한 접촉이 있었다는 서찰의 내용은 사실무근이었던 것이다. 파천은 한시름 놓게 된 셈이었다. 적어도 내부에서 적과 내통해 반란을 일으키지는 않을까 전전긍긍하지는 않아도 좋았다.

파천은 한결 마음을 놓은 상태에서 무림맹을 떠날 수 있었다.

                    *   *   *

서찰에 표기된 목적지는 항주에서 동남쪽에 위치해 있는 소흥(紹興) 인근으로 비모당(非謀黨)이라 불리는 향촌이었다. 이곳은 원래 나병에 걸린 사람들이 모여 살았는데, 여행자들이 이곳을 지나며 횡액을 당하는 일이 많다는 헛소문이 언젠가부터 퍼지기 시작하더니 급기야 소흥의 관리들이 그곳 주민들을 강제로 이주시키고 폐쇄시키기에 이르렀다.

십여 년 전까지만 해도 폐가만이 남아 있었는데 감시하는 눈길이 사라지자 슬금슬금 유민들이 모여 정착하기 시작했다. 현재는 오십 호 정도의 오갈 데 없는 사람들이 모여 서로를 의지하며 살고 있었다.

비모당으로 들어오는 입구 쪽엔 자그마한 호수가 하나 있는데 그 주변으로 수양버들이 줄지어 길게 늘어서 있었다. 그 앙상한 나뭇가지에는 얼어붙은 눈송이들이 달빛에 파랗게 빛났다. 마을 입구로 들어올 수 있는 좁은 길목은 을씨년스럽기만 했다.

파천은 지금껏 사람 목숨을 뺏는 일을 되도록 피해왔다. 허나 오늘은 항주를 떠나면서 모질게 마음을 먹고 온 터였다. 파천의 그런 마음을 더욱 단단하게 만드는 전경이 펼쳐졌다.

파천은 마을 입구로 들어서는 순간 이곳에서 어떤 참상이 벌어졌는지를 단번에 알아챈 것이다. 바람결에 은밀히 섞여 퍼지고 있는 비릿하고 역겨운 피 냄새를 맡은 것이다.

'용서할 수 없는 자들. 나 하나를 잡겠다고 이곳의 주민들을 몰살시켰단 말인가!'

타오르는 불꽃에 기름을 끼얹은 격이나 다름없었다.

태존의 명령에 따라 비모당에 살던 삼백여 명에 가까운 주민들이 떼로 몰살당한 것은 닷새 전이었다. 태존의 수하들은 마을 뒤편에 큰 구덩이를 파고 시체들을 아무렇게나 구겨 넣고 흙을 덮어버렸다.

잠시 묶어두거나 그도 아니면 다른 곳으로 이주시키면 될 것을 자신들의 일에 방해가 된다 하여 무고한 양민들 수백 명을 몰살시킨 흉심에 파천이 치를 떠는 것도 무리는 아니리라.

'살려둘 수 없는 자! 인두겁을 쓰고서 어찌 이와 같은 악행을 저지를 수 있단 말인가. 오늘 여기에 있는 자들은 그 누구를 막론하고 죽이리라.'

파천의 결심은 차돌처럼 단단해져서 이제는 누가 와도 바꿔놓을 수 없게 되었다. 파천은 적도들이 이상하게 생각하든 말든 태연하게 마을 중심을 향해 걸어갔다.

지금 보이는 행동은 적도들의 의심을 살 만했다. 파천은 지금처럼 태연하게 들어서면 안 되는 일이었다. 적도들이 기대하는 모습은 이런 게 아니었다. 사황천사를 잡기 위해 은밀히 마을로 잠입하는 것이 그들이 예상하는 파천의 모습이었다.

이미 비모당 주변 삼십 리 이내는 쥐새끼 한 마리 들어오거나 나갈 수 없는 천라지망이 펼쳐져 있었고 파천이 비모당 안으로 들어선 순간부터 촘촘한 포위망이 가동되었다.

아무리 절세고수라고 해도 십 리 밖에서 숨죽이고 있는 사람을 포착해내는 일은 불가능하다. 적어도 그들은 그렇게 믿었다. 허나 어찌 알았으랴. 이 순간 파천의 초인적인 감각은 삼십 리 이내의 움직임을 훤히 꿰뚫고 있었으니.

'족히 천 명은 되겠구나. 태존의 수하들 중 현재까지 드러난 전력만 천오백 가까이 되고 환희궁주는 삼천 이상을 예상했었다. 그중에 천 명을 동원했다면 최소한 이 근처에 있는 자들은 태존의 수하들 중에서도 정예로 분류할 수 있겠군. 어차피 머리를 잘라버리면 태존의 수하들은 자연히 흩어지게 되어 있다.'

마을 곳곳에는 채 지우지 못한 핏자국들이 여기저기 남아 있었다.

마을에서 유일하게 사람의 온기가 흘러나오고 있는 곳을 향해 파천은 똑바로 걸어갔다. 이 마을의 구조는 정중앙에 큰 공터가 있고 거길 중심으로 사방으로 길을 내고 그 주변에 집을 다닥다닥 붙여 지어 놓았다. 파천은 지금 공터에 서서 정면에 보이는 가장 큰 집을 바라보고 섰다. 그 안에서 세 사람의 온기가 느껴졌으며 그들이 현재 어떤 자세로 있는지까지 파악했다.

순간 갑작스러운 돌풍이 휘몰아치더니 먼지바람을 일으켰다. 어깨 뒤로 늘어져 있던 파천의 피풍의가 퍼더덕 소리를 내며 휘날렸다.

삐이익.

나무문이 비명을 지르는 소리와 함께 그 안에서 세 사람이 차례로 모습을 드러냈다. 파천의 시선은 빠르게 세 사람을 훑어갔다. 선두에 선 사람은 사황천사였고, 바로 뒤에는 한동안 종적을 감췄던 잠마지존 나극찰과 북해검왕이 긴장한 신색으로 모습을 보였다. 그들 세 사람이 모습을 드러낸 순간 파천의 써늘했던 눈길이 뜨거워졌다. 사황천사는 파천의 태연한 모습에 내심 찜찜한 기분이 되었지만 겉으로는 당찬 모습이었다.

"정말로 혼자 왔군. 그런데 네놈의 태도로 보아하니 이곳이 함정인 줄 알고 있었던 것 같은데, 언제부터 눈치챈 것이냐?"

그로서는 무척 중요한 부분이기도 했으리라. 파천이 만약 서찰을 입수하던 시점부터 의심을 품었다면 이곳에 함정을 팠다지만 그걸 어찌 함정이라 할 수 있겠는가.

"그런 것 따위가 무어 중요하겠나. 쥐새끼 몇 마리 쳐 죽이는데 함정이면 어떻고 아니면 또 어떻겠는가."

"미쳤거나 미쳐가고 있는 중인 게로군. 언제 알았건 상관없는 일이겠지. 네가 여기서 죽는다는 사실에는 변함이 없는 일! 지금까지 별다른 소식이 없는 걸 보니 수하들을 대동하고 온 건 아니겠고…… 대체 무얼 믿고 그리 배짱을 부리는 게지?"

"포위망이 좁혀지고 있군. 현재 마을로 진입한 자 쉰다섯, 그중

초고수 열다섯. 포위망의 최대거리 십 리. 이만하면 대답이 되었는가?"

사황천사을 포함한 세 사람은 벌린 입을 다물지 못할 지경이었다.

"네놈의 능력이 가히 천하제일이라는 것은 익히 알았지만 신을 희롱하고도 남을 정도인지는 몰랐구나. 네놈은 사람의 능력을 벗어났음이 틀림없구나."

파천의 태도는 너무도 태연자약했다. 그는 팔짱을 끼고서 눈을 지그시 내려감는 것이었다.

"좀 더 기다려 줘야겠군. 이왕이면 잡아야 할 쥐새끼들을 한군데 몰아놓고 잡는 게 여러모로 낫겠어."

자존심 강한 잠마지존이 분기를 참지 못하고 버럭 고함을 질렀다.

"찢어 죽일 놈 같으니, 내가 네놈의 오만함을 꺾어놓고야 말리라!"

사황천사는 나극찰보다는 더 침착했다. 홧김에 출수를 할지도 모른다고 여겼는지 사황천사는 당장 말리고 나섰다.

"잠깐! 흥분할 일이 아니오! 마음을 가라앉히시오. 어차피 저놈은 우리가 쳐놓은 함정 속에 있소. 저놈의 허장성세에 속아 이로움을 버리고 각개격파 당할 만큼 어리석진 않으리라고 보오."

움찔했던 잠마지존 나극찰은 사황천사의 만류에 간신히 마음을 가라앉혔다. 두뇌회전이 빠른 북해검왕은 현재의 상황에 또 다른 변수가 있는 것이 아닌가를 생각했다.

'아니다. 이건 좀 다르다. 저자가 방금 보인 능력이라면 이 근처에 오기도 전에 포위망을 알아챘을 터인데 왜, 왜 돌아가지 않고 함정 안으로 태연하게 걸어 들어왔단 말인가? 이건 뭐가 잘못돼도 한참 잘못 됐다. 그런데 지금껏 항주의 무림맹에서 병력이 이동했다는 보고는 없었다. 현재 십 리 이내에는 저자 혼자라는 소린데…… 저 자신감의 정체를 도통 모르겠군. 뭔가 불길하긴 한데 연유를 모르겠으니…….'

사실 지금 북해검왕은 태존과의 연합조차도 썩 내켜하지 않는 상태였다. 태존의 장담대로 나극찰은 패배의 쓴잔을 마시고 한참 동안은 무척 괴로워했다.

결국 그는 다시 제 발로 태존을 찾아갔는데 그 이유를 스스로도 설명할 수 없었다. 수하들 모두가 탐탁해 하지 않았고 특히 북해검왕의 반대가 거셌다. 그럼에도 나극찰은 끝내 제 고집대로 제 일신뿐만 아니라 수하들의 운명까지도 태존에게 걸어 버린 것이다.

잠시 뒤, 파천의 말대로 수십 명이 넘는 사람들이 마을 중앙 공터로 귀신처럼 몰려오기 시작했다. 소리조차 나지 않는 은밀한 신법들만 보아도 그들이 일신에 지니고 있을 무공의 수준들이 어느 정도일지는 알 만한 일이었다.

그들의 면면은 참으로 화려했다. 대개는 파천이 익히 알고 있는 사람들이었다.

나극찰의 뒤로 늘어선 자들은 새외의 전설들인 청해사신, 미륵존자, 혈미불이었고, 북방을 점한 이들은 단천인을 필두로 단장화, 천산노조, 철장마승, 마계자로 그들은 살막에 편입된 인물들이었다.

남방은 구천마제와 독수혈랑, 그리고 파천에게 서찰을 보낸 장본인들인 칠절서생과 제운수였다. 이 두 사람은 원래는 사로잡힌 것처럼 연기를 해 파천을 속일 계획이었지만 이제 와서 그럴 필요까지는 없다고 생각했는지 약간은 겸연쩍어하는 모습이기도 했다.

서쪽은 주로 태존의 직계 수하들이라 할 수 있는 야수검과 권왕, 잔혼이 보였다.

황금루의 여섯 루주인 천평성 두경소, 천죄성 하경명, 천손성 등유상, 천뢰성 반천승, 천곡성 시방헌, 천교성 동난영이 서북쪽으로 치우쳐 있었고, 묵혼과 사혼, 철혼과 뇌혼은 잔혼의 지시를 따르는 듯 그의 뒤에 자리 잡고 있었다.

그들 외에도 파천의 눈에는 낯선 팔관회와 살막의 고수들, 야수검과 권왕이 조련시킨 고수들이 물샐틈없는 포위망을 구축하고 있었다.

나중에 도착한 쉰다섯 명과 원래 있던 세 명을 합쳐 모두 쉰여덟 명의 경세적인 고수들이 파천 하나를 죽이겠다고 살기를 뿜어내고 있으니 무림 역사상 이와 같은 장면은 단연코 처음이었으리라. 그들 중 무려 열네 사람이 환혼자였다.

파천은 자신을 둘러싸고 있는 사람들 중에서 유독 한 명에게 시선을 멈추었다. 그는 다름 아닌 남궁장천이었다. 그가 이 자리에 함께 있을 줄은 파천도 미처 예상하지 못했던 일이었다.

'겨우 이런 식으로 당신과 다시 만나는가. 겨우 태존의 꼭두각시나 되려고 부모와 형제의 가슴에 비수를 꽂았더란 말인가. 당신 역시…… 살아 있을 가치가 없다.'

매정하게 시선을 거둔 파천의 얼굴이 살짝 찌푸려졌다. 그가 기대했던 두 사람이 보이지 않았기 때문이었다.

"이중에 태존은 없는 것 같군. 마혼도 보이지 않는 듯싶고. 설마 이번에도 태존은 몸을 사려 코빼기도 비치지 않을 작정인가?"

바로 그때였다. 파천의 눈가가 파르르 떨렸다. 이곳을 향해 무서운 속도로 날아오는 신형의 움직임을 파악했기 때문이다.

"이제야 등장하려나 보군. 태존인가 아니면 마혼인가?"

바람이 휘몰아치더니 사황천사와 나극찰의 앞으로 뚝 떨어져 내리는 사람이 하나 있었다. 태존이었다. 파천의 매서운 눈길은 그를 찬찬히 살펴갔다. 의외의 모습이었다.

꿈에 나타날까 무서울 정도의 흉한 몰골을 하고 있는 저 사람이 진정 태존이란 말인가? 푸르다 못해 거무죽죽한 피부는 우글쭈글했고 눈자위는 빨갛고 동공은 샛노랗다. 게다가 붉고 은근한 청록색 빛무리가 머리칼 주변을 감싸고 있었다. 파천은 단번에 한 가지에 생각이 미쳤다.

"그대가 태존이겠군. 내단을 형성했나?"

태존은 순순히 인정했다.

"과연 바로 알아보는구나. 아마도 인간들 중에 내단을 형성한 이는 너와 나 둘뿐이겠지."

내단을 형성한 사실을 뿌듯해하는 태존의 태도가 같잖아 보인 파천은 그런 그를 비웃었다.

"사람의 형상도 제대로 못 갖춘 그 모습을 보아하니 상당한 부작용에 시달렸나 보군. 각성한 사트바가 그런 흉한 몰골을 하고 있는 경우란 딱 한 가지밖에 없지. 흡혈을 얼마나 해댔으면, 쯧쯧."

아무도 모르고 있는 사실을 파천이 언급하자 태존의 얼굴이 순식간에 일그러지고 말았다. 태존의 현재 상태가 어떤지 파천은 너무도 정확하게 짚어냈다.

파천도 일리아나로부터 이에 대해 들은 적이 있었다. 각성한 사트바가 무리하게 내단을 흡수하다가 원념을 이기지 못해 타마스가 되는 경우가 있는데 그런 현상을 원천적으로 봉쇄하는 방법이 딱 한 가지 있었다.

그것은 내단 흡수만 하는 것이 아니라 피까지 마시는 것이다. 하지만 여기엔 타마스가 되는 것만큼 심각한 부작용이 뒤따른다. 점차 마셔야 하는 피의 양이 늘어나는데다 몰골이 타나토스의 괴수로 여겨질 정도로 흉측하게 변하며 끝내는 이지를 상실한 괴물로 화한다는 것이다.

그래서 웬만한 경우가 아니면 타마스가 될까봐 흡혈을 하는 짓은 하지 않는다고 했다. 그런데 지금 태존의 모습을 보아하니 그는 처음부터 내단을 흡수하면서 흡혈을 병행해 왔음이 틀림없었다.

"결국은 이지를 상실한 괴수로 변해갈 걸 알면서도 그런 짓을 했는가? 또 당신들은 그런 태존의 미래를 알고서 저자를 따르고 있었던가?"

파천과 태존의 대화 내용을 이해하고 있는 사람은 아무도 없었다. 태존의 모습이 좀 특이하다고 생각하긴 했지만 세 종족의 불멸의 비결을 훔쳐서일 거라고 쉽게 믿어 왔던 것이다.

그런데 그것이 아니었단 말인가? 어쨌든 지금 상황은 참으로

묘했다. 이 많은 고수들에게 둘러싸여 있으면 누구라도 위축되기 마련이거늘 오히려 심적인 압박은 포위한 다수가 받고 있는 황당한 상황이 벌어지고 있었다.

태존은 신경질적으로 말했다.

"너란 놈이 등장하는 바람에 내 계획은 모조리 헝클어지고 말았다. 이제 이 자리에서 네놈을 제거하고 나면 모든 건 원래대로 돌아갈 것이다."

"태존, 나는 애초에 당신 정도는 염두에 두지도 않았다. 내 근심은 오직 요왕 하나뿐. 내가 너희들 정도에게 당한다면 요왕을 대적하는 일은 애초에 가당치도 않았던 일."

파천의 전신에서 폭풍 같은 기세가 갑자기 일어나 주변을 휩쓸어갔다.

"보아라, 그리고 느껴라! 이것이 바로 황제의 권능! 나 천황 파천의 진면목이다."

파천의 손에서 자오신검이 떠난 것과 동시에 그의 전신에서는 세찬 떨림이 시작됐다. 그 순간 태존이 소리쳤다.

"놈을 죽여! 놈도 인간인 이상 반드시 약점은 있다!"

이 싸움에 끌어들인 것은 태존이었지만 주도하는 이는 파천이었다. 공중 삼 장 높이로 떠올랐던 자오신검이 찬란한 황금빛깔을 주변에 흩뿌리고 있다.

그것도 잠시, 자오신검은 이내 파천의 정수리로 박히듯 사라지는 것이었다. 자오신검이 파천의 몸 안으로 흡수된 것이다. 지금 파천은 자오신검으로 펼치는 다섯 개의 초식 중에 그간 외부에 한 번도 펼친 적 없던 네 번째 초식을 초현해 보이고 있었다.

그가 아무리 인간의 한계를 넘은 초인이 되었다지만 이 많은 절세고수들의 공격을 경시할 순 없었다. 그들의 무지막지한 공격을 일일이 허용하다 보면 자칫하다 낭패를 당할 수도 있는 일이었다. 그래서 파천은 처음부터 전력을 다하기로 작정하고 네 번째 초식을 발동한 것이다.

파천의 몸 안으로 사라진 자오신검 때문인지 파천의 신형 주변으로 달무리 같은 황금빛이 석 자나 뻗쳐 나왔다. 파천이 가장 먼저 노리고자 했던 사람은 태존이었다. 태존은 그런 낌새를 알아채고 안전한 곳으로 신형을 슬쩍 물렸는데 그 빈 공간을 사황천사 등이 재빠르게 메웠다.

공터 정중앙에 있는 파천을 향해 노도와 같은 강기들이 쏟아져 들어왔다. 최소 열 사람 이상의 합력이 파천 하나에게 집중되는 순간이었다.

달빛이 차갑게 흐르는 검날에 맺힌 살기와 번쩍이는 눈길들과 이 순간이 생애 마지막 순간이라는 듯이 목이 터져라 외치는 함성 속에 파천은 고스란히 노출돼 있었다. 심장이 터질 것 같은 압력 따위는 느껴지지도 않는다.

파천이 보기에 그들의 공격은 불꽃을 향해 뛰어드는 부나비의 몸짓처럼 허망하게 느껴질 따름이었다. 파천은 움직이지도 않고 온몸을 활짝 열었다.

두 팔을 활짝 벌린 순간 그의 전신에서 몇 줄기 황금빛이 사방을 향해 뿜어졌다. 그것은 너무도 돌발적인 것인데다 눈으로 보고 판단할 수 없는 속도를 지니고 있었다. 밀려드는 강기가 그 빛에 닿는 순간 모조리 사라져 버린다.

신검, 명검이라 자랑하던 병기들이 빛에 닿는 순간 형체도 남기지 못하고 녹아버렸다. 팔과 다리가, 뼈와 살과 피가 재조차 남기지 못하고 작은 알갱이로 화해 바람을 타고 흩어지는 광경에 사람들은 할 말을 잃어버렸다. 비명도 없었고 놀람의 탄성조차 흐르지 않는다.

오직 하나 공포! 현재 이곳을 지배하고 장악하고 있는 감정은 오직 그것 한 가지였다.

파천이 만들어낸 장면은 인간이 감내할 수 있는 극한의 공포를 훌쩍 넘어서 있는 광경이었다.

무엇보다 사람들을 놀라게 만든 건 무공이란 제한된 형식에 길들여져 있던 고수들을 단숨에 혼란에 빠트려 버린 불가해한 형태 때문이었다.

단전에 축기를 해서 내력을 이용해 물리력을 만들어 내는 것이 무공이라 해도 그 형태에 있어서는 대동소이했다.

손이나 발, 손가락이나 손바닥, 손날, 어깨, 무릎, 팔꿈치 등 신체의 일부를 이용해 공격과 수비를 하는 무공이든 아니면 신체의 연장이라 볼 수 있는 다양한 형태의 병기를 사용해 위력을 극대화하는 무공이든 간에 강기를 발출하는 장소는 정해져 있다는 점이었다.

옆구리나 등이나 손등이나 엉덩이, 머리 같은 말도 안 되는 곳에서 강기가 튀어나올 거라 여기고 대비하는 사람은 단 하나도 없었다.

그런데 보라. 방금 파천이 펼친 한수는 그 기본적인 무공의 상리를 뒤엎는 것이었다.

파천의 몸 안에 안착한 자오신검과 내단의 힘을 전신에 배분한 긴장상태에서 나오는 충돌의 여파가 서로 맞물리면서 자오신검의 분신은 위력이 극대화되었고, 그 빛은 특정 신체 부위가 아닌 예측할 수 없는 곳에서 마구 튀어나왔던 것이다.

등이나 목이나 발목에서 예고 없이 쏟아져 나온 빛줄기에는 모두가 속수무책일 수밖에 없었다.

게다가 거기에 닿는 순간 강기들이 저절로 소멸해 버리는 이 현상은 대체 무어란 말인가!

〈8권에서 계속〉

마법군주
인 칼리스타

발렌 판타지 장편소설
FANTASYSTORY & ADVENTURE

『리턴』,『얼음군주』의 작가 발렌!
자유롭고 유쾌한 상상력이 돋보이는 판타지 장편소설.

미천한 하인에게 죽음과 함께 찾아온 영혼의 부활.
기적처럼 뒤바뀐 한 남자의 운명이 대륙의 역사를 새로 쓴다!

귀족의 폭정에 고통 받는 모든 이들을 구하기 위해
칼리스타 백작, 마침내 그의 의지가 세상을 변혁시킨다!

dream
books
드림북스

CONSTELLATION OF THE SKY

이광섭 판타지 장편소설

FANTASYSTORY & ADVENTURE

천공의 성좌

『아독』,『검술왕』의 작가 이광섭의 야심작!
차원 게이트를 통해 몰려오는 이계 존재들의 난입.
서기 7427년, 세상을 뒤흔들 다차원전쟁이 시작된다!

대지가 진홍빛 피에 물들고 하늘이 어둠에 잠기면
차원병기와 함께 역사상 가장 위대한 전사가 강림하리라!

dream
books
드림북스

문우영 신무협 장편소설
ORIENTAL FANTASYSTORY & ADVENTURE

화서무적

『악공전기』의 감동적인 선율로 출사표를 던진
작가 문우영의 신무협 장편소설.

부드러운 붓끝에서 시공을 초월하는
놀라운 세계가 펼쳐진다!

일획지법(一劃之法) 만시만종(萬始萬終)!
단 한 번의 휘두름에 만물의 법을 담는다!

★
dream
books
드림북스

서강대학교 방송작가아카데미
SOGANG UNIVERSITY Broadcast Writer Academy

프로가 되는 가장 빠른 길!!

서강대학교 방송작가아카데미
9월, 2기 모집!

장르소설가, 드라마작가, 라디오작가, 작사가

판타지 소설, 무협소설 작가되기!
판타지, 무협, 로맨스와 같은 장르소설과정 국내 최초 개설!
국내 무협 소설의 대부 금강,
〈호위무사〉의 초우, 〈종횡무진〉의 송현우
인기로맨스 소설가 백묘와 함께하는 생동감 넘치는 강의!
우수생 선발, 협력 출판사를 통해 출판까지!

1기수, 전원 출판 확정!
현재 집필 중!
선착순 마감 임박, 서두르세요!

문의
서울시 마포구 신수동 1-3번지 서강빌딩 703호
www.sbwa.co.kr
Tel. 02)719-1160 Fax. 02)719-1130